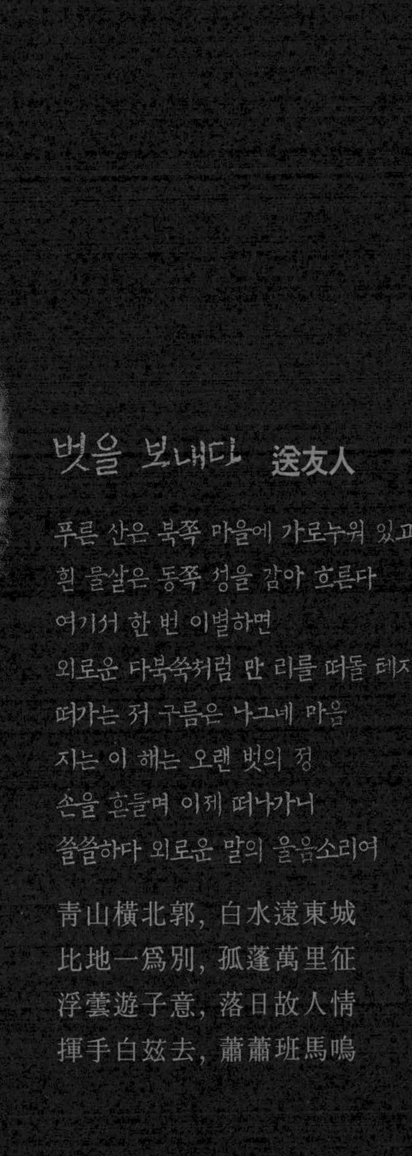

벗을 보내다 送友人

푸른 산은 북쪽 마을에 가로누워 있고
흰 물살은 동쪽 성을 감아 흐른다
여기서 한 번 이별하면
외로운 다북쑥처럼 만 리를 떠돌 테지
떠가는 저 구름은 나그네 마음
지는 이 해는 오랜 벗의 정
손을 흔들며 이제 떠나가니
쓸쓸하다 외로운 말의 울음소리여

靑山橫北郭, 白水遠東城
比地一爲別, 孤蓬萬里征
浮雲遊子意, 落日故人情
揮手白玆去, 蕭蕭班馬鳴

창궁벽파
蒼穹碧波

창궁벽파 1

高明允 新무협 판타지 소설

초판 1쇄 찍은 날 § 2004년 10월 20일
초판 1쇄 펴낸 날 § 2004년 10월 30일

지은이 § 고명윤
펴낸이 § 서경석

편집장 § 문혜영
편집 § 장상수 · 서지현 · 한지윤
마케팅 § 정필 · 강양원 · 이선구 · 김규진 · 홍현경

펴낸곳 § 도서출판 청어람
등록번호 § 제1081-1-89호
등록일자 § 1999. 5. 31
어람번호 § 제2-0448호

주소 § 경기도 부천시 원미구 심곡1동 350-1 남성B/D 3F (우) 420-011
전화 § 032-656-4452 팩스 § 032-656-4453
http://www.chungeoram.com
E-mail § eoram99@chollian.net

ⓒ 고명윤, 2004

ISBN 89-5831-282-3 04810
ISBN 89-5831-281-5 (SET)

蒼穹碧波

창궁벽파

1

도서출판
청어람

목차

박풍(朴風)은 처음부터 끝까지 모든 것을 지켜보았다.

칠 척(七尺)에 달하는 거구.

두 눈은 황소 눈깔보다도 크고 코는 하늘로 벌렁 뒤집어 까져 연신 벌름거렸다.

입은 메기처럼 크게 쭉 찢어져 있었으며 주걱처럼 기다란 턱에는 창처럼 곤두선 텁수룩한 수염이 아무렇게나 뻗쳐 있었다.

목은 짧고 어깨 근육은 산처럼 솟아올라 있었으며 불뚝 알통이 솟은 두 팔은 원숭이처럼 길었다.

벗어젖힌 상반신에는 턱에 자라난 수염과 같은 시커먼 털들이 온통 뒤덮여 있었으며 허리는 곰처럼 굵었다.

곰의 가죽으로 지은 듯한 헐렁한 바지가 아무렇게나 하체를 가리고 있을 뿐이었다.

거웅(巨熊) 최대산(崔大山).

그는 괴물처럼 생겼지만 사람들은 감히 그 앞에서 꼼짝도 하지 못했다.

인근 삼백 리 안을 한 손에 휘어잡고 있는 복우산(伏牛山) 용골산채(龍骨山寨)의 산대왕이기 때문이었다.

산대왕은 삼백 리 인근 수십 곳의 촌장과 현령들보다 더욱 위세가 당당하였다.

산대왕은커녕 그곳의 작은 대왕들만 출현해도 촌장이나 현령들은 사지를 벌벌 떨며 이불 속으로 숨기 일쑤였다. 산대왕을 두려워하지 않는 사람은 단 한 명도 없었다.

그가 드디어 박풍이 사는 마을로 내려왔다.

마을 촌장이 이웃한 큰 마을 현령의 뒷배를 믿고 세금을 많이 올리는가 하면 좋은 것이면 무엇이든 빼앗아갔기 때문이다.

하지만 결정적인 이유는 따로 있었다.

노가촌(魯家村)에 사는 사람들은 거의 전부가 노씨 성을 쓴다.

다른 성씨를 쓰는 사람이 몇 명 있긴 하지만 그들은 마을에서 전혀 환영받지 못하는 존재들이었다.

노가촌에는 이웃한 큰 현의 그 어떤 계집애보다도 어여쁜 여자 아이가 있었다. 바로 장씨 아저씨네 큰딸이다.

그 계집애가 얼마나 어여쁘게 생겼는가 하면 누구든 한 번만 보면 입을 딱 벌리고 밥맛을 잃을 정도였다.

하지만 장씨 아저씨가 그 계집애를 얼마나 꽁꽁 숨겨놓는지 얼굴을 본 사람이 드물었다. 촌장의 큰아들이 기어코 그 계집애를 보게 되었다.

세도가 당당한 촌장의 큰아들은 당장에 얼이 빠져 오로지 그 계집애만 생각했다. 장씨 아저씨가 워낙 감싸는지라 촌장의 큰아들은 그 후 계집애를 보지 못했다.

마음 고생을 하던 큰아들은 그만 덜컥 병이 들어버렸다.

아들의 병에 대해 알아낸 촌장은 당장에 장씨 아저씨에게 달려갔다.

당당한 위세를 드러내며 큰 선심을 쓰듯 단박에 허연 쌀 다섯 섬을 줄 테니 딸년을 달라고 했다.

장씨 아저씨는 촌장의 정중한 제의를 고개를 젓는 것으로 거절했다.

촌장은 인상을 꽉 찡그렸지만 더욱 선심을 써서 쌀 닷 섬에 은자 열 냥을 얹어주겠노라고 선언했다.

장씨 아저씨는 그래도 고개만 저었다. 다음에는 아예 문을 걸어 잠그고 촌장을 만나지 않았다.

촌장은 화가 났다.

당당한 노가촌 촌장의 지위와 이웃 마을 현령의 뒷배를 믿고 우락부락한 범강장달이 같은 장정 여섯을 이끌고 당장에 장씨네로 쳐들어가 아저씨를 끌고 가버렸다. 소작료를 내지 않았다는 것이 강제로 끌고 간 이유였다.

촌장은 장씨 아저씨를 창고에 가둬두었다. 밥을 굶기고 매를 치며 당장에 소작료와 이자를 내라고 닦달하였다.

장씨 아저씨는 돈이 없었다.

아니, 마을의 누구도 돈이 없었다. 두 해 동안 가뭄이 계속되어 마을엔 먹을 것조차 없었다.

촌장은 소작료와 이자 대신 딸년을 내놓으라고 하였다.

장씨 아저씨는 엉덩이가 깨지도록 곤장을 맞고서야 엉엉 울면서 딸년을 내주겠다고 허락했다.

그 계집애는 끝내 촌장의 큰아들에게 시집갔다. 꽃가마는 계집애보다도 아름다웠다.

촌장 집에서 커다란 잔치가 벌어졌다.

장씨 아저씨는 잔치도 못 보고 병이 들고 말았다. 딸을 시집보낸 후 시름시름 앓더니 그만 죽고 말았다.

시집간 계집애는 아버지가 죽었다는 소식을 듣고 대들보에 목을 매고 죽어버렸다.

홀로 남은 장씨 아주머니는 날이면 날마다 땅을 치며 울부짖었다. 마을 어른들이 아무리 말려도 아주머니는 울음을 그치지 않았다.

그리고 어느 날, 장씨 아주머니는 마을을 떠났다. 소문을 들으니 산대왕을 찾아가 억울함을 호소했다고 한다.

호소를 들은 산대왕은 아주머니의 간절한 부탁을 거절하지 않고 당장에 두 명의 작은 대왕을 이끌고 직접 마을로 달려왔던 것이다.

촌장댁 앞마당에는 멍석이 깔렸다.

산대왕은 대청마루에 놓인 커다란 의자에 앉아 있었고 두 명의 작은 대왕은 촌장과 그의 큰아들을 잡아 멍석 위에 꿇렸다.

산대왕의 통방울만한 눈이 번쩍 열렸다. 파아란 불꽃이 번개처럼 튀어나오는 것 같았다.

박풍은 얼마나 무서웠는지 간이 콩알만해지고 다리가 후들거려 그만 주저앉을 뻔했다.

산대왕이 꿇어 엎드린 촌장을 향해 호통 쳤다.

"네 이놈, 네놈은 마을의 촌민들을 아우르고 보살피는 것이 임무이

거늘 어찌하여 뒷배를 믿고 마음대로 세금을 올리고 온갖 좋은 것들을 빼앗았느냐? 더욱이 장씨 딸년을 강제로 차지하였으며 결국에는 아비와 딸년을 모두 죽이고 말았다. 이 대왕께서는 너의 그 잔학함을 징계하고자 칼을 뽑아 들고 달려왔느니라!"

목소리는 천둥이 치듯 요란했으며 들고 있는 큰 칼로 대청 바닥을 쿵쿵 찍는 모습은 절간을 지키는 사천왕 같았다.

촌장과 그의 큰아들은 두렵고 부끄러워 감히 얼굴도 들지 못하였다.

"네가 장씨 집 두 목숨을 빼앗았으니 본 대왕도 너희 두 목숨을 빼앗아 그들의 원한을 갚아주도록 하겠다! 여봐라, 저 두 놈의 목을 잘라 장대에 매달아라!"

산대왕의 명령이 떨어지자 두 작은 대왕은 우렁차게 대답하고는 무시무시한 칼을 들어 당장에 촌장과 그의 큰아들의 목을 썩둑 잘라 버렸다.

잘린 목에서 분수처럼 솟구치는 피를 보며 박풍은 그만 간이 찢어지는 줄 알았다. 오줌을 싸갈기며 그대로 뒤로 자빠져 기절했다.

춘배(春配) 녀석이 깨워주지 않았으면 더 이상 산대왕을 보지 못할 뻔했다.

산대왕은 인심이 좋았다.

촌장의 외양간을 열어 한 마리 암소를 잡았고 곳간을 열어 가득 쌓인 쌀가마를 내놓았다.

떡을 찧고 부침을 부쳐 잔치를 열었다. 마을 사람들은 배가 터지도록 포식했다.

산대왕은 집집마다 여섯 말의 쌀을 나누어 주고는 밤이 깊어서야 산으로 돌아갔다.

촌장의 집은 불에 타서 무너지고 말았다.

다음날에야 이웃 현의 군사들이 달려왔지만 산대왕을 쫓아가지는 못했다.

그들은 대신 산대왕이 나누어 준 쌀들을 빼앗아갔다. 마을 사람들은 쌀을 빼앗아가는 군사들을 심히 미워했다.

박풍은 병든 어머니를 위해 울며 불며 쌀을 내놓지 않으려고 버티었지만 군사들의 발길질을 당하지 못하고 빼앗겨 버렸다.

박풍은 이를 부득부득 갈며 기어코 복수를 하겠다고 다짐했다.

이웃 현령은 새로운 촌장을 뽑아주었다.

새로 촌장이 된 작은 노씨 아저씨도 곧 전의 촌장처럼 많은 세금을 내라고 닦달하였다. 이자는 더욱 높게 먹였다.

마을은 전보다 더욱 살기 어려워지고 말았다.

박풍은 이 모든 것이 오로지 촌장과 이웃 마을 현령 때문이라고 생각했다.

자신에게 힘이 있다면 당장에라도 산대왕처럼 촌장과 현령을 잡아 목을 치고 곳간을 열어 마을 사람들에게 쌀을 나누어 주었을 것이다.

박풍은 날마다 산대왕만 생각했다. 그분처럼 되고만 싶었다.

큰 칼을 옆에 차고 촌장이나 현령을 꿇려놓고 커다랗게 호통 쳐보고 싶었다. 마을 사람들을 못살게 구는 그들의 목을 당장에 썩둑 잘라 높은 장대에 매달아놓고만 싶었다.

박풍은 당장에라도 산대왕을 찾아가 졸개가 되게 해달라고 엎드려 빌고 싶었다. 큰 무술(武術)을 배워 산대왕처럼 되고 싶었다.

하지만 병드신 어머니 때문에 박풍은 산으로 갈 수가 없었다. 약값을 버느라 하루가 어떻게 지나가는지도 모를 정도였다.

박풍은 날마다 산대왕을 생각했지만 어머니의 병세는 깊어만 갔다.

가뭄은 계속되었고, 다음 해에는 장마가 심해 물난리까지 났다. 더욱 살기 힘들어졌다.

그리고 이 년이 흘러가 버렸다.

第一章 龍骨山寨
一귀면잔심(鬼面殘心)을 만나 산채에 오르다

龍骨山寨

마을로 내려와 한바탕 분탕질을 마치고 말 등 가득 도적질한 물건을 싣고 떠나려던 용골산채의 셋째 두령 귀면잔심(鬼面殘心) 이길(李吉)은 갑작스럽게 튀어나와 앞을 막는 자를 보고 그만 입을 쩍 벌렸다.

아직 뒷꼭지도 떨어지지 않은 열서너 살가량의 꼬마 녀석이었다.

"대왕님, 저도 졸개가 되게 해주십시오!"

아랫배에 잔뜩 힘을 넣어가지고 있는 힘껏 목청을 돋우어 내지른 첫마디가 그것이었다.

대가리에 피도 마르지 않은 꼬마 녀석이 그 무시무시한 용골산채의 졸개가 되겠노라고 직접 자신을 찾아온 것이다.

바람이 제법 서늘함에도 불구하고 너덜너덜 거적때기 같은 옷 조각을 걸쳤으며 맨발이었다. 손발은 물론 얼굴 가득 시커먼 땟국물이 줄줄 흐르는 모습은 거지 중에서도 상거지 꼴이었다.

하지만 복우산의 산적, 귀신 낯짝을 해가지고 사람 죽이기를 파리

쳐죽이듯 하는 귀면잔심 이길 앞에 떡 버티고 서서 옹골차게 소리치는 꼬마 녀석의 눈빛은 제법 앙팡지게 빛나고 있었다.

"요런 싸기지없는 새끼가 어딜 와서!"

갑자기 튀어나와 소두령 앞을 막는 꼬마 녀석을 보고 깜짝 놀란 졸개 하나가 벌컥 달려나와 소년의 뒤통수를 후려갈겼다.

"악!"

꼬마는 갑작스런 매 타작에 놀라 그만 비명을 지르며 앞으로 푹 고꾸라져 버렸다.

졸개의 손아귀 힘이 대단하긴 했지만 그것보다는 오히려 소년이 너무 지쳐 있었다.

벌써 며칠을 굶으며 복우산의 대왕들을 찾아 주변 마을을 쫓아다녔던 것이다.

"이노므 새끼, 애한테 뭔 짓이냐? 썩 일으켜!"

"넵!"

이길이 눈알을 째리자 졸개는 두려움에 오싹 소름이 돋았다. 졸개는 재빨리 꼬마 녀석을 잡아 일으켰다.

소년은 소리칠 때와는 달리 기진맥진한 꼴이 되어 간신히 버티고 섰다. 그러나 자신을 때린 졸개를 향해 매섭게 눈깔을 흘기는 것을 잊지 않았다.

그 꼴을 본 귀면잔심 이길의 입꼬리가 슬쩍 말려 올랐다.

"요 참새 뒷다리만한 새끼가 제법 배알이 박혔구나. 너 이 새끼, 이름이 뭐냐?"

소년은 재빨리 이길을 향해 허리를 굽혔다.

"노가촌에 사는 박풍이라 합니다, 대왕님."

소년은 바로 복우산의 산대왕 거웅 최대산이 마을의 악한 촌장을 혼내주는 것을 보고 감복하여 기어코 산적이 되겠다고 벼르던 박풍이었다.

병드신 어머니가 급기야 돌아가시자 그 길로 산적이 되겠다고 달려왔다.

마을 촌장이나 큰 마을 현령도 두려워하지 않고 쩌렁쩌렁 호령하던 산대왕을 누구보다도 존경하고 있었던 것이다.

이길이 고개를 갸웃거렸다.

"노가촌? 노가촌은 여기서 칠십 리나 떨어진 마을인데?"

"산적이 되려고 여기까지 달려왔습니다."

"어쭈, 요 참새새끼를 보게? 너같이 비실비실한 놈이 산적이 뭔지나 아느냐?"

"압니… 다. 이 년 전, 대왕님께서 악한 짓을 일삼는 우리 마을 촌장님의 모가지를 댕강 잘라 버리는 것을 봤습니다. 저는, 저는 산적이 되고만 싶습니다!"

"어? 어헛, 어허허헛! 이런 새새끼 좀 보게? 너 이 새끼, 사람 모가지를 썩둑썩둑 썰어버리는 이 녹림호걸이 무섭지 않단 말이냐?"

이길이 갑자기 매섭게 눈을 흘겼다.

박풍은 그만 오금이 저려 다리가 후들거렸다.

이길의 시커먼 낯바닥에는 땅굴 같은 마마 자국이 가득하여 별명 그대로 귀신처럼 보였다. 마주 보기만 해도 두려움이 몰려왔다.

박풍은 이를 악물고 참았다.

"나는, 나는 무섭지 않습니다!"

이길의 입꼬리가 더욱 찢어졌다.

"그래? 대가리가 잘리는 것을 직접 봤단 말이지? 너 이 새끼, 나 같은 호걸이 되려면 사람 모가지 자르는 것은 고사하고 가슴을 쪼개어 간을 꺼내 술안주로 삼을 수 있어야 한다. 네깟 새끼에게 그런 용기가 있겠느냐?"

박풍은 그때 촌장과 그의 큰아들의 모가지가 끊어지는 것을 보고 그대로 졸도하고 말았었다.

한데 이제는 간을 꺼내 술안주로 삼아야 한다니 너무도 무서워서 오줌이 찔끔찔끔 흘러나왔다.

박풍은 바르르 떨고 있는 두 주먹을 불끈 쥐었다. 그리고 그 주먹으로 자기 가슴을 탕탕 쳐 보였다.

"나는, 나는 할 수 있습니다!"

자신있게 소리는 쳤지만 말꼬리가 저도 모르게 떨려 나왔다. 두 다리가 너무도 후들거려 당장 쓰러질 것만 같았다.

이길은 그토록 떨면서도 호기롭게 외치는 것을 보고는 큰 흥미를 느꼈다.

"정말이냐? 당장에라도 사람 모가지를 썩둑 자를 수 있겠느냐? 너 이 새끼, 내 앞에서 거짓말을 하면 무슨 대가를 받는지 잘 알겠지? 사지를 자르고 잘근잘근 껍질을 발라 기름에 튀겨 먹는다!"

"……."

박풍은 너무 놀라 자신의 목을 두 손으로 움켜쥐었다.

"이 새끼, 그래도 산적이 되고프냐?"

"네……."

박풍은 간신히 대답했다.

"정말이냐? 당장 사람을 쳐죽일 수 있다고 했겠다? 여봐라!"

이길이 소리치자 한 명의 졸개가 다가왔다.

"예, 두령님."

"너 가서 그 새끼 끌고 오너라. 내가 간을 꺼내 술안주로 삼으려고 살려둔 그 새끼 말이다."

"예, 두령님."

졸개는 정말로 꽁꽁 묶인 사람을 끌고 왔다.

삼십대 중반의 장년인인데 얼마나 얻어맞았는지 몰골이 귀면잔심보다 더 끔찍했다. 하지만 두 눈빛만은 강하게 불타고 있었다.

사내는 불타는 눈빛으로 이길을 노려보았다.

이길이 들고 있던 큰 칼을 박풍 앞에 던져 주었다.

"이 새꺄, 너, 그 칼을 들어라!"

박풍은 뭔가 심상치 않은 일이 벌어질 것만 같아 마른침을 연신 삼키며 이길만 올려다보았다.

"빨리 집어!"

벼락같은 호통 소리에 놀란 박풍은 후닥닥 칼을 집어 들었다. 하지만 이내 놓쳐 버렸다.

길이가 자기 키만하고 두께는 새끼손가락만했다. 칼날에는 톱날 같은 이빨이 험상궂게 돋아나 있었다.

귀면잔심의 애병(愛兵) 거치도(鋸齒刀)였다. 박풍이 들기에는 너무 무거웠다.

"칼도 못 드는 새끼가……."

이길이 비웃음을 날리자 박풍은 이를 악물고 재빨리 거치도를 주워 들었다.

아랫배를 불끈 일으키고 손아귀에 단단히 힘을 주었는지라 이번엔 떨어뜨리지 않았다. 하지만 다리가 후들거릴 정도로 무거웠다.

"그걸로 저 새끼 모가지를 끊어라!"

"네……?"

박풍은 정말로 사람을 모가지를 끊으라고 할 줄은 몰랐는지라 그저 멍청하니 이길만 바라보았다.

"왜, 못 끊겠단 말이냐? 그러고도 산적이 되겠다고? 이 새끼, 산적이 애들 병정놀인 줄 알아? 나는 너보다도 어릴 때 이미 사람을 쳐죽였다! 못 죽이겠으면 네놈 모가지 떨어지기 전에 썩 꺼져!"

박풍은 칼을 든 손을 덜덜 떨며 이길을 바라보았다.

"그는… 그는 나쁜 사람인가요?"

온갖 못된 짓을 일삼는 촌장 같은 사람만 죽이는 대왕들이 설마 좋은 사람을 죽일 리는 없다고 생각했지만 혹시나 하는 마음에 다시 물어보았다.

이길이 징그럽게 히죽 웃었다.

"그 새끼는 매번 우리 호걸들의 행차를 방해했을 뿐만 아니라 관군과 결탁하여 졸개들 여럿을 때려죽인 새끼다. 악질 중에서도 아주 질 나쁜 놈에 속한다. 잔소리 말고 죽이든 살리든 하란 말이다. 나는 바빠!"

"네…….."

옳은 일만 하는 산속의 영웅호걸들을 여럿 죽였다면 그보다 나쁜 놈은 없다. 그런 놈을 죽인다면 누구도 손가락질하지는 않으리라.

박풍은 이를 악물고 칼을 쳐든 채 사내에게로 다가갔다.

사내는 박풍은 신경도 쓰지 않고 이길만 노려보았다.

사내 앞에 서긴 했지만 키가 너무 작아 모가지를 겨냥할 수도 없었다.

이길이 눈짓을 하자 졸개가 사내를 찍어 눌렀다.

사내는 무릎을 꿇으면서 잠깐 박풍을 돌아보았지만 이내 눈길을 돌려 이길을 노려보았다.

졸개는 사내의 목까지 찍어 눌러 내려치기 쉽도록 해주었다.

박풍은 마음을 옹골차게 먹고 손아귀에 힘을 주었다. 하지만 쉽게 내려치진 못했다. 자기 손으로 생사람의 모가지를 끊는다고 생각하니 너무도 두려웠다.

세상을 마음껏 활개 치는 녹림의 호걸들은 오로지 의리(義理)만을 중요시하며 자신의 목숨 같은 것은 풀포기보다도 가볍게 여기는 법이다. 친구를 위해서라면 간이나 쓸개까지도 빼줄 수 있으며 한번 맺은 약속을 위해서는 천 리 길도 멀다 않고 찾아간다. 또한 자기를 알아주는 사람의 명이라면 끓는 물속, 타는 불속에라도 뛰어들어 은혜에 보답하는 것이 바로 대장부의 당당한 모습이다. 그깟 마을 사람들을 괴롭히는 도둑놈을 죽이는 일쯤은 너무도 간단한 일이다.

박풍은 그런 생각을 하며 이를 악물었다.

나쁜 놈을 때려죽이고 힘없고 헐벗은 사람들을 돕는 것이 바로 녹림의 호걸들이다.

이런 것 하나 해내지 못한다면 어찌 영웅호걸(英雄豪傑)이 될 수 있으랴!

불끈 칼을 들어 올렸지만 새하얀 목덜미가 눈에 들어왔을 때 박풍은 끝내 내려칠 수가 없었다.

손과 다리는 물론 전신이 사시나무처럼 떨리고 심장은 끓는 물보다도 더욱 요란하게 들끓고 있었다. 입 안이 바짝 말라 목구멍이 따가웠다.

이길이 버럭 호통을 쳤다.

"이 새끼, 내려쳐랏!"

이길의 호통은 마치 주문 같았다. 그 호통이 번개처럼 머릿속을 때려 흔들리는 마음을 단숨에 씻어버렸다.

나도 이제 녹림의 영웅호걸이 되는 거야!

박풍은 그렇게 부르짖으며 있는 힘껏 칼을 내려쳤다.

칼은 그대로 사내의 새하얀 목으로 파고들었다. 그러나 힘이 없어놔서 반도 파고들지 못했다.

"커으윽!"

사내가 이상한 비명을 지르며 쓰러졌다.

목의 동맥을 잘렸는지 한줄기 피화살이 쭉 뿜어져 나와 철썩 박풍의 얼굴을 때렸다.

"악!"

박풍은 너무도 놀란 나머지 비명을 지르며 뒤로 꽈당 넘어졌다. 흰자위만 보이는 것을 보면 이미 기절한 모양이었다.

박풍에게 칼을 맞은 사내는 아직도 숨이 끊어지지 않았는지 떼굴떼굴 구르며 계속해서 비명을 질러댔다.

졸개가 들고 있는 기다란 창으로 사내의 심장을 쿡 찔러주었다.

사내는 한차례 격렬하게 몸을 떨더니 이내 쭉 뻗어버렸다.

이길은 죽은 사내를 쳐다보지도 않고 껄껄 대소를 터뜨렸다.

"뭐, 이런 개새끼가 다 있어? 으핫, 핫핫핫! 이 귀면잔심이 길바닥에서 보물을 주웠구나! 보물이 굴러들어 왔어!"

한바탕 통쾌하게 웃은 이길이 졸개를 향해 소리쳤다.

"저 새끼는 반항하다 뒈진 것으로 해라. 모가지만 잘라 가지고 가!

내 칼을 가져오고 저 독사새끼는 네가 업고 가거라! 이제부터 내 당번으로 쓰겠다!"

"넵."

졸개는 급히 대답하고 거치도부터 챙기려 했다.

기절한 박풍은 악착같이 칼을 움켜쥐고 놓지 않았다.

졸개는 손가락 하나하나를 펴고서야 겨우 거치도를 빼낼 수 있었다.

이길은 그런 꼴을 보며 뭐가 그리 좋은지 연신 통쾌한 웃음을 날렸다.

칼을 챙긴 졸개는 이내 사내의 모가지를 끊어 보자기에 싸맸다.

"가자."

이길이 말 배때기를 차며 먼저 출발하자 좋은 구경거리를 감상한 졸개들이 줄줄이 따랐다.

"으으으……."

간신히 눈을 떴다.

그을음이 가득한 방 안. 퀴퀴한 냄새가 진동했다.

박풍은 꿈에 보았던 목 없는 사내를 떠올리고는 부르르 몸을 떨었다. 눈을 감으면 다시 그 목 없는 사내가 쫓아올 것만 같았다.

온몸이 땀에 젖어 끈적거렸다. 공포와 두려움이 몰려와 견딜 수가 없었다.

박풍은 머릿속에 맴도는 무서운 광경을 떨쳐 버리기 위해 세차게 고개를 흔들었다.

문득 어디선가 구수한 냄새가 풍겼다.

우르릉!

갑자기 뱃속에서 천둥 치는 소리가 들려왔다. 노가촌을 떠난 후 나흘 동안 밥 한술 먹은 것이 없다.

박풍은 눈앞에 어른거리는 목 없는 시체를 생각할 겨를도 없이 냄새가 나는 쪽으로 고개를 돌렸다.

밥상이 차려져 있었다. 새하얀 쌀밥에 돼지고기볶음이 있었다.

너무도 배가 고픈 박풍은 참지 못하고 와락 달려들어 아구아구 먹어댔다. 밥 한 그릇과 고기 한 접시가 순식간에 없어졌다. 그래도 허기가 가시지 않았다.

벌컥.

방문이 열리며 시커먼 사내가 불쑥 들어왔다.

박풍은 깜짝 놀라 멍하니 사내를 바라보았다. 남의 밥을 허락도 없이 먹고 말았으니 어쩌면 죽도록 매를 맞을지도 모른다.

"나는…….."

뭐라고 변명을 하려는데 사내가 먼저 입을 열었다.

"너 이 새끼, 깨어났구나. 밥도 다 처먹었네? 배는 부르냐?"

욕지거리가 입에 붙고 말투는 거칠기 짝이 없었지만 왠지 모르게 안도감을 주는 목소리였다.

"아직…….."

박풍은 염치 불구하고 아쉬움을 표했다.

"기다려라, 새꺄. 밥은 얼마든지 있으니 네 맘껏 먹어도 된다."

사내는 곧 밥솥째 들고 들어왔다. 돼지고기볶음도 양푼으로 가득 담아왔다.

박풍은 아귀처럼 달려들어 몽땅 먹어치웠다. 너무 먹어 움직이기도 힘들 정도였다.

"이 거지새끼가 많이도 굶었구나!"

사내는 오히려 감탄을 터뜨리며 크게 웃고는 밥상을 내갔다.

배가 터질 것 같으니 잠이 쏟아졌다. 박풍은 참지 못하고 이내 곯아 떨어졌다.

깨어보니 다음날 아침이었다.

방 안에 한 벌의 옷이 놓여 있었다.

거친 무명옷이었지만 아무것도 걸치지 못한 박풍에게는 더없이 고급스러웠다.

"네 거다. 입기 전에 개울에 가서 목욕부터 하고 와."

사내의 말대로 박풍은 밖으로 나가 재빨리 개울로 달려가 목욕을 했다.

가을의 냇물은 차가웠다. 새 옷을 입고 싶은 마음에 때는 대충 씻었다. 새 옷을 입으니 마치 날아갈 듯 기분이 좋았다.

"따라와."

사내는 박풍을 데리고 두 개의 통나무집을 지나 한쪽 구석진 곳에 위치한 집으로 향했다. 복우산 용골산채의 세 번째 두령 귀면잔심 이길의 처소였다.

대청에는 이길이 기다리고 있었다. 그는 들어서는 박풍을 곰곰이 살펴보았다.

때를 벗기고 옷을 입히니 제법 잘난 구석이 엿보였다. 두 눈이 새카맣게 번들거리고 손발은 제법 날렵하게 생겼다.

굶주린 배만 채워주면 제법 약삭빠르게 움직일 것 같았다.

박풍을 살핀 이길은 들고 있던 거치도를 던져 주었다.

박풍은 엉겁결에 날아든 거치도를 두 손으로 안아 들었다. 하마터면 예리한 칼날에 새 옷을 찢길 뻔했다.

"너 이 새끼, 지금부터 너는 이 두령님의 당번이다. 칼에 먼지라도 묻어 있으면 다리를 부러뜨린다. 알겠어?"

"네, 대왕님!"

"새꺄, 나는 셋째야. 앞으로는 셋째 두령이라고 불러라."

"넵, 셋째 두령님!"

"이제부터 이 두령님이 어딜 가든 따라다니는 거야. 언제라도 내가 칼을 잡을 수 있도록 가까이 있으란 말이다. 알아들어?"

"넵!"

"다른 놈들 말은 들을 것 없다. 너는 내 말만 들어. 알겠어?"

"넵!"

"내 옆방을 써라. 알아들어?"

"넵!"

"가봐."

"넵!"

우렁차게 대답한 박풍은 이길이 가리킨 방으로 쪼르르 달려갔다.

방은 좁았지만 박풍이 살던 움막보다는 넓었다. 바람 한 점 들어오지 않는 훈훈한 방이었다.

"나도 이제 녹림의 호걸이 되었다."

박풍은 설레이는 가슴을 주체할 길이 없었다.

드디어 그토록 바라왔던 꿈이 실현된 것이다.

그 사내의 모가지를 끊어버린 일이 다소 마음에 걸렸지만 녹림의 영웅호걸이 되었다는 기쁨으로 인해 곧 잊을 수 있었다. 박풍은 너무 들며 그날은 잠도 이룰 수 없었다.

셋째 두령의 생활은 정말 호화스럽고 한가했다. 도적질한 물건들이 방 안에 그득했으며 돈을 주고 사와 첩을 삼은 여인이 둘이나 되었다.

두 여인들은 하루 종일 두령 옆에 붙어 아양을 떨어댔다. 두령은 그럴 때마다 껄껄 호탕하게 웃으며 금붙이며 은붙이, 비단을 선물로 내려주었다.

졸개들도 많았다.

셋째 두령에게 딸린 졸개들은 삼십 명이었다. 그들도 하루 종일 하릴없이 빈둥거렸다. 밤이 되면 술통을 붙들고 모여 앉아 거친 노래를 부르고 간혹 칼춤을 추기도 했다.

"저 새끼, 완전히 독종이로군. 저 눈빛 좀 보라지. 그 한가촌(漢家村)의 일대호걸 한영(漢英)의 모가지를 외눈 하나 깜빡 않고 댕강 잘랐다지?"

박풍을 보는 사람마다 대단하다고 한마디씩 해댔다.

박풍은 그때마다 어깨를 으쓱거렸다. 자신이 진짜 녹림의 대단한 호걸 나으리가 된 것만 같았다.

박풍은 하루 종일 이길의 꽁무니를 따라다녔다. 이길은 하루의 거의 모든 시간을 여인들과 히히덕거리며 빈둥댔다.

박풍이 가장 기다리는 시간은 바로 이길의 무공 수련 시간이었다.

귀면잔심 이길은 정식으로 무공에 입문한 바가 없었다. 제대로 된 초식을 구사하지도 못했다.

하지만 이십 년 동안 산적으로 굴러먹으며 실전으로 칼을 휘둘러 본 위인인지라 그 휘두르는 위력만은 대단했다.

가장 인상적인 것은 칼에서 뿜어져 나오는 살기(殺氣)였다.

　그냥 들고 있을 때는 그런 기세가 나오지 않다가도 일단 마음먹고 칼을 휘두르기만 하면 기가 질릴 정도의 살기가 줄기줄기 뿜어져 나왔다.

　이길이 칼을 휘두를 때면 박풍은 감히 가까이 다가가지도 못했다.

　이길은 그런 살기만으로 복우산 용골산채의 셋째 두령까지 된 인물이었다.

　칼에서 뿜어져 나오는 살기를 대할 때마다 박풍은 자신 안에서 터져 나오려는 기이한 떨림을 느꼈다.

　왠지 모를 두려움이 전신을 싸아하게 휩쓸고 지나갔다.

　이길이 들고 있는 시퍼런 칼이 당장에라도 날아들어 모가지를 썩둑 자를 것만 같았다.

　알 수 없는 두려움에 몸을 떨면서도 박풍은 이길이 휘두르는 칼에서 눈을 뗄 수 없었다.

　손끝이 바르르 떨리고 입 안이 바짝바짝 타 들어갔다.

　당장 달려들어 직접 칼을 휘둘러 보고 싶었다. 한가촌의 영웅 한영의 모가지를 내려쳤듯이 다른 자의 모가지를 썩둑 자르고만 싶었다.

　이길은 그런 박풍을 보면서 기이하게 웃곤 했다.

　그는 자신이 새끼 호랑이 한 마리를 얻었다고 생각했다. 잘만 가르치면 한가락할 수 있는 싹수를 한영의 목을 자를 때 보았다.

　“너 이 새끼, 칼 쓰는 법을 배우고 싶은 게냐?”

　“넵, 셋째 두령님!”

　“자, 휘둘러 봐라.”

　이길은 거치도를 던져 주었다.

　박풍은 어렵지 않게 받아 들었다. 벌써 여러 날 들고 다닌 것이라 큰 무게는 느껴지지 않았다.

대신 기이한 떨림이 가중되었다.

칼을 받쳐 든 박풍은 거칠어지는 숨을 억지로 가라앉히며 이길이 휘두르는 모양새를 따라 한 번 천천히 칼을 휘둘러 보았다.

"악!"

칼을 머리 위로 받쳐 들었다가 내려치려던 박풍은 갑자기 손목이 꺾이는 바람에 힘을 쓸 수 없었다.

칼이 뚝 떨어져 내렸다. 하마터면 그대로 머리통을 찍힐 뻔했다. 그가 휘두르기에 칼은 너무 무거웠다.

땡그랑!

칼은 어깨를 스치고 땅에 떨어졌다. 뒤통수에서 별이 번쩍거렸다.

"요 쥐방울만한 새끼, 감히 대왕님의 칼을 떨어뜨려?"

사근사근하던 이길이 갑자기 이리처럼 으르렁거리며 뒤통수를 후려치고 정강이를 걷어찼다.

박풍은 그만 풀썩 주저앉고 말았다.

"망할 새끼, 또 한 번 떨어뜨려 봐라 잉."

이길은 다시 한 번 발길질을 하고는 몸을 돌려 가버렸다. 박풍은 배를 움켜쥐고 일어서지 못했다.

이길은 종종 박풍에게 칼을 휘둘러 보라고 시켰다. 칼을 떨어뜨릴 때마다 어찌나 모질게 매질을 해대는지 심할 때는 삼 일 이상 꼼짝도 못할 때가 있었다.

박풍은 이를 악물었다.

이상하게도 그는 칼이 좋았다.

칼을 쥐고 있으면 언제나 기이한 떨림과 함께 알 수 없는 공포를 느껴야 했지만 그것이 싫은 것은 아니었다. 그는 다시 칼을 잡았다.

칼을 떨어뜨리지 않으려고 별별 수작을 다 부려봐도 일단 칼을 휘두르려고만 하면 손목이 꺾여 도무지 쥐고 있을 수가 없었다.

이길은 결코 요령을 가르쳐 주지 않았다. 호되게 매만 칠 뿐이다.

박풍은 이길을 원망하지 않았다. 대신 자기 자신을 원망했다.

"이따위 칼 한 자루도 휘두르지 못한다면 맞아도 싸다!"

박풍은 이를 악물고 힘을 기르고 요령을 생각했다. 밥도 먹지 않고 생각에 잠기기가 일쑤였다. 그러나 이길이 없을 때에는 결코 칼을 휘두르지 못했다.

한 번은 이길이 가버린 후에 홀로 칼을 휘두른 적이 있었다.

이길은 그걸 단번에 알아보았다. 깨끗이 닦아놓았는데도 이길은 칼이 땅에 떨어졌다는 것을 대번에 알아낸 것이다.

자신의 애병을 함부로 다루었다고 이길은 죽지 않을 정도로 박풍을 두들겨 팼다.

박풍은 달리 방법을 찾아야 했다.

박풍은 무거운 돌이나 쇳덩이를 구해 그것을 휘둘러 보았다. 잘못 휘둘러 손목을 삐어 며칠 동안 움직이지도 못했지만 그는 멈추지 않았다.

꾀가 생겨 팔목에 무거운 추를 달고 다니기도 했다. 힘을 기른답시고 발목에도 모래주머니를 차고 다녔다.

여섯 번 얻어맞고 세 번 손목을 삐어본 후에야 겨우 칼을 떨어뜨리지 않을 수 있었다. 하지만 두 번, 세 번 거듭 휘두르지는 못했다.

박풍은 끈질기게 매달렸다.

날씨가 쌀쌀해지기 시작할 무렵 박풍은 더 이상 칼을 떨어뜨리지 않았다.

손목의 힘을 유지하는 비법이 자연스럽게 터득되었다. 이제는 마음대로 휘두르는 일만 남았다.

두 번, 세 번 휘두를 수 있게 되었다.

휘두르다 보면 손목이 아프고 자칫 실수라도 할라 치면 여지없이 손목이 꺾인다. 박풍은 하루의 거의 모든 시간을 손목 힘을 기르는 일에 매달렸다.

"이 셋째 두령님께서는 정기적으로 행해지는 출동에 동원된다. 한 보름쯤 걸릴 것이다. 아직 칼도 휘두르지 못하는 네놈은 데려가지 않겠다."

박풍의 성격을 파악한 이길은 약을 올리듯 한마디 남겨두고 훌쩍 졸개들을 몰고 산을 내려갔다.

이길의 말대로 산채의 각 대왕은 간격을 정해두고 정기적으로 노략질을 하러 산을 내려간다.

박풍은 그때마다 엉덩이를 들썩거리며 따라나서고 싶어했다. 산적이 된 후 한 번도 산채 밖을 나가보지 못했기 때문이다.

박풍은 이길의 말을 달리 해석했다. 칼을 휘두를 수 있게 되면 데려간다는 말로 풀이한 것이다.

박풍은 더욱 열성을 내어 칼춤을 연마했다. 물론 거치도는 이길이 가져갔으니 다른 쇠몽둥이를 들고 연마했다.

뒤뜰에서 하루 종일 홀로 쇠몽둥이만 휘둘렀다. 그렇게 휘두르는 것이 너무도 좋았다. 또 땀을 흘리다 보면 아무것도 생각나지 않았다.

시시때때로 불러 잔일을 시키던 이길이 없어지자 시간은 남아돌았다. 마음껏 자고 마음껏 행동해도 뭐라는 사람이 없었다.

박풍은 남아도는 시간을 이용하여 산채를 돌아보기 시작했다.

용골산채는 하남에 위치한 녹림도 중 세력이 강한 산채에 속했다. 인원이 근 백이십에 가까웠으며 조직력도 꽤 단단한 편이었다.

더욱이 거웅 최대산의 우직하고 화통한 통솔력으로 인해 강호상의 평판도 그다지 나쁜 편은 아니었다.

산서(山西)와 섬서(陝西)로 통하는 길목을 틀어쥐고 있는지라 지나는 상인과 표행(鏢行)으로부터 받아내는 통행세가 제법 두둑했으며 일 년에 봄, 가을로 행해지는 정기적인 노략질로 거둬들이는 수입도 꽤나 짭짤한 편이었다.

노략질은 주로 소두령들이 도맡아 했다. 특별히 어려운 상대가 아니라면 대왕은 나설 필요도 없었다.

대왕은 주로 어려움에 처한 누군가를 구해주기 위해 출동할 때 외에는 거의 움직이지 않는다.

출동에 참여하지 않는 졸개들은 대개 하릴없이 놀기 마련이다. 하루에 한 번 간단한 무공 수련이 있고, 때때로 산채 수리 등의 잡일에 차출되지만 역시 시간은 남아돌았다.

대부분의 졸개들은 남는 시간을 하릴없이 흘려보냈다. 끼리끼리 모여 술 추렴으로 하루를 보낼 뿐이었다.

박풍은 그런 졸개들에게는 신경 쓰지 않았다.

날마다 아침나절에 행해지는 무공 수련에 참석하여 어른들과 함께 몸을 풀었으며 남은 시간은 거처로 돌아와 이길이 가르쳐 준 칼 쓰는 법을 연마했다.

단지 몸을 풀고 병장기를 이리저리 휘두르는 정도의 수련이었지만 박풍은 남보다 일찍 참석해서 마지막까지 남아 몸을 풀곤 했다.

그렇게 며칠을 보내는 동안 박풍은 졸개들과는 뭔가 다른 한 사람을 발견했다.

산적질을 하기에는 지나치게 나이가 많아 보이는 노인이었다. 노인은 늘 수련 시간 전에 나타나 이상한 동작으로 몸을 풀곤 했다.

흐느적흐느적 춤을 추는 것도 같고 주먹을 꽉꽉 내지르는 것이 권법을 연마하는 것도 같았다.

무공에 대한 열망이 가슴에 가득한 박풍은 노인의 동작을 신기한 듯 구경했다.

"너 요놈, 네놈이 바로 셋째 대왕을 모신다던 그 독사 새끼렷다?"

어느 날 문득 동작을 끝낸 노인이 박풍을 향해 입을 열었다.

나이를 먹었다고 해서 말투가 부드러운 것은 아니다. 눈이 쭉 째지고 딸기코를 가진 노인은 영락없는 산도적 꼴이었다.

"네."

순순히 대답하는 박풍을 이리저리 살피던 노인이 히죽 웃었다.

"네놈, 무공을 배우고 싶으냐?"

노인의 말에 박풍은 침을 꿀꺽 삼켰다.

"할아버지가 하는 것이 바로 무공인가요?"

"으잉, 할아버지? 이놈의 새끼, 네놈 눈깔에는 이 양(梁) 독사가 다 늙어 빠진 할아비로 보인단 말이냐? 내가 그렇게 늙어 보여?"

칠십은 안 됐어도 육십 중반은 넘어 보이는 늙은이가 늙지 않았다고 우기는 꼴은 가히 좋아 보이지 않았다.

하지만 사실 이곳 용골산채에서 노인 양 독사를 늙은이 취급하는 사람은 없다. 나이가 많기는 했지만 아직도 허리가 꼿꼿했으며 원거리 출동 시에도 빠지지 않고 참석하는 열혈의 노산적이었다.

"다시 한 번만 늙은이라고 부르면 대번에 때려죽인다! 주둥이 조심해!"

"네……."

"그냥 양 독사님이라고 불러, 임마!"

양 독사는 고개를 삐딱하게 꼬아 박풍을 노려보았다.

"이 양 독사님은 말이다, 이 나이를 먹었어도 젊은 새끼들 부럽지 않은 건강을 지녔단 말이다. 그게 왜 그런지 알어?"

양 독사는 확실히 건강한 편이었다. 오십만 돼도 허리가 꼬부라지기 시작하는 일반인들과는 확실히 달라 보였다.

"이 양 독사님은 말이다……."

양 독사는 의기양양한 표정으로 말을 계속했다.

"남들이 모르는 나만의 독특한 비법이 있기 때문이다. 흥! 모르는 새끼들은 그저 눈깔로 보기에 멋대가리없고 익혀봐야 별 소용 없다고 한다만, 정말 무식한 놈들이야. 너, 무림 정종의 무공들이 왜 그토록 막강한지 아냐?"

"모르겠는데요."

"하긴 너처럼 어린 새끼가 그런 걸 알 리 없지. 좋다, 이 양 독사님께서 차근차근 설명해 주마. 정종의 무공이 그토록 막강한 이유는 딱 하나야. 뭔지 아냐? 그건 바로 기본 바탕이 충실하다는 것이다. 알겠냐, 기본 바탕?"

"아니오."

"멍청한 놈, 잘 들어라. 기본이란 바로 그 무엇을 지탱하는 뿌리와 같은 것이야. 뿌리가 튼튼하지 못한 나무는 크게 자랄 수 없다. 이 정도는 알겠지?"

"네."

"바로 그거다. 우리 녹림의 호걸들은 죽음도 두려워하지 않고 제멋대로 세상을 살지만 거의 모두 젊어서 거꾸러지거나 일찍 병들어 죽게 된단 말이다. 그게 다 힘만 믿고 설치고 까불기 때문이란 말이야. 젊어서 힘만 쓰다가 늙어지면 팩 거꾸러지는 게 바로 녹림의 호걸이란 말이다. 알아듣냐?"

"아니오. 잘 모르겠는데요."

"그럼 알고 싶기는 하냐?"

"네."

"자식, 그럴 줄 알았다. 독사 새끼라면 다른 놈들과는 뭔가 다른 구석이 있어야 하거든. 좋다. 너, 가서 술 한 병만 구해오너라. 뭔가 배우려면 그에 따른 수업료가 필요한 법이거든."

딸기코 양 독사가 바라는 것은 바로 그것이었다.

술!

주쟁뱅이 양 독사의 진정한 속셈은 바로 수업료로 지불될 술이었던 것이다.

"나는… 돈이 없는데요?"

"새끼, 돈 없다고 술을 못 구해오냐? 셋째 두령 창고에 가면 넘쳐 나는 게 술일 게다. 배우고 싶으면 술을 가져와!"

양 독사는 더 볼 것도 없다는 듯 홱 몸을 돌려 가버렸다.

박풍은 고민하지 않을 수 없었다. 그가 보기에 양 독사는 뭔가 달라보였다.

비록 늙어서 볼품없는 몸을 지녔고 술을 좋아한다고는 하지만 양 독사에게는 다른 졸개들이 가지고 있지 못한 뭔가가 있는 것만 같았다.

아무것도 없는 늙은이가 새벽에 일어나 몸을 단련하고 웬만한 졸개들을 억눌러 꼼짝 못하게 만들 수는 없다.

문제는 이길의 창고에서 술을 훔쳐 내야 한다는 것이었다.

무공을 배우고 싶은 마음이야 간절하지만 그토록 잘해주는 셋째 두령의 물건을 훔칠 마음은 없었다.

박풍은 술을 훔치는 대신 이길의 두 여인에게 달려갔다.

옆에서 지켜보고 있다가 방에서 나올라 치면 신발을 챙겨주었고 뭔가 필요하다면 재빨리 달려가 가져다 주었다.

돈에 팔려와 산속에서 사는 여인들에게 달리 살아가는 재미가 있을리 없었다. 이길에게 붙어 아양을 떨거나 요란한 화장으로 스스로를 가꾸며 아랫것들을 이리저리 부려먹는 재미가 있을 뿐이었다.

박풍이 잘 보이려 하자 둘째 여인 채홍(彩紅)은 옳다구나 하고 부려먹기 시작했다. 이것저것 잔심부름을 시키는 것은 물론 시간이 날 때마다 첫째 여인의 험담을 늘어놓았다.

"너, 뭐 필요한 거 없니?"

"네… 양 독사님에게 줄 술이 조금……."

"양 독사? 그 허풍만 떠는 늙은이 말이야?"

"네……."

"그 늙은이가 어린 놈을 꼬여 간을 빼먹으려 하는군. 하긴 뭐, 내 알바 아니지. 너, 내가 술을 내줄 테니 앞으로 내 말만 잘 들어야 한다. 옆방 년 말일랑은 들을 필요도 없어."

채홍은 이길을 오로지 독차지하기 위해 첫째 여인을 질투했다.

첫째 여인을 쫓아내기 위해서는 편들어주는 사람이 필요했기에 양독사가 어린 놈을 꼬드기든 말든 상관하지 않았다.

박풍으로서는 다행한 일이었다. 그는 날마다 반 병의 분주(汾酒)를 얻어 양 독사에게 달려갔다.

분주를 본 양 독사는 입이 찢어졌다.

싸구려 백주(白酒)만 마시던 그에게 분주는 그야말로 하늘에서 뚝 떨어진 보배와도 같았다. 그는 야금야금 술 맛을 음미하며 최대한 아껴 마셨다.

"우헤헤헤! 대왕님 창고에는 과연 좋은 것들이 가득하구나. 좋다, 좋아. 너의 성의를 갸륵히 여겨 나의 밑천을 풀도록 하겠다."

기분이 좋아진 양 독사는 입에 달고 사는 욕도 내뱉지 않으며 자신의 밑천을 풀어놓기 시작했다.

"사람에게는 모름지기 기본이 중요하다는 말은 내가 했으렷다?"

"네."

"캬, 술 맛 한번 기가 막히다. 음, 그렇다. 기본. 정말 중요한 것이 바로 그거야. 산속에 사는 도사들이나 정공의 무공을 지닌 무림인들은 모두 다 이 기본에 충실한 사람들이거든. 바로 내공의 비결을 알고 있다는 말이다. 너, 내공이 뭔지는 아냐?"

"모르는데요."

"무식한 놈 같으니! 귀를 씻고 잘 새겨들어라. 내공이란 곧 몸 깊숙한 곳에 감추어진 힘을 말하는 것이다. 알겠느냐? 무림의 많은 방파, 문호의 제자들은 다 내공의 비결을 알고 있다는 말이다."

"……."

글을 배운 적 없는 박풍이 내공 비결을 알 리 없었다.

양 독사는 분주를 야금거리며 말을 이었다.

"무공을 제대로 익히기 위해서는 반드시 이 내공 비결이 필요한 것이란 말이다. 딴 짓 하지 말고 잘 들어!"

"네."

"그렇다면 어떻게 몸 깊은 곳에 감추어진 힘을 얻게 되느냐? 바로 엄밀하게 짜여진 몸의 움직임에 의해 만들어진다. 너, 따라 해봐라."

다시 분주 한 모금을 홀짝거린 양 독사는 몸을 일으켜 매일 새벽에 하는 혼자만의 몸 풀기를 시전했다.

이미 여러 번 본 것이라 박풍은 어렵지 않게 따라 하기 시작했다.

손발의 움직임이 새처럼 가볍고 부드러웠으며 사슴처럼 날렵했고, 원숭이처럼 재빨랐으며 곰처럼 우직하고 호랑이처럼 맹렬했다.

이는 바로 화타(華陀)의 오금희(五禽戲)였다.

무림인들이 익히는 내공과는 그 성격이 다르고 쓰임새도 같지 않았지만 분명 근육을 부드럽게 만들고 뼈를 튼튼하게 하며 안정된 호흡을 익힐 수 있는 도인술(導引術)의 한 가지였다.

이런 기초적인 도인술을 익히고 있었기에 양 독사는 건강을 지킬 수 있었다.

도인의 형을 익히는 것은 그다지 어렵지 않았다.

이토록 쉬운데도 불구하고 다른 졸개들이 익히지 못하는 것은 끊임없는 반복을 요구하기 때문이다. 인내심이 없는 자는 아무리 쉽고 간단해도 익히지 못하는 법이다.

"일로만련(一路萬鍊). 한 가지 초식을 만 번 반복 수련하는 인내심이 없다면 아무것도 익힐 수 없다. 그저 칼이나 몇 번 휘두르다 뒈지고 싶지 않으면 자나 깨나 익혀야 한다는 말이다. 흥! 내가 만약 네놈 나이 때만 이걸 배웠다면 나도 벌써 당당한 무림인이 되었을 것이다."

서른이 다되어서야 배운 양 독사는 늘 어린 나이 때 배우지 못한 것을 아쉬워했다.

"아니아니, 이놈 새끼 이거 순 돌대가리 아냐? 형을 익힐 때는 무엇보다도 자세가 중요하단 말이다. 자세가 흐트러지면 도로아미타불이야. 두 발은 땅을 콱 움켜잡아야 하고 몸은 부드럽고 유연하게. 고정된 형식에서 벗어나면 힘이 생기지 않는단 말이다."

양 독사는 연신 분주를 홀짝거리면서도 열심히 박풍의 자세를 고쳐 주었다.

한 사람은 술에 욕심이 났고 한 사람은 무공을 배우고 싶었는지라 두 사람의 호흡은 그런대로 맞아 들어가기 시작했다. 둘은 하루에 두 번씩은 꼭 만나서 화타오금희를 익혔다.

다른 졸개들은 배워봐야 소용이 없다며 비웃었지만 양 독사가 그 비웃는 자들과 분명 다르다는 사실을 느낀 박풍은 가르침을 열심히 따랐다.

어쩌면 자신이 무엇인가 하고 있다는 사실을 확인하기 위해서 더욱 열심히 하는지도 몰랐다. 무엇이든 배워서 정말 대왕처럼 훌륭한 사람이 되고 싶었다.

근 한 달을 배우는 동안 박풍은 화타오금희의 형을 몸에 익도록 수련했다.

양 독사의 말처럼 몸 깊은 곳에서 힘이 느껴지지는 않았지만 하루에 두 번 몸을 풀며 땀을 흘리다 보니 기분이 좋아지고 근골이 형태를 갖추는 것 같았다.

이제는 양 독사가 재촉하지 않아도 박풍 스스로 시간을 맞춰 오금희를 수련했다.

"어떠냐? 팔다리에 힘이 붙는 것 같지?"

“네.”

확실히 그랬다.

하루도 쉬지 않고 열심히 수련한 결과 팔다리에 힘이 붙어가고 있다는 것을 느낄 수 있었다.

양 독사가 의기양양한 표정으로 말을 계속했다.

“숨 쉬기가 편해졌냐? 뱃속이 뜨뜻해지진 않았어?”

“그건… 잘 모르겠는데요?”

“흠, 아직 그런 정도는 아닌가? 아무튼 열심히 하다 보면 분명 숨 쉬는 것이 편해지고 뱃속이 뜨뜻해질 게다. 그쯤 되면 오금희의 비결을 깨우친 것이라 할 수 있다.”

숨 쉬기가 편해지고 뱃속이 뜨뜻해진다는 말이 무슨 뜻인지는 몰랐지만 박풍은 나름대로 기분이 좋았다.

목표를 향해 뭔가 하고 있다는 사실이 뿌듯했으며 나날이 건강해지고 체격이 커져 가는 것 같아 더욱 좋았다.

박풍은 분주 반 병의 수업료를 아까워하지 않고 매일매일 양 독사와 어울리며 오금희를 수련했다.

이길은 한 달 후에야 돌아왔다.

산채에서는 커다란 잔치가 열렸고 졸개들은 술에 취해 고성방가하며 춤을 추어댔다.

이길은 두령들과 상의할 게 있다며 본채로 올라가 다음날에야 돌아왔다. 그의 말 등에는 노략질해서 얻은 물건들이 가득했다.

졸개들에게 얼마간 나누어 주고 두 여인들에게도 몇 가지씩 내려준 이길은 한 자루의 칼을 썩 잡아 뽑아 박풍에게 던져 주었다.

“야, 독종, 네 것이다. 이제부턴 그걸로 연마해!”

박풍이 워낙 독하게 달려드는지라 이제는 이길까지도 그를 독종이라고 불렀다.

박풍은 신경 쓰지 않았다. 남들이 그렇게 불러줄 때마다 오히려 칭찬으로 들었다.

"감사합니다, 셋째 두령님!"

박풍은 자기도 칼이 생겼다는 기쁨에 들떠 연신 절을 해 보였다.

이길이 껄껄 웃으며 여인들을 끼고 방으로 들어가자 박풍은 재빨리 자기 방으로 달려들어 왔다.

박풍은 희희낙락, 칼을 어루만지며 살펴보았다.

거칠기 짝이 없는 한 자루 볼품없는 환도(環刀)다.

두께는 이길의 거치도보다 두꺼웠지만 길이는 한 자쯤 작았다. 날도 예리하게 벼려져 있지 않았다. 이빨도 몇 군데 빠져 있었다.

하지만 박풍은 천하를 얻은 듯 기뻤다. 자신도 이제 무기를 든 녹림의 호걸이 되었다는 생각에 통쾌한 웃음이 터져 나왔다.

"나도 이제 정식으로 녹림의 영웅호걸이 되었다!"

마음이 들뜬 박풍은 그날 밤 잠도 자지 않고 뒤뜰에 나가 환도를 휘둘러 댔다.

신바람이 나서 휘두름이 더욱 자연스럽게 이루어졌다.

한바탕 노략질을 하고 돌아온 이길은 또 빈둥거리기 시작했다.

박풍은 하루 종일 양 독사와 어울리며 오금희를 수련하고 칼을 휘둘렀다.

겨울이 깊어갈 무렵이 되자 박풍은 이제 자연스럽게 칼을 휘두를 줄 알게 되었다.

어지간해선 실수도 하지 않았고 움직임도 끊기지 않았다. 마음먹은 대로 칼이 움직여 나갔다. 양 독사의 가르침은 큰 도움이 되었다.

기이한 떨림은 칼이 손에 익어감에 따라 더욱 짙어져 가는 것만 같 았다.

이틀 동안 계속해서 눈이 내렸다.

문득 이길이 전립(戰笠)을 준비하라는 지시가 떨어졌다.

출동이다.

"너도 간다."

이길의 말이 떨어졌을 때 박풍은 미치도록 기뻤다.

첫 출동이다.

마음껏 칼을 휘두르며 재주를 뽐내보리라. 통쾌하게 웃으며 녹림의 영웅호걸이 지닌 기상을 보여주리라.

박풍은 이내 실망하고 말았다.

노략질을 하러 출동하는 것이 아니었다. 산채의 훈련이었다. 눈 쌓 인 산을 뛰어다니며 산짐승들을 잡는 일이었다.

박풍은 마음을 고쳐먹었다.

사냥이면 어떤가? 이제부터 두령을 따라다닐 수 있게 된 것만도 기 쁜 일이다.

박풍은 재빨리 이길의 전립을 차려주고 자신도 간편하게 차려입었 다.

두터운 솜옷을 받쳐 입고 팔다리에는 털 토시를 둘렀다. 곰 가죽으 로 만들어진 모자를 눌러쓰고 입과 코까지 목도리로 둘렀다.

삼십 명의 졸개들이 활과 창을 비켜 들고 따라나섰다.

셋째 두령 이길은 졸개들을 몰고 산을 타고 올랐다. 그리고는 졸개들을 사방으로 풀어 짐승 몰이를 시켰다.

박풍은 이길의 거치도를 받쳐 들고 헐레벌떡 쫓아다녔다.

미끄러지고 자빠졌지만 마음껏 산을 뛰어다니는 기분은 실로 좋았다. 가슴이 탁 트이고 머릿속이 맑아지는 것만 같았다.

"갑니다, 가요! 노루가 그쪽으로 갑니다!"

졸개들이 소리치자 이길은 어깨에 걸고 있던 활을 내려 들었다.

후닥닥!

노루 한 마리가 숲을 헤치고 달려나왔다.

이길은 등에 걸어놓은 전통(箭筒)에서 화살 한 대를 뽑아 들어 시위에 걸었다.

노루가 어느새 십 장 앞으로 달려들고 있었다. 이길이 시위를 당겼다. 활이 만월처럼 휘었다. 노루는 오륙 장 안으로 달려왔다. 이길이 오른손을 놓았다.

활이 쭉 기지개를 켜며 화살을 쏘아냈다.

유성처럼 날아간 화살은 그대로 노루의 목 아래를 푹 파고들었다. 노루가 구슬픈 비명을 지르며 풀썩 넘어졌다.

"와아!"

절로 환성이 터졌다. 이길이 어깨를 으쓱거리며 재주를 뽐냈다.

그때였다.

"갑니다, 가요! 이번엔 멧돼지요!"

졸개들의 호통 소리가 들렸다.

이길이 다시 한 대의 화살을 뽑아냈다.

쿠웨엑!

돼지 멱 따는 소리와 함께 송아지만한 몸집을 지닌 멧돼지란 놈이

숲에서 튀어나왔다. 비탈진 산을 번개처럼 빠르게 내달았다. 노루보다 더욱 빨랐다.

이길이 다시 화살을 걸어 당겼다. 이번엔 이십 장 거리에서 쏘았다.

화살은 정확하게 멧돼지의 목 옆을 파고들었다.

쿠웨에엑!

돼지는 높은 비명을 질러댔지만 노루처럼 쓰러지진 않았다. 오히려 더욱 화를 터뜨리며 활을 쏜 사람을 노려보며 달려들었다.

이길이 세 번째 화살을 뽑아 걸었다. 멧돼지는 어느새 십 장 안으로 달려들고 있었다. 이길이 손을 놓았다.

화살은 다시 멧돼지의 목을 파고들었다.

더욱 큰 소리로 비명을 내지르면서도 멧돼지는 쓰러지지 않고 달려 들었다.

하지만 이길의 일 장 전면에 이르러서는 힘을 잃고 픽 고꾸라졌다.

졸개 둘이 재빨리 달려들어 노루 피와 멧돼지 피를 받아왔다.

이길은 뽐내는 표정으로 거만하게 피가 가득한 사발을 받아 들고 벌 컥벌컥 마셔댔다. 반 정도를 마시고는 박풍에게 넘겨주었다.

피비린내가 진동했지만 박풍 또한 어깨를 쭉 펴고 호걸처럼 피를 쭉 마셔댔다. 입가에 묻은 피는 소매로 쓱 닦아냈다.

구역질이 날 것 같았지만 기분만은 최고였다. 짐승의 피를 마시는 스스로의 모습이 진정 한 명의 호걸 같았다.

그때였다.

"어이쿠! 제기랄!"

욕지거리가 터졌다.

"갑니다, 가요! 이번엔 더 큰 놈입니다! 한 명이 다쳤어요!"

좀 전보다 더욱 커다란 멧돼지 한 마리가 갑작스럽게 뛰쳐나왔다. 십 장 좌측이다.

이길이 깜짝 놀라 활을 챙기려다가 그만두었다. 활을 쓰기엔 이미 늦었다.

"칼!"

이길의 호통에 박풍은 급히 거치도를 건네주었다.

이길은 거치도를 단단히 움켜쥐었다. 칼춤을 출 때처럼 짙은 살기가 뿜어져 나오기 시작했다.

그 모습을 본 박풍 또한 등에 짊어진 환도를 뽑아 들었다. 이길처럼 자세를 낮추고 칼을 머리 위로 치켜들었다.

멧돼지가 순식간에 들이닥쳤다.

그 기세가 얼마나 대단했던지 박풍은 그만 덜컥 겁을 집어먹었다. 주춤 저도 모르게 한 발 물러섰다.

"개새끼! 어딜 도망쳐? 달려나가! 칼을 휘둘러!"

이길의 호통 소리가 그의 전의(戰意)를 일깨웠다.

박풍은 후들거리는 다리를 억지로 진정시키며 칼을 움켜잡았다.

"이때다! 나가!"

박풍의 몸은 이길의 명령을 따라 앞으로 달려나갔다. 환도를 움켜쥔 손에 불끈 힘이 들어갔다.

전에 느껴보지 못했던 공포와 희열이 한꺼번에 터져 나와 머리 속을 울렸다. 멧돼지는 보이지도 않았다.

"내려쳐!"

이길의 호통에 따라 박풍은 있는 힘껏 칼을 내려쳤다.

퍽!

칼날이 살을 파고드는 소리가 너무도 경쾌하게 들려왔다. 어떤 사내의 목이 그대로 잘라 나가는 것 같은 환상이 떠올랐다.

하지만 자른 것은 결코 사람의 목이 아니었다. 멧돼지였고, 그의 일격에는 멧돼지를 죽일 만한 힘이 들어 있지 못했다.

멧돼지는 커다랗게 울부짖으며 곧장 달려들었다. 박풍은 피할 생각도 하지 못했다.

좌측 허벅지를 그대로 받히고 말았다. 몸이 붕 떠서 저만치 날아가 처박혔다.

멧돼지는 자신을 해친 박풍을 향해 달려들었다. 환상은 산산이 흩어지고 두려움이 몰려왔다.

달려드는 멧돼지를 발견한 박풍은 겁에 질려 질끈 눈을 감았다.

이길의 칼이 나갔다.

촤악 하는 경쾌한 소리가 짜릿하게 들려왔다.

이길의 거치도는 그대로 멧돼지의 목 아래를 갈라놓았다. 멧돼지는 다시 한 번 박풍을 받아버리고 그대로 무너져 내렸다.

박풍은 멧돼지 피를 뒤집어쓰고 떼굴떼굴 굴렀다.

허벅지와 아랫배가 찢어져 나가는 것 같았다. 두터운 솜옷이 아니고 이길이 이미 멧돼지의 숨을 끊어놓지 않았다면 그대로 배가 터졌을 것이다.

박풍은 이를 악물고 억지로 몸을 일으켰다.

"억!"

허리가 꺾이는 줄 알았다. 몸을 일으키던 박풍은 다시 떼굴떼굴 굴렀다.

이길의 발길질이 마구 날아들었다.

"이 개새끼, 누가 너더러 눈을 감으라고 했니? 적을 눈앞에 두고 눈을 감을 테냐? 그렇게 겁나디? 뒈질까 봐 겁나? 네깟 놈을 가르쳐 뭘 하겠니? 일찍 죽어라, 일찍 죽어!"

박풍은 머리통을 감싼 채 몸을 웅크렸다. 무수한 발길질이 몸 위로 떨어졌다.

이길은 침을 탁 뱉고는 그만두었다.

박풍은 들것에 실려 산을 내려와야 했다. 박풍은 결코 이길을 원망하지 않았다.

나는 겁쟁이다, 겁쟁이. 두려워서 눈을 감고 말았다. 뒈지기 싫어서 겁을 먹고 도망친 거야. 나는 죽어도 싼 놈이다.

삼 일 동안 방 안에 누워 일어서지 못했지만 박풍은 곧 이를 악물고 뒤뜰에 나와 환도를 휘둘렀다.

그는 결코 눈을 감지 않았다.

눈물이 질질 흐르고 찢어질 듯 아팠어도 그는 이를 악물고 눈을 부릅떴다. 나중에는 눈꼬리가 찢어져 피가 흘러나왔지만 그는 결단코 눈을 감지 않았다.

날이 갈수록 오랫동안 눈을 감지 않을 수 있었다.

칼날을 가지고 자기 눈알을 후벼 팔 듯 눈 가까이 대보기도 했다. 그는 눈을 부릅뜨고 쉬지 않고 칼을 휘둘렀다.

"독종은 뭐가 달라도 다르다니까. 저 독한 눈깔 좀 보라지. 꼭 누구를 닮았잖아?"

"끼리끼리 어울리는 게 사람 새끼들이야. 이길이나 저놈이나 똑같은 독사들이야."

졸개들은 감히 그런 말들을 꺼내지 못했지만 가끔 몇몇의 간 큰 자들은 이길과 박풍을 놓고 찧고 까불며 저희들끼리 히히덕거렸다.

이길은 오히려 그런 말들을 듣기 좋아했다. 남들이 자신의 독하고 잔인함에 기가 팍 죽는 것을 무엇보다도 좋아했다. 기분이 좋아진 이길은 박풍을 불러놓고 한마디 했다.

"새끼, 칼 쓰는 법을 한 가지 가르쳐 주겠다. 똑똑히 듣고 그대로 따라 하란 말이다."

"넵, 셋째 두령님!"

박풍은 크게 기뻐하며 이길을 따라 뒤뜰로 향했다.

이길은 자리를 잡더니 디딜 땅을 슬슬 골랐다.

두 발을 어깨 넓이로 벌린 후 무릎을 약간 굽혔다. 허리에 불끈 힘을 주고 등은 곧게 폈다. 그리고 거치도를 건네 받아 양손으로 움켜쥐어 머리 위로 높직이 치켜 올렸다.

"기마 자세를 해라. 누가 밀어도 끄떡하지 않아야 해. 허리와 등을 꼬장꼬장하게 펴고 일격을 팍 내려치란 말이다. 무슨 말인지 알아들어, 새꺄?"

"넵."

박풍은 재빨리 이길과 똑같은 자세를 취했다. 그리고는 힘껏 환도를 내려쳤다.

뒤통수에서 불이 번쩍 일었다.

"이 돌대가리 새끼, 아무 데나 그저 내려치면 단 줄 알아? 허공에 한 점 목표물을 정하고 그걸 내려치란 말이다!"

"네……."

"하루에 삼백 번 내려쳐. 삼백 번을 채우지 못하면 밥도 없다! 알아들어, 새꺄?"

“넵.”

“잘해봐.”

이길은 가버렸다.

박풍은 똑같은 자세를 유지하며 허공에 점 하나를 그려 넣고는 그걸 내려치기 시작했다.

열 번을 내려치지도 않았는데 두 다리가 끊어질 듯 아프고 어깨가 빠지는 것 같았다. 이를 악물고 다섯 번을 더 내려쳤지만 결국 기진맥진하여 털썩 주저앉고 말았다.

향 한 대가 탈 시간 정도를 쉰 그는 다시 자세를 유지하고 칼을 내려쳤다. 이번엔 열 번도 내려치지 못했다.

생각보다 몇 배는 힘들었다.

밤이 깊어서야 끝내 삼백 번을 내려치고 방으로 기어갔다. 사지가 후들거리고 정신이 멍멍하여 천지가 뱅뱅 돌았다.

다음날까지 허공에 점을 그리며 내려치던 박풍은 방법을 바꾸었다.

나뭇가지에 실을 매달고 그 실 끝에 손톱만한 나뭇조각을 달았다. 그리고는 그걸 매섭게 노려보며 칼을 내려치기 시작했다.

며칠 동안 천 번도 더 내려쳤지만 칼날로 나무토막을 맞히지 못했다. 생각보다 훨씬 어려웠다.

그는 이를 악물고 나무토막을 노려보며 계속해서 내려쳤다.

이길의 명령이 추상같았는지라 박풍은 그동안 양 독사를 찾아가지 못했다.

칼 내려치는 것만도 너무 힘들어 오금희 수련은 엄두도 내지 못했다. 박풍은 끊임없이 칼 내려치기를 거듭했다.

며칠이 더 지나고서야 처음으로 나무토막을 맞힐 수 있었다. 그 기쁨은 이루 형용할 수 없을 정도로 컸다.

그 후 자신을 가지고 대들었지만 번번이 실패하고 말았다. 몇십 번을 내려치고서야 겨우 한 번 맞히곤 했다.

발바닥과 허벅지에 군살이 덕지덕지 박히고 어깨와 알통은 차돌처럼 굳어져 갔다.

아침을 먹고 시작해서 밤이 깊어서야 끝나던 내려치기는 날이 갈수록 조금씩 시간을 앞당길 수 있었다.

여유가 생기면서 오금희를 함께 수련했다.

그런데 이상했다.

오금희와 함께 수련하기 시작하면서 그토록 어렵던 칼 내려치기가 한결 쉽고 부드럽게 행해지고 있었던 것이다.

박풍은 그제야 오금희가 과연 어떤 효험이 있다는 것을 깨달았다. 그는 더욱 열심히 오금희를 수련했다.

박풍은 녹림의 호걸이 된 첫해를 그렇게 보냈다.

새해 아침이 밝았다.

집이 있고 가족이 있는 자들은 특별 휴가를 얻어 산을 내려갔다.

집도 절도 없는 자들은 산채에 남아 저희들끼리 잔치를 열어 울적한 기분을 달랬다.

박풍은 갈 곳이 없다.

어머니의 죽음으로 그는 넓은 세상 천지에 홀로 떨어진 신세가 되어버렸다. 명절을 맞자 어머니가 보고 싶고 왠지 울적해졌다.

박풍은 이를 악물었다. 그는 남들이 모르는 야무진 꿈이 있었다.

성씨가 다른 사람은 그와 정씨 아저씨뿐인 노가촌에 들어와서 아비

없는 후레자식이라고 설움받고 핍박받던 지난날들을 고스란히 보상받
고픈 확고한 뜻이 있었다.

돈이 없어서 약을 사지 못하고 먹을 게 없어 풀뿌리를 캐러 다니는
것은 정말이지, 견딜 수 없었다.

붙여먹을 땅뙈기 한 뼘 없는데도 꼬박꼬박 세금을 뜯어가는 촌장과
마을 어르신들이 싫었다.

성도 없는 후레자식라고 놀리며 저희들끼리만 노는 아이들이 미웠
다.

커다란 힘을 얻어서 멋들어지게 살고 싶었고 없는 사람들을 괴롭히
는 못된 자들을 혼내주고 싶었다.

용골산채의 대왕처럼 멋진 영웅호걸이 되어 사해를 주름잡고 싶었
다.

박풍은 그것을 위해 어머니가 죽자마자 스스로 달려와 산적이 되었
다.

홀로 지내며 무서운 꿈을 꾸어야 하는 것이 싫었다. 용골산채의 대
왕처럼 멋들어지게 살아보고 싶었다.

이길의 잔인하고 매운 손도 견딜 수 있는데 이 같은 외로움쯤은 문
제도 되지 않는다고 생각했다. 오직 앞날을 위해 노력하고 또 노력하
자고 스스로를 채찍질했다.

그런 면에서 양 독사는 큰 위로가 되어주었다. 늙은 그 역시 집도 없
고 친척도 없는 처지로 천하의 외톨이였다.

박풍은 창고에서 분주 한 병을 훔쳐 들고 양 독사를 찾아갔다.

분주 한 병 때문은 아니었다.

의지할 곳 없는 양 독사 역시 이맘때는 늘 외롭고 적적했다.

비록 술을 얻어먹기 위해서였지만 늘그막에 얻은 제자 같은 박풍은 양 독사에게도 큰 위로가 되었다. 양 독사는 더욱 세심하게 자신이 아는 바를 가르쳐 주었다.

몇 번에 걸쳐 오금희를 수련한 박풍은 환도를 들고 자세를 잡았다.

몇십 번을 내려치고서야 겨우 나무토막 한 번 맞힐 수 있었지만 그는 쉬지 않고 칼을 내려쳤다.

팔다리가 끊어져 나가는 것 같아도 이를 악물고 버텼다.

졸졸졸.

복우산의 높은 봉우리들을 온통 뒤덮고 있던 눈이 녹아내렸다.

봄이 왔다.

쫑쫑.

조용히 귀를 기울이면 산새들의 작은 지저귐도 모두 들을 수 있었다.

"얍! 얍!"

용골산채의 수련장에서는 변함없는 기합 소리가 들려왔다.

박풍은 지난겨울 동안 하루도 쉬지 않고 하루에 삼백 번 이상 똑같은 기합을 내뱉었다.

모습도 제법 변해 있었다.

피골이 상접하여 귀면잔심의 흉측한 낯바닥과 비슷할 정도였던 그의 얼굴도 그동안 잘 먹은 덕분인지 포동포동 살이 올랐다.

광대뼈가 다소 튀어나오고 볼따구니가 홀쭉한 걸 빼면 그래도 봐줄 만한 모습이었다. 볼따구니에 살만 오르면 더 보기 좋을 것 같았다.

타다 만 부지깽이 같던 팔다리에는 굵고 단단한 근육들이 차돌처럼 박혀 있었다.

무엇보다도 사람의 눈길을 끄는 것은 그의 두 눈이었다.

그의 눈빛은 불과 같았다. 끝없이 이글이글 타올랐으며 먹이를 노리는 맹수의 눈빛처럼 번들거렸다.

그의 눈은 어떤 것이 날아와도 결코 감지 않을 정도로 단련되어 있었다. 그가 똑바로 노려보면 웬만한 졸개들은 기가 팍 죽어 꼬랑지를 말곤 했다.

그의 눈빛은 어느새 귀면잔심을 닮아 있었다.

칼을 잡으면 생겨나는 기이한 떨림은 날이 갈수록 강해졌다. 어느새 그 느낌과도 친해졌다.

그것을 맛보기 위해서도 박풍은 손에서 칼을 놓지 않았다.

귀면잔심 이길은 그런 박풍을 보며 흐뭇해했다.

자신이 과연 길거리에서 보물을 주웠다고 은연중 떠벌리기도 했다. 잘 키워서 진짜 맹수를 만들어내겠다고 호언장담했다.

이길이 큰소리칠수록 박풍은 힘들어졌다. 강한 이빨과 날카로운 발톱을 가진 맹수가 되는 일이 결코 쉽지 않았다.

봄이 시작되고부터 박풍은 하루에 오백 번의 칼질을 해야 했다. 다소 늘었다고 횟수를 늘린 것이다.

박풍은 꿋꿋하게 버티어 나갔다. 양 독사의 오금희가 아니었으면 그 힘든 수련을 이겨 나가기 어려웠을 것이다.

第二章 初出
―처음으로 강호에 나오다

初出

"준비해라!"

불쑥 내뱉은 이길의 말이 무슨 뜻인지 몰라 어리둥절하던 박풍은 이내 펄쩍 뛰며 좋아했다.

드디어 산 아래로 내려가는 것이다.

어엿한 호걸이 되어 본격적으로 녹림도 노릇을 해볼 수 있게 되었다.

박풍은 설레이는 마음을 주체하지 못하고 급히 짐을 챙겼다.

이길의 옷가지와 몇 가지 물건들, 노숙을 위한 장비들, 마른 음식도 장만해야 했다. 모든 것을 봇짐 안에 챙겨 잘생긴 청노새 등에 실었다.

이길의 거치도와 자신의 환도는 무명 천에 둘둘 말려 청노새 옆구리에 매달았다.

준비가 끝나자 귀면잔심 이길이 먼저 출발했다.

날렵하게 차려입은 세 명의 졸개가 저마다 준비를 갖추고 뒤를 따렀다.

박풍은 청노새의 고삐를 잡고 이길을 좇았다.

비록 짐 실은 노새의 견마잡이에 불과했지만 가슴은 한껏 부풀었다. 박풍은 어깨를 당당히 편 채 거만하게 걸으며 눈은 똑바로 앞을 쳐다보았다.

이제부터 전혀 새로운 삶이 시작되는 것이다.

대도시인 남양(南陽)에서 하루를 쉬고 일행은 계속 남진하여 육 일 만에 하남(河南)을 벗어나 호북(湖北) 경내로 들어섰다.

여행이라고는 어머니가 돌아가신 후 산적이 되겠다고 이길을 찾아 칠십 리를 걸은 것밖에 없는 박풍에게는 다소 무리한 여정이었다.

여행이 끝난 것도 아니었다.

어디를 가는지 몰라도 이길은 멈출 생각이 없는 듯했다.

날카로운 눈으로 사방을 살피며 넓은 관도를 버리고 산길을 골라 여행을 계속했다.

이틀을 더 걸어 십언현(十堰縣)에 도달할 수 있었다.

그자들을 만난 것은 광화(廣華)로 통하는 관도상의 커다란 버드나무 아래 있는 노상 찻집이었다.

다섯 명의 우락부락한 사내가 먼저 자리를 차지하고 한 잔의 차로 목을 축이고 있었다.

"엇?"

차를 마시며 거침없이 떠들고 있던 사내들이 말을 타고 나타난 자를 힐끔 살피다가 크게 놀란 듯 눈을 부릅떴다. 그중 세 명은 저도 모르게 벌떡 몸을 일으키기도 했다.

이길은 그 귀신같은 낯바닥을 들어 사내들을 매섭게 노려본 후 더이상 아는 체 않고 말에서 내려 빈 의자에 앉았다.

노상 찻집의 주인이 재빨리 따끈한 차를 따라주었다.

박풍도 옆 자리에 앉아 주인이 따라주는 차를 받았다. 박풍은 힐끔 사내들을 돌아보았다.

사내들은 왠지 겁을 집어먹은 표정으로 엉거주춤 자리에 앉아 저희들끼리 눈치를 주고받았다. 귀면잔심 이길을 알아보고 두려워하는 것이 분명했다.

박풍은 괜스레 어깨를 으쓱거렸다.

남들이 귀면잔심 이길을 보고 두려워하는 것을 보니 자신도 대단한 사람처럼 생각되어 기분이 자못 좋았다.

복우산 용골산채의 대왕은 과연 보통이 아니거든.

박풍이 의기양양해할 때 사내들은 슬금슬금 눈치를 보며 은근슬쩍 자리를 뜨려 했다.

이길이 홱 고개를 돌렸다.

"잠깐!"

슬그머니 자리를 뜨려던 사내들이 깜짝 놀라 이길을 돌아보았다.

이길이 사내들을 아래위로 쓰윽 살피며 말했다.

"네놈들, 평정산(平頂山)의 그 왕씨(王氏) 패거리렷다?"

"네, 그런… 데요?"

"흥! 독두사(禿頭蛇) 왕정(王精) 같은 자가 감히 원행에 나섰다는 말이렷다?"

"아니, 그런……. 우리 두령님 이름을 함부로……."

"가서 전해라. 어디든 나서지 않는 게 좋을 거라고. 꺼져!"

“…….”

사내들은 이길이 함부로 내뱉는 말이 크게 불만스러웠지만 실력이 워낙 모자람을 느끼고 있는지라 감히 반박하지는 못했다. 사내들은 은근슬쩍 이길을 노려본 후 이내 뺑소니치듯 가버렸다.

“팻! 왕정 같은 새끼도 뼈다귀를 보고 한입 주워 먹겠다고 달려드는군. 홍! 그런데 그 자식이 뭘 주워 먹으려고 기어나온 거지?”

한마디 씹어뱉으며 고개를 갸웃거린 이길은 몇 잔의 차를 마시고는 몸을 일으켰다.

박풍은 더욱 의기양양해져서 청노새를 끌고 이길을 좇았다.

다시 하룻길을 걸어 양번(襄樊)을 지나면서부터 분위기가 달라졌다.

유람 나온 한량처럼 여유롭던 이길의 눈빛이 예리하게 빛을 발했다. 바짝 긴장한 채 주위를 경계했다.

곧 무슨 일이 벌어질 것만 같은 살벌한 분위기였다.

이길이 세 명의 졸개들을 향해 말했다.

“이제부터 따로 떨어진다. 각기 흩어져 주위를 염탐하고 정보를 모아야 한다. 왕정 같은 자도 나선 걸 보면 다른 자들도 몰려나왔을 가능성이 많다. 어떤 자들이 있는지 살핀 후 의창(宜昌)에서 합류한다. 쓸데없는 분란 만들지 마!”

“네!”

세 명의 졸개들은 바짝 긴장한 표정으로 각기 흩어졌다.

박풍은 청노새를 끌고 여전히 이길을 따랐다.

이길은 대로를 피해 산길이나 소로를 골라가며 계속해서 남서쪽으로 나아갔다. 낯바닥이 워낙 특이한지라 알아보는 자들이 있을까 봐 일부러 인적이 드문 길을 택한 것이다.

졸개들에게 염탐할 시간을 주기 위해서인지 이길의 발걸음은 빠르지 않았다.

많이 걷지도 않았다. 산길을 가다가 적당한 곳을 발견하면 자리를 잡고 야숙을 했다.

박풍만 애가 탔다.

잔뜩 신경을 곤두세워 놓고 아무 일도 벌어지지 않으니 괜스레 짜증만 나는 것이었다.

박풍은 남아도는 시간을 이용해 칼을 휘둘렀다. 긴장감을 풀지 않은 상태였는지라 휘두르는 칼을 따라 예리한 기운이 흘러다녔다.

그 꼴을 본 이길이 슬그머니 미소를 흘렸다.

다시 며칠을 걸었다.

졸개들은 의창의 외곽 한 허름한 암자(庵子)에 미리 모여 있었다.

이길을 보자마자 한 명의 졸개가 흥분한 목소리로 입을 열었다.

"두령님, 일이 벌써 벌어진 모양입니다. 각지의 호걸들이 직접 대파산(大巴山)으로 몰려가고 있습니다."

"뭐라고? 어떤 새끼들이 먼저 일을 벌였단 말이냐?"

"그건… 아직 어떤 자들이 먼저 시작했는지는 정확히 파악하지 못했습니다. 하지만 어찌 된 일인지 멀고 가까운 곳에 위치한 녹림의 호걸들이 모조리 몰려나온 것 같습니다."

"그건 또 먼 개소리냐? 우리가 이번 일에 들인 공력과 은자가 얼만데 다른 놈들이 어떻게 대파산 만폭동(萬瀑洞)을 안단 말이냐?"

이번 일은 확실히 비밀을 요하는 일인지라 정보를 입수하기도 힘들었다. 그렇기 때문에 대왕들마저 여러 갈래로 움직이며 비밀이 새어나가는 것을 방비했던 것이다.

평정산 왕정 패거리가 근처를 어슬렁거리는 것을 보고 고개를 갸웃했건만 각지의 녹림도들이 모두 알고 몰려나왔다는 말은 믿기 힘들었다.

이길이 벌게진 얼굴을 휙 돌렸다.

"야, 당이(唐二), 니가 말해 봐. 뭔 소리냐?"

키가 크고 손발이 길쭉한 원숭이처럼 생긴 삼십대 후반의 사내는 이름이 당이였으며 셋째 두령 이길 밑에 있는 졸개 중 가장 발이 빠르고 생각이 깊은 자였다.

"확실히 이상합니다. 대파산으로 뛰는 자들을 잡고 물어보니 천수노괴(千手老怪)가 구구생환단(九九生還丹)을 완성한 걸 알고 있었으며 만안표국(萬安鏢局)이 그것을 수송한다는 사실까지 아는 것 같았습니다. 호걸들이 노리는 곳은 만폭동이 아니라 만안표국입니다."

"망할, 이런 개 같은 경우를 봤나? 대체 어떤 새끼가 나불거린 거야?"

만안표국까지 안다면 일은 이미 틀려 버린 꼴이다.

물건이 귀한 만큼 개 떼처럼 달려들 판이고, 그 와중에서 물건을 빼돌린다는 것은 결코 쉬운 일이 아니다. 용골산채의 전 인원이 달라붙어도 성공하기 힘들게 되어버렸다.

당이의 말이 이어졌다.

"그중 제일 빠른 자들이 무산(巫山) 황(黃) 두령과 삼협(三峽) 천풍채(天風寨)의 엽(葉) 채주입니다. 대파산으로 출동한 지 벌써 이틀이 되었다 하니 어쩌면 벌써 만안표국과 부딪쳤는지도 모릅니다."

무산의 산채와 삼협의 수로채는 복우산 용골산채와 비교해도 빠지지 않는 세력을 갖춘 곳이다.

이길의 표정이 갈수록 굳어졌다.

"이 새끼들이 뒈지려고 환장을 했구나! 그놈들, 물건이 어디로 전해질 것인지 알고 덤벼든다고 하든?"

"그건……. 그런 말은 듣지 못했습니다."

구구생환단은 숨이 붙어 있는 사람이라면 어떤 상처를 입었다 해도 살려놓는다고 알려진 명약 중의 명약이다.

만폭동의 천수노괴 같은 무림의 괴걸에게서 그런 명약을 얻어낼 수 있는 자라면 결코 보통 인물이 아니다.

당이와 졸개들은 그게 누군지 궁금하여 이길의 입만 바라보았다.

"구구생환단을 필요로 하는 곳은 바로 낙양(洛陽)의 홍문(紅門)이란 말이다!"

"억!"

"어이쿠!"

졸개들은 그만 너무 놀라 비명을 질렀다.

홍문은 낙양에 자리잡은 지 얼마 되지 않은 신흥 세가였지만 문주(門主) 기시진(祁時珍)이 이십 년 고심 끝에 창안한 뇌전검법(雷電劍法)은 벌써 무림의 일절이라고 인정될 만큼 위력적인 검법이었다.

그들을 일러 홍문이라 하는 것은 기시진 이후 모든 문도(門徒)들이 늘상 홍색의 허리띠를 차고 다니기 때문에 붙여진 이름이다. 기시진은 유독 붉은색을 좋아했다.

그런 곳을 건드려 놓으면 뒤를 감당하기 어렵다.

용골산채는커녕 녹림제일이라는 태행산(太行山)이라도 무사하지 못할 것이다.

만안표국의 표사들을 상대하기도 벅찬 무산이나 천풍채가 넘볼 수 있는 상대가 아니다.

"홍문의 문주 기시진이 갑자기 주화입마(周火入魔)되어 목숨이 위태롭기에 천수노괴의 구구생환단이 필요했던 것이다. 지극히 구하기 어려운 것인지라 부르는 게 값이야. 홍문에서는 단약을 호송할 인물이 마땅치 않아 만안표국에 의뢰한 것이지만 이 비밀이 어찌하여 새어 나갔느냔 말이다!"

용골산채에서는 각지에 퍼져 있는 염탐꾼들을 통해 겨우겨우 비밀스런 표행에 대해 알아냈다. 물건이 무엇인지 알았기에 위험을 무릅쓰고 출동한 것이다.

비밀이 새어 나갔다면 일은 커질 수밖에 없다.

일문(一門)을 일으켜 세운다는 것이 결코 쉬운 일이 아니며 숱한 난관을 헤쳐 나가는 동안 본의 아니게 원한을 쌓는 경우도 많다.

기시진이 주화입마되었다는 사실만 알려져도 원수들은 대거 공격을 감행할지도 모른다.

이는 분명 극비리에 처리되어야 할 사안이며 자칫 잘못한다면 홍문 자체가 위기에 몰릴 수도 있는 중차대한 일이다.

놀라 입을 다물지 못하던 당이가 불쑥 물었다.

"홍문의 원수들이 비밀을 탐지하여 일부러 누설한 것일까요?"

충분히 있을 수 있는 일이다. 원수들은 다른 자들을 내세워 손도 안 대고 코를 풀려고 하는지도 모른다. 어쩐지 불길한 생각이 들었다.

"함부로 나서면 큰일나겠다. 자칫 잘못하면 우리까지 함정에 끌려 들어갈 수 있어. 허곤(許崑) 너는 여기 남아 있다가 최 두령께서 도착하시면 사실을 알려라. 우린 앞서 가서 어떤 새끼가 이런 수작을 꾸미는지 알아보겠다. 상황이 좋지 않으니 정확히 전해!"

"알겠습니다!"

이길은 허곤을 남기고 곧 출발했다.

이길은 당이와 다른 한 명도 각기 먼저 출발시키고 청노새까지 객잔에 맡긴 후 길을 잡았다.

지금까지와는 달리 굉장히 빠른 걸음이라 박풍은 땀을 뻘뻘 흘리면서 겨우겨우 뒤를 좇았다.

힘들고 답답해도 참을 수밖에 없었다.

무슨 일이 어떻게 돌아가고 있는지 궁금하기 짝이 없었지만 차근차근 설명해 줄 이길이 아닌지라 덮어둘 수밖에 없었다.

더욱 견디기 어려운 것은 숨 막힐 듯 계속되는 긴장감이었다.

의창을 떠난 지 벌써 삼 일째이건만 이길은 전혀 긴장을 풀지 않았다. 당장에라도 무슨 일을 벌일 것처럼 바짝 곤두선 표정으로 사방을 살폈다.

박풍은 마른침을 삼켜가며 열심히 좇았다.

"어?!"

갑자기 이길이 낮게 놀람을 발하며 급히 박풍을 끌고 나무 뒤로 몸을 숨겼다.

박풍은 어리둥절한 표정으로 앞을 살폈다.

저 앞으로 두 명의 청년이 빠르게 걷고 있었다. 의관이 단정하고 깨끗했으며 허리에는 삼 척 장검이 매달려 있었다.

박풍은 고개를 갸웃거렸다.

보통의 녹림호걸들은 겉모습에 신경 쓰지 않는다.

한여름에는 벌거벗다시피 아무렇게나 걸치고 다녔으며 겨울에는 두터운 누비 옷이면 족했다.

특별히 사치를 즐기는 자라 해도 값비싼 비단옷을 입긴 힘들다. 산이 아니면 무기를 드러내 놓고 다니는 자들도 없다.

그런 면에서 볼 때 앞서 가는 두 명의 청년은 분명 녹림의 호걸이 아니다.

박풍의 생각을 확인해 주듯 이길은 잔뜩 인상을 찡그리며 낮게 중얼거렸다.

"화산파(華山派)의 떨거지들까지!"

박풍이 참지 못하고 물었다.

"저 사람들이 바로 그 유명한 화산파의 제자들인가요?"

화타오금희를 가르쳐 준 양 독사에게 들은 바로는 화산파 같은 몇몇 명문 대파의 제자들은 녹림의 호걸들과는 비교조차 할 수 없는 지극히 높은 무공을 깨우친 자들이라 했다.

상상만 해오던 사람들이 막상 눈앞에 나타났으니 박풍은 놀랍고 신기하지 않을 수 없었다.

이길은 더욱 인상을 찡그리며 박풍을 노려보았다.

"화산파가 무에 그리 대단하다고 놀라 자빠지는 것이냐? 그놈들도 사람인데 칼로 푹 쑤시면 안 죽고 배길 것 같어? 저놈들은 화산파 제자들도 아니다. 겉멋만 들어서 흉내만 내는 떨거지 놈들이다."

이길의 말대로 청년들은 화산파 제자는 아니었다.

정확하게는 화산파 속가제자의 수하들이었다. 화산파라는 이름 아래 멋을 부려보고 싶어하는 청년들일 뿐이다. 무공 역시 하수일 수밖에 없었다.

문제는 그것이 아니었다.

저들은 어찌 되었든 화산파라는 이름에 속해 있는 사람이고 저들이 나섰다면 어떻게든 화산파와 연결될 수밖에 없다.

이번 일에 녹림의 호걸들만 나선 것이 아니라는 사실이 중요했다.

"일이 점점 커지고 있어."

천수노괴의 구구생환단은 누구라도 욕심 낼 만한 무림의 희귀 영약이다.

그것 한 알이면 여분의 목숨을 지니고 있는 셈인데 그 누가 욕심 내지 않겠는가.

천금이 아깝지 않을 귀한 물건이며 살인을 해서라도 차지하고 싶은 영약이다.

그런 물건이 너무 쉽게 모습을 드러냈다.

인근의 호걸들이 모두 몰려나왔으며 결국에는 화산파의 떨거지들까지 나타났다.

자칫 잘못하면 피바람 속으로 빨려들 수도 있는 중대한 일이었다.

"멋모르고 뛰어들었다가 개박살 나는 것 아닌지 모르겠다."

이길은 걱정스런 표정을 감추지 못하며 화산파 떨거지들이 사라질 때까지 움직이지 않았다.

겉멋만 든 저런 애송이들이야 한주먹거리도 안 된다고 생각했지만 괴물같이 거대한 화산파와는 어떤 식으로도 연결되고 싶지 않은 것이 이길의 마음이었다.

이길의 걱정과는 달리 박풍은 흥분을 감추지 못했다.

그가 가장 존경하며 본받고 싶은 사람은 물론 용골산채의 대왕이다. 그 생각은 결코 변하지 않을 것이다.

화산파와 같은 전설을 간직한 곳의 실체를 만난다는 것은 어린 박풍에게 너무도 뜻밖의 일이었다. 꿈속에서 본 신선의 그림자를 본 듯 절로 흥분되는 마음을 감출 수가 없었다.

"화산파에는 정말 검을 타고 날아다니는 신선들이 사나요?"

박풍의 엉뚱한 질문에 이길은 인상을 팍 찡그리며 뒤통수를 후려갈겼다.

"이런 미친놈, 신선들이 뭐 주워 먹을 게 있다고 사람 사는 곳에 있어? 쓸데없는 생각 말고 따라와!"

이길은 더욱 조심스런 모습으로 걷기 시작했다.

박풍은 머쓱한 표정으로 졸졸 따랐다.

반나절을 더 걸어 무산 아랫녘을 지나고 있을 때 기다리고 있던 당이를 만났다.

당이는 며칠 전보다 더욱 흥분한 모습이었다.

"두령, 삼협의 천풍채가 벌써 만안표국을 습격했습니다. 물론 된통 깨지긴 했습니다만 구구생환단에 대한 정보가 사실인 것으로 드러났다고 합니다. 무산의 황 두령이 천풍채 엽 채주를 꼬드겨 재차 습격하려고 벼르고 있습니다. 만안표국은 습격자들의 이목을 피하기 위해 세 갈래로 갈렸습니다. 국주(局主) 윤원(尹元), 탈명검(奪命劍) 마휘(馬輝), 호풍검(呼風劍) 풍영(馮永)이 각각 수하 표사들을 이끌고 있습니다. 물건이 누구 손에 있는지는 밝혀지지 않았습니다. 윤원은 곧장 대파산을 넘어 산서로 나가는 길을 잡았고, 풍영은 뱃길 쪽을 택했습니다. 마휘는 관도를 택해 이쪽으로 내려오는 중입니다."

이길이 인상을 찡그렸다.

거리상으로 보면 국주 윤원을 쫓기는 이미 불가능했다.

물건이 국주의 손에 있을 가능성이 제일 높다고 볼 때 이번 출동은 수포로 돌아갈 공산이 크다.

당이가 말을 계속했다.

"더욱 놀라운 것은 물건을 노리는 자들이 녹림의 호걸들만이 아니라는 사실입니다. 신원이 불분명한 자들이 심심찮게 눈에 띌 뿐만 아니라 복면을 한 자들까지 있습니다. 좀 전에는 화산파 제자를 자처하고 다니는 함양(咸陽)의 조씨(趙氏)네 패거리도 보았습니다."

"젠장……!"

연신 인상을 찡그리던 이길이 한 소리 내뱉고 말았다.

"대체 어떤 개새끼가 나불거린 거야? 이거 손도 못 대보고 돌아가야 하는 거 아냐?"

만안표국 한 곳도 상대하기 힘든 판에 신비한 자들까지 나섰다면 일은 더욱 어려워진다. 괜한 헛걸음을 한 것 같아 짜증이 밀려왔다.

"조관(曹觀)은?"

조관은 바로 세 번째 졸개의 이름이다.

당이가 말했다.

"우리 둘만으로는 세 곳을 다 살필 수가 없었는지라 일단 탈명검 마휘만을 살피고 있었습니다."

이길은 할 수 없다는 듯 고개를 끄덕였다.

최 두령도 도착하지 않은 상태에서 일을 벌일 수는 없는 노릇이고 상황은 예측 불허로 치닫고 있으니 달리 방법이 없다.

많은 시간과 은자를 쏟아 부어 겨우 알아낸 정보가 전혀 쓸모없게 되었다.

어떻게 할지 망설이고 있을 때 조관이 헐레벌떡 달려왔다.

"대왕님, 탈명검 마휘가 저 아래 협곡으로 들어서고 있습니다!"

"벌써 여기까지 왔다고?"

"말을 타고 있는지라 움직임이 상당히 빠릅니다."

"노리는 자들은?"

"몇 명 있는 것 같습니다만 워낙 은밀하게 움직이고 있어 누군지 확인할 수 없었습니다."

"젠장, 일단 협곡으로 가자. 협곡 밖에서 사태를 주시한다."

"넵."

이길은 서둘러 움직였다.

일이 이상하게 돌아가고는 있지만 눈앞에 보인 이상 그냥 물러설 수는 없었다. 사태를 지켜보면서 대처할 방법을 생각하는 것이 좋을 것 같았다.

당이와 조관이 바짝 따라붙었다.

박풍은 흥분을 감추지 못했다. 당장에라도 무슨 일이 벌어질 것 같아 마음이 조마조마했다.

대충 상황을 짐작해 보면 구구생환단이라는 희귀한 약을 탈취하려는 것 같았다.

목숨이 경각에 달린 사람에게 필요한 약을 탈취하려는 행동이 옳게 보이지는 않았지만 그토록 당당하던 용골산채 대왕이 설마 그럴 리는 없다고 생각했다. 달리 사정이 있을 것이다.

그런 이유보다는 곧 벌어질지 모를 한바탕의 접전이 박풍을 온통 사로잡았다.

멧돼지를 사냥하는 것이 아닌 사람과 사람이 병장기를 들고 서로의 기량을 뽐내며 벌일 접전을 생각하면 벌써부터 가슴이 떨리고 침이 마른다.

박풍은 볼품없는 환도의 손잡이를 연신 잡아가며 부지런히 이길을 좇았다.

손아귀에는 벌써 땀이 홍건했다.

오 리 정도를 전진하자 앞쪽에 시커먼 아가리를 쩍 벌리고 있는 계곡이 나타났다.

길 양편으로는 경사가 심한 벼랑이 버티고 있었고 구불구불한 외길이 좁게 이어져 있었다.

계곡으로 들어선 이길은 살피기 좋은 곳을 골라 벼랑을 타고 올랐다. 박풍 등도 찍소리 못하고 따라 올랐다.

워낙 산을 잘 타는 위인들이라 미끄러운 바위 사이를 잘도 빠져나간다.

자리를 잡자 모두들 계곡 안쪽만 바라보았다.

"저기 보십시오!"

당이가 계곡의 한쪽을 가리켰다.

많은 사람들이 등성이를 오르고 있었다. 오십 명에 가까운 인원이었다. 그들은 적당한 곳에 자리를 잡고 몸을 감추었다.

"어라? 저자들은 평정산의 왕정 패거리가 아니냐? 저 새끼들, 대체 뭐 하는 짓이지?"

"저기서 기습을 가할 모양입니다."

조관의 말에 이길이 벌컥 화를 냈다.

"이 새꺄, 그걸 누가 몰라서 물어? 니가 왕정이라면 마휘한테 달려들겠냐?"

평정산의 왕정 패거리는 이길 혼자서도 상대할 수 있는 변변찮은 세력이다.

그런 자가 마휘를 상대한다는 것은 섶을 지고 불 속으로 뛰어드는 꼴이다.

당이가 나서며 한마디 했다.

"뭔가 믿는 구석이 있는 모양입니다. 자리도 잘 잡았고요."

"그렇긴 하다만 왕정 같은 자의 주변머리에 뒷배를 봐줄 사람을 찾았다는 것이 용하구나. 그래 봐야 떡고물도 못 얻어먹을 게지만!"

이길은 코웃음을 치며 상관하지 않았다.

그때 조관이 다시 입을 열었다.

"보십시오. 표행이 이쪽으로 다가오고 있습니다. 인원은 변함이 없군요."

십여 필의 준마가 협곡 안으로 들어서는 것이 보였다.

이길은 그중 누가 마휘인지 살피기 위해 눈을 가늘게 떴다.

조관이 소리쳤다.

"엇, 저기 저자들!"

깜짝 놀라 살펴보니 두 명의 인영이 빠르게 협곡으로 진입하고 있었다.

그토록 빨리 움직이는데도 불구하고 황톳길에 먼지 한 점 일지 않았다.

조관이 말을 계속했다.

"풍영을 뒤쫓아간 청두건들입니다. 움직임이 신비하고 두건까지 썼는지라 자세히 봐둔 자들입니다."

"풍영을 쫓아갔던 자들이라고? 그럼 벌써 한바탕하고 이곳으로 달려왔단 말인가? 물건이 풍영에게 없었단 말이지? 흐응……."

이길은 고개를 갸웃거리며 생각에 잠겼다.

저 정도로 기민하다면 분명 정통의 무공을 익힌 자들이다.

더욱이 두건까지 썼다면 어쩌면 무림에 이미 얼굴이 알려진 자들일 수도 있다.

"정말 재밌게 돌아가는군."

이길이 홀로 중얼거릴 때 조관이 다시 입을 열었다.

"표사들이 말에서 내렸습니다!"

이길은 생각은 멈추고 협곡을 살폈다.

빠르게 달리던 표사들이 어느새 말을 멈추고 내려섰다. 말을 바깥쪽으로 두고 사람은 안쪽에 서서 천천히 걷기 시작했다.

당이가 말했다.

"지리를 볼 줄 아는군요. 기습하기 적당한 곳을 정확히 짚어냈습니다."

바로 앞이 독두사 왕정 패거리가 숨어 있는 곳이다.

암기나 화살 등을 방어하기 위해 말들을 바깥쪽에 배치했으며 사람들은 그 안쪽에서 사방을 경계했다.

상대가 대비를 했다면 기습은 실패나 마찬가지다.

왕정도 그걸 알았는지 곧바로 공격을 개시했다. 협곡 양쪽에 매복해 있던 졸개들이 화살을 쏘아대기 시작했다.

"막앗!"

카랑카랑한 목소리가 울려 퍼졌다.

그와 동시에 만안표국의 표사들은 분분히 병장기를 뽑아 들어 날아드는 화살들을 쳐냈고 어떤 자는 윗옷까지 벗어 맹렬하게 휘둘렀다.

키히히힝.

말 울음소리가 길게 울려 퍼졌다.

병장기나 옷자락으로 화살들을 쳐내긴 했지만 그중 몇 대가 말들을 맞힌 모양이다.

"돌파!"

한마디 명령과 함께 표행은 일제히 앞을 향해 내닫기 시작했다.

만안표국의 표사들은 과연 뛰어난 무공을 지니고 있었다. 몇 마리 말을 희생시켰을 뿐 사람은 한 명도 다치지 않고 달려나갔다.

패앵! 팽!

허공을 찢는 맹렬한 파공음이 들렸다.

여태 쏘아지던 화살과는 비교되지 않는 강한 화살이 날아가는 소리였다.

"크억!"

표행에서 비명이 터져 나왔다. 누군가 쓰러졌고, 쓰러진 자를 부축하려는 자가 있었다.

"계속 가라! 계곡을 벗어나!"

표행은 멈추지 않고 달려나갔다. 사상자를 챙길 겨를이 없었다.

화살들은 비 오듯 쏟아지고 그중에는 위력이 강한 화살도 간혹 끼어 날아들었다. 그런 화살은 대부분 한 명을 노린 채 날아들었다.

목표가 된 자는 검을 휘둘러 일일이 화살을 쳐냈다. 무공이 상당한 자였다.

"탈명검 마휘라면 대머리새끼가 쏘아내는 화살 정도에 쓰러지진 않겠지. 그런데 청두건들은?"

비웃음을 날리던 이길이 깜짝 놀라 사방을 두리번거렸다. 잠깐 표행에 정신을 쏟다 보니 청두건들의 행적을 놓친 것이다.

당이와 조관도 마찬가지였다.

"과연 보통 놈들이 아니다. 주위를 잘 살펴. 기회를 봐서 뛰어든다."

신비한 청두건들이 마휘를 노렸다면 그만한 이유가 있을 것이다. 그 와중에 물건을 탈취할 수 있을지는 모르겠지만 눈앞에 두고 그냥 물러설 수는 없었다.

이길은 바짝 긴장한 채 싸움을 살폈다.

박풍은 이길 옆에 바짝 붙었다.

그 역시 싸움판에서 눈을 떼지 못했다. 칼을 잡을 때 일어나던 기이한 떨림이 일고 있었다.

호통 소리와 비명 소리가 그 떨림을 크게 증폭시켰다.

그는 두 손을 꽉 움켜쥐고 뚫어져라 싸움판을 지켜보았다. 당장에라도 달려나가 자신도 싸움판에 끼어보고 싶었다.

"크악!"

다시 한 명의 표사가 화살을 맞고 쓰러졌다.

화살들은 여전히 비 오듯 쏟아지는데 몇 개의 그림자가 등성이를 타고 달려 표행 앞에 이르렀다.

"멈춰라! 더 이상 희생자를 내지 않으려면 즉각 멈춰라!"

호통 소리가 제법 쩌렁쩌렁 울렸다. 평정산 산채의 우두머리들이 나선 것이다.

표행이 일시에 멈추어 섰고 쏟아지던 화살도 뚝 멈추었다.

계곡 양편에 잠복하고 있던 졸개들이 활을 겨눈 채 줄줄이 아래로 미끄러져 내렸다.

표행은 산적들에 의해 완전히 포위되고 말았다.

이길은 살금살금 움직여 사람들이 몰려 있는 쪽으로 다가갔다.

박풍은 이길 옆을 바짝 따랐다. 거리가 가까워지자 상황을 좀 더 똑똑히 볼 수 있었다.

생김새가 칼날처럼 날카롭고 빼빼 마른 사십대 초반의 사내가 앞을 막는 자들을 향해 호통을 쳤다.

"평정산의 왕 두령! 우리 만안표국에서 그대들을 섭섭치 않게 대했건만 이 무슨 짓이오? 평정산을 떠나 여기까지 왔다면 표물에 대해서도 알 만큼은 알 터, 그대는 만안표국과 홍문의 보복을 버텨낼 자신이 있다는 게요? 썩 물러서시오!"

호통도 대단했지만 만안표국과 홍문을 들이대는 것이 더 큰 위협이 되었다.

평정산의 독두사 왕정은 홍문은커녕 만안표국만 나서도 일거에 풍비박산당할 작은 산채에 불과했다.

탈명검 마휘 또한 귀면잔심 이길과 같은 의문을 떨칠 수가 없었다.

꼴을 보아하니 신비한 청두건들을 믿는 모양인데 그들이 끝까지 왕정을 지켜줄지는 의문이었다.

탈명검 마휘의 호통에 독두사 왕정이 찔끔하는 표정이었다.

그러나 주위를 에워싼 졸개들을 둘러보더니 다소 힘을 얻었는지 어깨를 쭉 펴며 당당하게 소리쳤다.

"지난날의 관계가 어떻든 일을 하다 보면 서로 부딪칠 수도 있는 법! 홍! 이 독두사 왕정은… 그대들을 두려워하지 않소이다! 좋은 말로 권할 때 물건을 내려놓고 가시오!"

제법 배짱 좋게 호통 쳤지만 독두사 왕정의 표정은 영 껄끄럽기만 했다. 이미 겁을 집어먹고 있는 것이다.

탈명검 마휘는 더욱 어리둥절해졌다.

독두사 왕정은 분명 자신을 두려워하고 있다. 그런데도 물러설 기세가 아니다.

마휘는 재빨리 사방을 살폈다. 평정산 졸개들 외에 다른 특이한 자는 보이지 않았다.

마휘가 고개를 모로 꼬며 왕정을 향해 말했다.

"왕 두령에게 뭔가 사연이 있는 듯한데 그게 뭐요? 누가 뒷배를 봐 주고 있는 거요? 누군지 말해 준다면 서로 상의해서 타개책을 찾을 수도 있지 않겠소?"

탈명검 마휘 역시 독두사 왕정 뒤에 틀림없이 누군가 있다고 단정했다. 그렇지 않고서야 왕정이 감히 자신을 막지 못한다고 생각했던 것이다.

독두사 왕정의 얼굴이 벌겋게 달아올랐다.

"마휘, 말을 삼가시오! 이 왕정은 한 산을 책임진 사람으로서 결코 타인의 조종을 받지는 않소이다! 잔소리 말고 가부간에 결정을 하시오! 물건을 내놓지 못하겠다면 생사의 판가름만이 있을 뿐이외다!"

독두사 왕정은 자신만만한 듯 소리치고 있지만 기실은 이미 겁을 집어먹은 상태였고, 그 쥐새끼 같은 눈으로는 남모르게 쉴 새 없이 사방을 살피고 있었다. 근처에 있는 누군가를 크게 두려워하는 모습이었다.

탈명검 마휘가 불쑥 두 손을 맞잡고 사방을 돌아보며 소리쳤다.

"근처에 어느 고인(高人)이 계시오? 이 탈명검 마 아무개가 인사드리는 바입니다! 혹시 청두건으로 모습을 가린 분들이라면 나와서 인사나 하십시다!"

탈명검 마휘의 갑작스런 행동에 독두사 왕정은 깜짝 놀랐다. 그는 두려움에 떨면서도 이를 악물고 소리쳤다.

"탈명검 마휘, 사람을 너무 우습게 보는군! 애들아, 일제히 쳐라!"

“와아!”

왕정의 호통에 졸개들은 기다란 창을 앞세우고 우르르 달려들었다.

“멈추어랏!”

탈명검 마휘가 우렛소리를 방불케 하는 호통을 내질렀다.

“누구든 먼저 대드는 자가 이 탈명검에 의해 죽을 것이다! 너희 두목은 불리한 것을 뻔히 알면서도 너희를 사지(死地)로 몰고 있다! 개죽음을 당할 셈이냐? 물러서랏!”

호통 소리가 얼마나 대단했는지 달려들던 졸개들이 깜짝 놀라 주춤 멈추어 섰다.

그중 담이 약한 자는 고함 소리에 놀라 귀를 틀어막으며 괴로워했다.

마휘의 말이 이어졌다.

“그대들의 두령 독두사 왕정은 누군가의 사주를 받고 이 자리에 섰지만 결코 이 탈명검을 막지 못할 것이다! 허무한 죽음을 당하고 싶지 않은 자들은 썩 물러서랏!”

졸개들이 눈치를 보며 서로를 살폈다. 개중에는 뭔가 잘못되고 있다고 수군거리는 자들도 있었다.

졸개들이 동요를 일으키자 독두사 왕정은 마음이 급했다.

“개소리다! 그자는 우리를 이간시키고 있는 게다. 때려죽여라! 모두 공격해!”

독두사 왕정은 결사적으로 부르짖으며 손수 칼을 뽑아 들고 탈명검 마휘를 향해 달려들었다.

왕정을 따르는 세 명의 소두령도 함께 대들었다.

탈명검 마휘는 그들을 상대하지 않았다. 성큼 한 발 물러서자 표사

다섯이 한꺼번에 튀어나오며 왕정 등을 막았다.

"망할 놈이… 끝끝내 이 왕정을 무시하는구나!"

독두사 왕정은 마휘가 물러서자 울화가 치밀어 바락바락 악을 썼지만 두 명의 표사도 만만치 않았다.

왕정은 겨우 표사 둘에 막혀 꼼짝도 하지 못했다. 소두령 셋은 표사 셋에 막혀 한데 어우러지기 시작했다.

쨍쨍! 쩡! 쩡!

검과 칼이 부딪치는 소리가 계곡을 쩡쩡 울렸다.

탈명검 마휘는 졸개들 앞에 우뚝 멈추어 서서 허튼수작을 부리지 못하도록 지켰다.

그때였다.

"저 새끼들이 두령님들을 해친다! 모두 달려들어 때려죽이자!"

뾰족하고 짜랑짜랑한 호통 소리가 졸개들 틈에서 터져 나왔다. 그리고 몇 명의 용감한 졸개들이 우르르 몰려나왔다.

다른 졸개들도 덩달아 몰려나왔다.

"정녕 죽고 싶단 말이냐? 멈춰 섯!"

탈명검 마휘가 소리칠 때 졸개들 틈에서 누군가 화살을 쏘아 날렸다.

팽! 팽!

연이어지는 세 대의 화살에는 실로 대단한 위력이 실려 있었다.

탈명검 마휘는 누군가 근처에 있으리라 예상하며 긴장을 늦추지 않고 있었지만 우르르 몰려나오는 졸개들 틈에서 이토록 강한 화살이 쏘아질 줄은 미처 생각지 못했다.

마휘는 깜짝 놀라며 검을 힘차게 휘둘렀다.

쨍!

첫 번째 화살은 쳐낼 수 있었다. 하지만 이어지는 두 대의 화살은 쳐낼 자신이 없었다.

탈명검 마휘는 재빨리 옆으로 비켜서지 않을 수 없었다.

화살 두 대는 아슬아슬하게 그의 몸을 스쳐 지났다.

"크악!"

탈명검 마휘 대신 뒤에 서 있던 또 다른 표사 한 명이 갑작스럽게 날아든 화살을 피하지 못하고 정통으로 가슴에 맞아 쓰러졌다.

마휘가 앞을 가리고 있어 날아드는 화살을 미처 보지 못했던 것이다.

"별것 아니다! 때려죽여!"

뾰족하고 짜랑짜랑한 목소리가 졸개들을 부추겼다.

탈명검이 화살조차 막아내지 못하고 몸을 피해 자기 졸개를 죽게 하자 평정산채의 졸개들은 이제까지와는 달리 그를 다소 깔보는 마음이 들었다.

몇 명이 소리를 지르며 달려나가자 나머지도 일제히 함성을 내지르며 달려나갔다.

뒤에서 또 한 차례 강한 화살이 쏘아져 나왔다.

표사 한 명이 화살을 피하려다가 달려든 졸개의 기다란 창에 의해 배를 찔리고 말았다.

"별것 아니다! 이 새끼들, 아무것도 아냐!"

표사의 배를 찌른 졸개는 커다란 것을 발견했다는 듯 기뻐서 소리쳤다. 그러나 이내 달려든 표사에 의해 그만 목이 잘리고 말았다.

피가 분수처럼 뿜어져 나왔다. 시뻘건 피를 본 졸개들이 크게 흥분하며 미쳐 날뛰었다.

몸에 지닌 실력이 있든 없든 일단 고향과 집을 버리고 산으로 숨어들어 도적질을 하는 자들은 일반인과는 크게 다르다.

원한이나 분노, 혹은 증오 같은 격한 감정들이 늘 마음속에 도사리고 있다. 그것이 터져 나오기 시작하면 누구도 말릴 수 없는 광란(狂亂)으로 치닫는다.

이들은 일단 탈명검 마휘의 호통에 놀라고 뭔가 이상하다는 생각으로 인해 주춤했지만 동료가 화살에 맞아 죽고 졸개의 창에 죽는 것을 보자 치밀던 두려움이 엷어졌다.

그 와중에 누군가의 목이 잘려 피가 하늘 높이 치솟자 그만 격한 감정이 터지기 시작했다.

졸개들은 미친 듯 달려나가며 함성을 질러대고 창을 마구 찔러댔다. 어떤 자는 미처 날뛰다가 동료에게 창질을 하기도 했다.

탈명검 마휘와 남은 표사들은 순식간에 졸개들에 둘러싸였다.

졸개들이 워낙 날뛰는 바람에 왕정 등도 어느 틈에 싸움 한복판으로 휩쓸리게 되었다.

"으악!"

"캑!"

"죽여라, 죽여! 찢어 죽여!"

마휘의 탈명검에 졸개들이 숱하게 쓰러졌다.

표사들도 서로 등을 맞대고 달려드는 졸개들을 마구 찌르고 베어 넘겼다. 너무 정신이 없어 누가 누군지도 분간하기 힘들었다.

"이놈, 마휘야, 네가 나를 그토록 무시했겠다? 내 칼을 봐라!"

졸개들 틈에서 갑자기 튀어나온 독두사 왕정이 커다란 칼을 맹렬하게 휘둘러 탈명검 마휘를 찍어 눌렀다.

졸개 하나를 찔러 넘어뜨리던 마휘는 왕정을 보고 인상을 찡그렸다.

마휘는 슬쩍 탈명검을 내밀었다. 얇은 검으로 자신의 두꺼운 칼을 막으려는 것을 본 왕정은 크게 기뻐하며 대소를 터뜨렸다.

"네놈이 과연 나를 무시하는구나! 에익! 죽어랏!"

왕정은 있는 힘을 모조리 칼에 실어 검과 사람을 한꺼번에 두 조각으로 갈라주려 했다.

그러나 웬걸.

쓰릉!

검에 기름을 발라놓은 듯 왕정의 칼은 탈명검과 부딪치자마자 검면을 타고 주르륵 미끄러졌다. 마휘가 그 틈을 노려 슬쩍 검을 잡아당겼다.

왕정은 그만 자신의 힘을 주체하지 못하고 허겁지겁 앞으로 쏠렸다. 마휘의 송곳 같은 왼 주먹이 뻗어 나왔다.

퍼억!

마휘의 주먹은 왕정의 그 뚱뚱한 배에 푹 파묻혀 버렸다.

"크윽!"

왕정은 새우처럼 몸을 구부린 채 풀썩 무너졌다.

평정산의 독두사 왕정은 마휘에게 걸려 단 일 격도 제대로 시전해 보지 못하고 패하고 말았다.

마휘는 쓰러진 왕정을 끝내주려 했다.

번쩍 탈명검을 내려치는데 네 개의 창이 한꺼번에 들이닥쳤다. 마휘는 물러서지 않을 수 없었다.

성큼 뒤로 한 발 물러서는데 갑자기 예리한 칼바람이 등을 엄습해

들었다.

왕정의 칼질과는 비교할 수 없도록 예리했다. 전문적으로 무술을 닦은 자의 솜씨다.

마휘는 기겁하며 팽이처럼 몸을 돌려 탈명검을 떨쳐 냈다.

순간 검은 그림자가 꺼지듯 졸개들 틈으로 사라졌다.

마휘는 등덜미가 서늘하도록 놀랐는지라 실제로 등의 옷자락이 갈라진 것도 알아차리지 못했다.

스읏.

솜털을 곤두세우는 예기가 다시 등 뒤에서 닥쳐들었다.

마휘는 왼발로 땅을 찍으며 번개처럼 몸을 돌려 검을 횡으로 그었다.

쨍!

이번엔 병장기가 서로 부딪쳤다.

짧은 비수(匕首)였다. 마휘는 부딪치는 힘을 견디지 못하고 하마터면 탈명검을 놓칠 뻔했다. 손아귀가 찢어져 피가 줄줄 흘러내렸다.

탁.

뭔가 등을 스치고 간 느낌이 들었다. 등줄기가 썰렁했다.

"아차!"

탈명검 마휘는 그제야 상대가 무엇을 노리는지 알아챘다.

아무도 모르게 등에 잡아매 둔 표물.

같이 먹고 자던 표사들도 알아차리지 못하도록 꽁꽁 숨겨둔 표물을 상대는 귀신처럼 알아내어 훔쳐 낸 것이다.

그토록 무공이 높은 자들이 일격에 탈명검 마휘를 죽이지 않은 것은 순전히 그를 해치고 싶지 않았기 때문이다. 사람은 해치지 않고 표물만 빼돌리려는 것이다.

마휘는 그러나 표물을 빼앗길 수 없었다. 목숨을 걸고라도 지켜야
했다.

벼락같이 몸을 돌리자 하나의 손바닥만한 물건이 공중으로 치솟고
있었다.

"으압!"

마휘는 벼락같은 기합을 터뜨리며 땅을 박차고 도약했다. 한 번의
도약으로 사람의 키를 훌쩍 넘어섰지만 상대는 더 빨랐다.

두 개의 그림자가 한꺼번에 솟구쳐 올랐다. 하나는 비수를 내밀어
탈명검을 차단했고 하나는 허공에 뜬 물건을 낚아챘다.

물건을 낚아챈 인영은 허둥대는 졸개의 머리통을 밟고 다시 도약하
여 저만치 날아갔다.

이어 그 반탄력을 이용하여 곧바로 다른 또 하나의 머리통을 밟고
도약하더니 더 멀리 날아갔다.

세 번에 걸쳐 졸개들의 머리통을 밟고 도약한 인영은 어느새 졸개들
틈을 벗어나 계곡 밖을 향해 달리고 있었다.

마휘의 탈명검을 막은 인영도 재빨리 졸개들 틈으로 숨었다가 번개
처럼 빠른 속도로 싸움터를 빠져나가 앞서 가는 인영을 쫓았다.

"청두건 그들이로구나!"

탈명검 마휘는 그제야 상대를 알아보았지만 늦은 감이 있었다.

마휘는 이를 악물고 앞을 막는 졸개들을 찔러 넘어뜨리며 상대를 쫓
았다.

표사들과 왕정 등은 아직도 한데 어우러져 생사의 격전을 벌이고 있
었다.

표물을 강탈한 두 명의 발걸음은 무척이나 빨랐다. 뛰는 것이 아니라 마치 날아가는 것 같았다.

그들은 순식간에 맞은편 계곡 끝에 당도했다.

탈명검 마휘는 자신이 그들을 쫓을 수 없음을 느끼면서도 멈추지 않았다. 끝까지 따라붙어 기어코 표물을 되찾아야 했다.

자신과 만안표국의 명성이 오로지 그 표물에 달려 있기 때문이었다.

"서랏!"

절망적으로 부르짖은 그의 바람은 놀랍게도 즉시 실현되었다.

파바박!

많은 암기들이 그들 앞에 떨어져 내렸다. 쏟아지는 암기들을 쳐내느라 그들의 발걸음이 늦어졌다.

"왕정 외에 또 다른 자들이 있었구나!"

탈명검 마휘는 홀로 부르짖으며 더 빨리 달렸다.

표물을 강탈한 자들은 쏟아지는 암기들을 쳐내며 앞으로 전진하고 있었다.

그들이 막 계곡을 빠져나가려 할 때였다.

파악!

왼편 바위 위에서 거대한 독수리 같은 그림자가 떨어져 내리며 달리는 도둑들을 향해 시퍼런 칼을 내리찍었다.

그 기세가 얼마나 대단했던지 달리던 도둑들이 깜짝 놀라 걸음을 멈추었다.

그중 한 명이 재빨리 비수를 들어 올려 내리찍는 칼을 막았다.

짜앙!

귀청을 후벼 파는 강렬한 쇳소리가 울렸다.

비수로 칼을 막은 자가 힘을 이기지 못하고 그대로 풀썩 주저앉았다.

상대를 주저앉힌 자가 멈추지 않고 양발을 선풍처럼 휘둘렀다. 주저앉은 자는 엉겁결에 팔뚝을 들어 막았다.

뻑!

발뒤꿈치가 그대로 팔뚝을 찍었다.

상대가 떼굴떼굴 뒤로 굴렀다. 손에 쥔 물건이 저만치 날아가 떨어졌다.

칼을 쥔 자가 그것을 차지하기 위해 달려나갔다.

다른 한 명이 번개처럼 뛰어들어 앞을 막았다. 칼을 쥔 자가 큰 칼을 힘껏 내려쳤다.

쨍!

작은 비수가 커다란 칼을 막았다. 칼을 든 자가 주춤 물러섰다.

달려온 탈명검 마휘는 그제야 칼을 쥔 자가 누구인지 알아보았다.

"복우산 용골산채… 귀면잔심 이길!"

그는 이길이었다.

귀면잔심 이길인 것은 알아보았지만 그것이 문제는 아니었다.

땅에 떨어진 표물을 누가 차지하느냐!

탈명검 마휘는 쏜살처럼 달려들어 물건을 잡아채려 했다.

틱!

누군가 발끝으로 물건을 걸어찼다. 물건은 또 저만치 날아갔다.

탈명검 마휘는 인상을 찡그리며 물건을 걸어찬 사람을 힐끔 돌아보았다.

의외로 작은 소년이었다.

볼품없는 한 자루 환도를 들었는데 그 길이가 거의 소년의 키만했다. 물건을 용골산채 졸개 쪽으로 차버린 소년은 재빨리 물러섰다.

탈명검 마휘는 소년이 누군지 상관하지 않았다. 당장에 땅을 박차고 물건 쪽으로 뛰었다.

당이가 더 빨리 뛰어들어 물건을 집으려 할 때 맹렬한 장력이 밀려 들었다. 장력에는 능히 뼈를 부러뜨릴 만한 힘이 들어 있었다. 당이가 깜짝 놀라 물러섰다.

그때 청두건 한 명이 물건을 집으려 하자 귀면잔심 이길이 커다란 거치도를 맹렬히 휘두르며 달려들었다.

물건을 집으려던 청두건은 들이닥치는 거치도를 먼저 막아야 했다.

이길은 거치도를 상하, 좌우로 맹렬하게 휘두르며 당이와 조관을 향해 호통 쳤다.

"막아라, 막앗!"

당이와 조관이 한데 뭉쳐 청두건을 향해 칼을 휘둘렀다.

청두건들의 지닌 바 무공은 실로 대단했다.

발걸음이 마치 물이 흐르듯 유연했으며 몸놀림이 영사(靈蛇)처럼 민활했다.

귀면잔심 이길의 벼락같은 기습을 받아 엉덩방아를 찧긴 했지만 아무렇지도 않은 듯 이내 털고 일어나 물건을 빼앗으려고 대들었다.

손과 발을 쓰는 모습에는 세련된 절도가 있었다.

이길처럼 아무렇게나 마구 휘두르는 무공이 아니었다. 분명 정식으로 무공을 배운 자들이다.

하지만 이길 등이 워낙 결사적으로 대드는지라 일순 몸을 빼내어 물건을 차지할 수가 없었다.

귀면잔심 이길은 기회를 놓치지 않고 재빨리 물건을 주워 들었다.

순간 다른 한 명의 청두건을 상대하고 있던 탈명검 마휘가 갑자기 몸을 빼내어 번개처럼 이길을 향해 덮쳐 갔다.

물건을 가지고 몸을 빼내려던 귀면잔심 이길은 들이닥치는 마휘의 검을 막지 않을 수 없었다.

마휘의 검 쓰는 솜씨는 원래부터 이길보다 윗길이었고 명성도 더 높았다.

이길은 은근히 마휘 같은 자를 껄끄러워했다. 막지 않고 선기를 내어준다면 번개처럼 이어지는 검에 의해 끝내 패하고 말 것이다.

이길은 들고 있던 물건을 저만치 떨어져 있는 박풍에게 던져 주었다.

"좋다, 해보자! 그렇지 않아도 한 번쯤 칼을 맞대보고 싶었다!"

귀면잔심 이길은 호기롭게 외치며 거치도를 맹렬하게 휘둘러 나갔다.

마휘는 물론 이길이 자기보다 하수임을 알았다. 그렇다고 태만할 수도 없는 일. 심적인 우세를 점하고 있는 이길을 얕잡아보았다간 큰코 다칠 것이다.

마휘는 힐끔 소년을 바라본 후 이길의 거치도를 상대해 나갔다.

두 사람이 한데 어우러지자 청두건 한 명이 즉시 몸을 뺐다.

이길과 마휘가 깜짝 놀라 손을 멈추고 각자 청두건을 향해 달려들었다. 둘이 싸우면 청두건만 유리해진다는 사실을 느낀 것이다.

박풍은 이길이 던져 준 물건에는 관심이 없었다.

목숨을 걸고 빼앗고 지키려는 이유가 모두 이 물건 때문에 벌어지는 일이었지만 그는 물건보다는 무공에 관심이 더 많았다.

그중에서도 두 청두건이 펼쳐 내는 무공은 실로 그를 경탄케 했다.

당이와 조관이 내두르는 칼질이 만만치 않고 어느 틈에 달려와 합세한 만안표국 표사 세 명이 찔러대는 검에 정신을 분산시켰지만 그들은 시종 침착하게 막아냈다.

막아낼 뿐만 아니라 점점 박풍이 있는 쪽으로 다가왔다.

박풍은 그들이 다가오고 있다는 사실도 깨닫지 못하고 펼쳐 내는 무공만을 뚫어져라 바라보았다.

칼과 검 사이를 교묘하게 빠져나가는 신비한 발걸음, 버들가지처럼 이리저리 휘둘리는 날렵한 허리, 전혀 힘이 들어가 있지 않은 듯한 손놀림이 만들어내는 놀라운 위력.

박풍이 보기에 그들의 동작과 무술은 꼭 마술 같았다.

자신이 수련하는 한 수의 내려치기와는 근본적으로 다른 어떤 것이 있는 것 같았다. 그는 손동작 하나, 발놀림 하나도 놓치지 않으려는 듯 그들에게서 눈을 떼지 못했다.

문득 이길과 마휘를 상대하던 청두건이 주위를 돌아보며 동료에게 말했다.

“시간이 없어요! 그들이 언제 나타날지 모른다고요! 아무래도 살계(殺戒)를 범해야겠어요!”

짜랑짜랑한 목소리는 분명 나이가 많지 않은 여인의 목소리였다. 그들은 또 다른 누군가를 경계하는 모양이었다.

“좋소.”

동료는 즉시 대답하며 태도를 일변시켰다. 그자는 비수를 고쳐 들고 선풍처럼 휘두르기 시작했다.

놀라운 일이 벌어졌다.

그 작은 비수는 폭풍 같은 기세를 끌어내며 들이닥치는 칼과 검들을 한꺼번에 잘라 버렸다. 조관과 두 명의 표사가 일제히 나가떨어졌다.

파방! 팡!

여인 또한 번개처럼 몸을 움직여 네 번에 걸쳐 손을 내뻗었다.

이길과 마휘는 몸을 피하느라 정신이 없었다.

일격에 두 사람을 물리친 청두건이 번쩍 몸을 날려 박풍에게 다가왔다. 귀신처럼 솟아오른 손이 단번에 박풍의 품속에 간직된 표물을 움켜잡으려 했다.

박풍이 깜짝 놀라 엉겁결에 환도를 내리찍었다.

"엇?"

빼빼 마른 나이 어린 소년을 안중에 두지 않고 손을 뻗던 흑의인은 갑작스럽게 떨어져 내리는 환도를 보고 깜짝 놀랐다.

급히 손을 움츠리지 않았다면 낭패를 당할 뻔했다.

일격을 내지른 박풍은 뒤로 서너 발 물러나 칼을 높이 쳐들었다.

기마세를 취하고 두 손으로 칼을 받쳐 들고 상대를 날카롭게 노려보았다.

"물건을 원하거든 나를 쓰러뜨려라!"

박풍은 녹림의 호걸들이 흔히 지껄이는 말을 흉내 내어 호기롭게 외쳤다.

청두건은 의외라는 듯 눈을 크게 떴다.

"완전히 새끼 독사로군!"

청두건은 대견하다는 듯 감탄했다.

하지만 그뿐이었다.

귀면잔심이나 탈명검 같은 자도 안중에 두지 않는 그에게 박풍의 모습은 그저 새끼 독사에 지나지 않았다. 청두건의 몸이 스르륵 박풍을 향해 미끄러져 나갔다.

박풍은 전혀 움직이지 않았다.

그는 환도를 받쳐 들고 두 눈을 부릅뜬 채 오직 다가오는 상대만을 노려보았다. 두려움 때문에 달려드는 멧돼지를 보고 눈을 감았지만 이젠 결코 눈을 감지 않으리라 다짐했다.

"멈춰랏!"

이길이 박풍에게 다가가는 청두건을 보고 깜짝 놀라 호통을 내지르며 몸을 날렸다.

마휘 또한 표물을 청두건에게 빼앗길 수 없어 함께 몸을 날렸다.

"훙."

청두건이 코웃음을 치며 벼락같이 앞을 막으며 두 번을 찌르고 두 번의 발길질을 내질렀다.

"억!"

"윽!"

귀면잔심 이길은 비수에 팔뚝을 찍히고 거치도를 놓쳤다. 탈명검 마휘는 발길질에 허벅지를 얻어맞고 한쪽 무릎이 꺾였다.

그때 다른 청두건이 어느새 박풍에게 다가들어 손을 뻗어냈다.

박풍은 결코 눈을 감지 않았다.

이상하게도 청두건의 손이 세 개로 보였으며 당장에라도 얼굴과 양 가슴을 얻어맞을 것 같았다. 두려움 때문인지 모르겠지만 귀신처럼 다가드는 청두건의 손이 세 개로 보였다.

박풍은 이를 악물었다.

그 손에 맞아 머리가 깨지고 가슴이 쪼개지든 상관하지 않기로 작심했다.

끝까지 청두건의 눈만을 노려보았다. 그 눈 사이에 초점을 맞히고 내려쳐야 할 표적으로 삼았다.

몇 개월간 수천 번 연습했던 내려치기만을 생각하며 표적이 조준점에 맞혀지기만을 기다렸다.

세 개로 갈라졌던 청두건의 손이 갑자기 하나로 뭉쳐지며 앞가슴을 향해 쳐들어왔다. 그와 동시에 청두건의 미간이 조준점에 맞혀졌다.

"얍!"

박풍은 정신과 신체를 일치시켜 사력을 다해 일격을 가했다. 환도는 그의 조종에 의해 벼락치듯 뚝 떨어졌다.

"앗!"

비명은 이길과 마휘를 물리친 청두건의 입에서 터졌다.

빼빼 마른 소년의 볼품없는 칼이 동료의 미간을 찍는 것처럼 보였기 때문이다. 그러나 칼은 다만 허공을 찍었다.

목표물을 맞히지 못한 박풍은 휘두른 힘을 이기지 못하고 앞으로 고꾸라질 듯 쏠렸다.

상대가 언제 어떻게 칼을 피했는지 보지도 못했다.

버럭 쏠리는 몸을 바로 세우려 할 때 가슴에 충격이 왔다. '퉁' 하고 부딪치는 정도였다.

앞으로 쏠리던 몸이 그 힘에 의해 멈추어졌다.

박풍은 몸이 안정된 것을 느끼고 재차 칼을 들어 내려치려 했다. 상대가 보이지 않았다.

재빨리 고개를 돌려 보니 청두건들은 어느새 저만치 달려나가고 있었다. 한 명의 손에 무언가 쥐어져 있었다.

깜짝 놀란 박풍은 자신의 가슴을 내려다보았다.

가슴 부위의 옷자락이 뜯겨져 나가고 없었다. 물론 이길이 던져 주었던 물건도 없었다. 상대는 박풍이 전혀 느끼지도 못하는 가운데 물건을 빼돌린 것이다.

가슴을 살짝 쳤을 때 이미 옷자락을 뜯고 물건을 빼간 것이다.

"이!"

박풍은 너무 놀라 말도 나오지 않았지만 이내 부드득 이를 갈며 칼을 치켜든 채로 청두건들을 쫓아 내달리기 시작했다.

"저런 개새끼! 너, 이리 못 오니? 뒈지고 싶어 환장했어?"

팔뚝을 찔린 이길이 버럭 호통을 내질렀다.

물건을 빼앗겨 울화통이 치밀었지만 상대가 너무 강했다. 자신조차 지키지 못한 물건을 박풍이 빼앗겼다고 탓할 일도 아니었다.

이미 살계를 범하고자 한 그들이 박풍을 살려둔 것은 그 자질이 아까워서였다는 것도 충분히 느낄 수 있었다.

뛰어봐야 따라잡힐 그들도 아니었지만 자칫 화를 돋우어 독사 새끼를 죽일까 봐 걱정스러웠다. 애써 키우고 있는 독사 새끼를 잃기는 싫었다.

"빨리 못 와!"

이길이 다시 소리쳤다.

박풍은 물론 이길의 호통을 들었다. 그러나 그는 멈출 수 없었다. 자기가 지니고 있던 물건을 남에게 빼앗기고 싶지 않았다.

울컥 울화통이 치밀고 오기가 치솟았다. 젖 먹던 힘까지 모조리 끌어내어 무작정 앞만 보고 달렸다.

박풍은 백 장 거리도 달리지 못했다. 청두건들이 어느새 시야에서 사라져 버린 것이다. 그들의 발은 너무도 빨랐다.

박풍은 숨을 헐떡거리며 그들이 어디로 갔는지 살펴보았다.

세 개의 그림자가 한쪽 숲을 향해 뛰어들고 있었다. 그러나 그가 쫓는 청두건들은 아니었다.

잠시 후 숲 속에서 쨍쨍 요란한 쇳소리가 울렸다. 박풍은 그쪽을 향해 뛰었다.

숲으로 들어서 보니 아무도 보이지 않았다.

예리한 칼날에 베어진 잔가지들이 널려 있을 뿐이었다.

청두건들도 세 명의 또 다른 인물도 보이지 않았다. 귀를 기울여 보았지만 더 이상 쇳소리도 들리지 않았다.

후닥닥!

옆쪽에서 풀을 헤치고 달리는 소리가 들렸다.

재빨리 고개를 돌려보니 탈명검 마휘와 두 명의 표사였다. 그들은 표물을 되찾기 위해 끝까지 따라붙는 것이었다.

박풍은 그들을 쫓아 달리려 했다.

뻑!

순간 뒤통수가 깨져 나가는 것 같았다. 박풍은 그만 정신이 멍멍하여 앞으로 푹 고꾸라졌다.

"요 새끼, 감히 대왕님의 말을 못 들은 척해? 그새 그만큼 컸다는 게냐? 응?"

귀면잔심 이길이었다. 그는 표물을 강탈하지 못하고 한칼을 맞은 분풀이를 하는 듯 마구 발길질을 해댔다.

박풍은 정신을 차리지 못하고 몸을 웅크린 채 맞기만 했다.

"씩씩."

마음껏 발길질을 해댄 이길이 황소처럼 씩씩거리며 울화통을 삭였다.

"망할 놈의 새끼, 그 연놈들은 대체 누구냐? 죽 쒀서 개한테 빼앗기고 말았잖아!"

第三章　激戰
―원수가 되어 서로 겨루다

激戰

퍽퍽퍽퍽!

박풍은 정신없이 칼을 내려쳤다.

심장이 거대한 용광로처럼 부글부글 끓어올랐다.

귀면잔심 이길의 매몰찬 매 타작 때문은 아니었다.

그까짓 매 타작쯤은 백 번이고 천 번이고 견딜 수 있다. 매를 맞아서
정신을 차릴 수 있다면 충분히 참을 수 있다.

하지만 그자, 푸른색의 천으로 얼굴을 가리고 자신의 품 안에 있는
물건을 알지도 못하는 사이에 가져간 그자를 생각하면 분통이 터지고
자존심이 상해 견딜 수가 없었다.

그 같은 일을 당한 것은 오로지 무공이 약하기 때문이다.

박풍은 그렇게 생각하며 다리가 끊어지고 팔뚝이 떨어져 나가도록
칼을 내려치고 또 내려쳤다. 기필코 높은 무공을 터득하여 다시는 그
런 일을 당하지 않으리라 결심했다.

누군가 대파산 만폭동의 천수노괴가 제조한 구구생환단을 강탈해

간 까닭에 낙양 홍문의 문주 기시진이 끝내 주화입마를 벗어나지 못하고 결국 죽었다는 소식은 그 후로부터 한 달이 지난 후에야 들려왔다.

더욱이 홍문의 원수들이 기시진이 죽었음을 알고 앙갚음을 하여 홍문이 그만 멸문(滅門)될 지경으로 깨졌다는 소문도 들려왔다. 구구생환단을 빼앗기는 바람에 홍문이 무너져 내린 것이다.

어처구니없는 일이었다.

용골산채는 다만 이길이 마휘와 부딪친 것을 끝으로 하릴없이 산채로 돌아왔다. 대왕님이 출동했을 때는 이미 누군가가 구구생환단을 빼앗아 사라진 후였던 것이다.

박풍은 그러한 사실에는 신경 쓰지 않았다.

홍문이 멸망한 일은 그와 직접적으로 상관없는 일이다. 천 리 멀리 떨어진 남의 일에 지나지 않는다. 그는 아무것도 생각지 않고 오로지 칼만을 내려쳤다.

수법도 바꾸었다.

실에 매단 손톱만한 나무토막을 내려치는 것은 같았지만 박풍은 그 목표물이 움직이도록 만들었다.

일부러 흔들어놓고 내려치는가 하면 바람이 부는 날을 택하여 목표물이 제멋대로 움직이게 했다.

방법을 바꾸자 박풍은 백 번을 내려쳐도 한 번을 맞히지 못했다.

눈에 더욱 힘을 주고 목표물을 노려보았다.

호흡을 세밀히 조절하고 자신의 의지를 오로지 목표물에 고정시켰다. 신체와 정신이 일치를 이루었다고 생각될 때 번개처럼 빠르게 칼을 내려쳤다.

팍!

역시 허탕이었다.

손톱만한 크기의 흔들리는 물건을 맞힌다는 것이 결코 쉽지 않았다.

박풍은 쉬지 않았다. 하루에 꼬박 오백 번씩을 내려쳤다. 겨우 한두 번 우연히 나뭇조각을 맞혔다.

"확고한 의지가 있다면 이루지 못할 일이 없는 법이다. 독사 새끼라면 해낼 수 있다. 암, 그렇고말고."

양 독사가 늘 옆에서 술을 홀짝거리며 거들어주었다. 그는 요사이 박풍을 가르치는 재미에 빠져 자기가 먼저 찾아오곤 했다.

"여하튼 네놈이 이토록 빠른 진전을 보이는 것은 다 이 몸이 가르친 비법 덕분인 줄 알아라. 물론 하루도 거르지 않고 수련하겠지?"

박풍은 물론 화타오금희 수련을 하루도 거르지 않았다.

새벽에 일어나 충분히 몸을 풀어주었고 자기 전에도 역시 한바탕 굳어진 몸을 풀었다. 박풍은 지칠 줄 모르고 수련에 매달렸다.

이리저리 박풍을 살피던 양 독사가 문득 입을 열었다.

"너, 뱃속이 뜨뜻해졌냐?"

"……."

지금도 여전히 그 뜻을 몰랐지만 박풍은 곰곰이 생각해 보았다.

확실히 근자에 들어 뱃속이 다소 뜨뜻해진 것 같기는 했다. 아랫배에 계란만한 뭔가가 들어앉아 있는 것 같았고 그 계란은 마치 삶은 것처럼 따뜻했다.

요사이 잔뜩 흥분해 있었던 터라 그런 변화를 알아채지 못했을 뿐이다.

박풍의 표정을 본 양 독사는 낄낄 크게 웃었다.

"맞지? 어떠냐? 숨 쉬기는 편안하냐?"

박풍은 저도 모르게 고개를 끄덕였다.

확실히 요즘 뭔가 변하긴 했다.

근육이 차돌처럼 단단해지면서도 팽팽한 탄력이 붙었고 오래도록 칼을 휘둘러도 전처럼 지치지 않았다. 오래도록 연마하다 보니 자연적으로 그리된 줄 알고 있었는데 그것이 이제 보니 화타오금희의 효능이었던 것이다.

"으헤헤헤, 알겠느냐? 고것이 바로 오금희의 비결이란 말이다. 네놈도 이제 내공의 비결을 얻은 거야."

진산의 비결에는 턱없이 부족한 것이었지만 박풍은 확실히 내공의 첫 단계에 진입한 상태였다.

스스로는 그것이 어떤 가치를 지녔는지 알지 못했지만 분명한 것은 녹림의 일반 졸개들이 지니지 못한 그 무엇을 갖추었다는 사실이다.

그것을 확인한 양 독사는 마치 자기 일처럼 기뻐했다. 박풍 역시 자신이 뭔가 해낸 것 같아 뿌듯한 마음이 들었다.

"이제부터가 더욱 중요한 거다. 더욱 열심히 수련해서 그 따뜻한 기운이 몸 전체를 감싸도록 해야 한단 말이다. 내게 이걸 가르쳐 준 도사님이 말하기를 따뜻한 기운이 전신을 감싸게 되면 그것이 곧 신선의 경지라고 했다. 절대 멈추면 안 돼."

화타오금희만으로 신선의 경지까지 이를 수 있는지는 알 수 없지만 박풍은 연신 고개를 끄덕였다. 이 새로운 변화는 과연 흥미롭고 색다른 것이었다.

박풍은 더욱 열심히 오금희를 수련했다.

어떤 변화는 있었지만 당장 칼 솜씨가 늘어나지는 않았다. 날이 가고 달이 가면서 흔들리는 목표물을 맞히는 횟수가 점점 많아질 뿐이었다. 속도 역시 빨라졌다.

침식을 잊다시피 하며 오금희를 수련하고 내려치기에 열중하는 동안 순식간에 봄이 지나갔다.

여름이 시작되면서 산채가 묘하게 술렁거렸다.

두령들은 물론 졸개들에 이르기까지 묘하게 가라앉은 표정으로 서로 수군거렸다.

수련에 열중이던 박풍은 한참 지나서야 졸개들의 수군거리는 말을 들었다.

"이러다가 정말 큰일나는 거 아냐? 그 새끼들이 악에 받쳐 보복을 가해온다면 견뎌내기 힘들 텐데 말야."

"그러게. 만안표국은 얕잡아볼 놈들이 아니거든. 그놈들이 지난 일에 당한 앙갚음을 한다고 난리라면 보통 일이 아냐. 더욱이 그놈들을 돕겠다고 나선 자들이 꽤 많다며?"

"호북, 섬서, 하남의 경계 지점에 있는 네 개의 표국이 합심했다잖아. 무산의 황 대왕과 삼협의 천풍채가 벌써 깨졌대. 그놈들이 몽땅 쳐들어온다면 우리가 어떻게 막겠어?"

"그렇다고 뭐, 줄행랑이라도 치잔 말이냐? 그놈들은 그래 봐야 돈 받고 일하는 놈들에 지나지 않아. 목숨 걸고 덤벼들 놈들이 아니라고. 또 이 산골짜기를 어떻게 찾아오겠어? 여기까지 오지도 못하고 함정에 걸려 죽고 말걸?"

"그래도 안심할 순 없어. 만안표국에는 호랑이 같은 표두들이 셋이나 있고 국주 윤원(尹元)은 그 유명한 화산파의 제자야. 그런 자를 막아낼 수 있겠어?"

녹림호걸들의 명성이 아무리 높고 험악해도 그들은 어디까지나 산에 숨어 사는 자들에 지나지 않는다.

공깃돌 다루듯 병장기를 휘두르고 사람 목숨을 함부로 다루어 악명이 높지만 기실 그들의 실력은 별것 아니다.

정식으로 무공에 입문해 본 자는 손가락으로 뽑을 정도였다. 몇 가지 초식이라도 구사할 줄 아는 자들은 더욱 드물었다.

천하를 떨어 울리는 화산파의 제자들에 비하면 반딧불 같은 존재에 지나지 않았다.

졸개들의 말처럼 만안표국의 국주 윤원은 화산파의 정식 제자는 아니었다. 다만 부유한 집안 덕분으로 어려서 이삼 년간 화산에 들어가 약간의 무공을 배웠을 뿐이다.

그러나 윤원은 그런 실력으로도 산대왕들보다 높은 무공을 지니게 되었다. 졸개들의 걱정이 괜한 것만은 아니었다.

물론 박풍은 그러한 속사정을 아는 바 없었다.

다만 산채의 분위기가 심상치 않고 또 뭔가 큰일이 벌어질 것 같은 예감이 들어 다소 불안할 뿐이었다.

한편으로는 어떤 큰일이 벌어져 칼을 마음대로 휘둘러 보고 싶은 충동도 일었다.

"어서 빨리 무공을 익혀야겠다. 그래야 대왕님을 우습게 보고 물건을 강탈해 간 그 청두건을 쓴 자들을 물리치고, 또 산채로 쳐들어오려는 만안표국 같은 자들을 혼내줄 수 있어."

박풍은 아직 어린 소년일 뿐이었다.

피차 간에 벌어진 충돌을 자신과 산채에 유리한 쪽으로 해석했고 적이라고 생각되는 자들에게는 무작정 적의를 드러냈다. 그에게 있어 산대왕은 세상에 둘도 없는 사나이 대장부요 호탕한 호걸이었다.

박풍은 졸개들의 수군거림에 동요되지 않고 하루 종일 무공 수련에 열을 올렸다.

어수선한 분위기 때문인지 귀면잔심 이길은 자리에 붙어 있질 않았다.

하루의 대부분을 본채로 올라가 대왕들과 뭔가를 의논하였고 시간이 날 때마다 산을 내려가곤 했다. 하지만 무엇을 하는지 한 번도 들려주지 않았다.

"넌 그런 데 신경 쓰지 마라. 칼이나 열심히 닦아."

그 말뿐이었다.

박풍은 이길의 말을 착실히 따랐다.

독사 새끼라고 소문은 났지만 그는 아직 열다섯 살의 꼬마일 뿐이었다. 졸개들조차도 그를 끼워주지 않았다. 그는 다만 양 독사와 함께 하루 종일 칼을 휘두르고 홀로 산을 뛰어다녔다.

날이 갈수록 발걸음이 빨라지고 칼 솜씨가 늘어갔다. 그의 환도는 이제 흔들리는 나뭇조각을 곧잘 맞히곤 했다.

여름이 지나면서 산채의 분위기는 더욱 가라앉았다.

어수선하고 긴장된 공기 속에 은연중 날카로운 살기가 흐르기 시작했다. 만안표국과의 일전이 목전에 다다라 있는 것이 분명했다.

"출동이다!"

드디어 출동을 알리는 호각이 울렸다.

졸개들은 바짝 긴장했다. 마치 죽으러 가는 사람처럼 몸을 사리고 무당에게 산 부적(符籍)을 챙겼다.

그런 일들이 날이 갈수록 잦아졌다.

평소 세 달에 한 번 출동하던 횟수가 한 달에 한 번으로 늘고 나중에는 수시로 출동하기에 이르렀다. 만안표국과의 전면전이 시작된 것이다.

졸개들의 모습도 달라졌다.

산채를 떠났던 졸개들은 지치고 피곤한 표정으로 돌아왔다. 그들 중에는 부상당한 자들도 있었다. 시간이 갈수록 부상자가 늘고 또 상처도 깊어져 갔다.

인원수도 점점 줄어들었다. 죽은 자들을 챙길 시간이 없었거나 싸우지도 않고 도망친 자들이 생기기 시작한 것이다.

"이러다 정말 개박살당하는 거 아냐? 벌써 세 달짼데 놈들을 물리치기는커녕 우리가 밀리고 있잖아. 놈들은 벌써 산 아래까지 치고 올라왔어."

"개소리 말고 조용히 해. 대왕님들이 들으면 그놈들에게 맞아 죽기 전에 먼저 칼 맞아 죽는다는 것 몰라? 목숨이야 각자 챙기는 게지 누가 돌봐준다던가? 목숨이 아까우면 뭐 하러 산에 들어왔어?"

"염병, 충신 하나 나셨군. 그런다고 누가 알아주기나 하겠어?"

"야, 야, 주둥이 닥치고 가만히 있거라. 그렇지 않아도 허리가 쑤셔서 죽을 맛인데 신경 건드리지 말란 말야. 나불거릴 시간 있으면 잠이나 자둬. 언제 또 불려 나갈지 모르니까!"

그들은 정말 언제 불려 나갈지 몰랐다. 사태가 불리해지는지 아침저녁을 가리지 않고 수시로 졸개들을 동원했다.

셋째 두령 귀면잔심 이길은 용골산채의 선봉이었다.

싸움이 일면 제일 먼저 달려나가는 사람이 그였고 가장 늦게 돌아오는 사람도 그였다.

그 밑에 있는 졸개들도 마찬가지였다. 그래서 가장 희생자가 많았다. 물론 모자란 졸개들은 다른 두령 밑에서 보충했다.

졸개들이 섞이면서 문제가 발생하기 시작했다.

같은 용골산채의 산적들이라 해도 모시는 두령이 다른지라 졸개들 사이에는 자연 경쟁심도 생기고 알력이 있기 마련이다. 서로 감정이 좋지 않은 자들까지 있었다.

그런 자들이 한곳에 모이니 자연 충돌이 생겼다. 서로에 대한 불만의 소리가 높아지고 싸움에 임해서는 상대를 앞세우려 했다.

그럴 때 이길이 돌아왔다.

“셋째 두령님……!”

이길을 본 박풍은 그만 크게 놀라고 말았다.

전신에 피 칠을 한 그가 졸개들에 의해 업혀왔던 것이다. 의원을 따라 방으로 들어가 보니 옆구리에 커다란 자상(刺傷)이 생겨 있었다.

“개 같은 새끼, 그 새끼를 죽였어야 했는데…… 기필코 죽였어야 했는데…….”

이길은 뭐가 그리 분한지 치료를 받으면서도 내내 바득바득 이를 갈았다. 누구에게 크게 당하고 원통해하고 있었다.

의원은 혈도(穴道)를 점하여 이길을 잠재워 주었다.

의원이 옆에 있었지만 박풍은 한시도 떠나지 않고 이길 곁을 지켰다.

이길은 사흘 후에야 몸을 일으켰다. 그는 일어나자마자 옷을 껴입고 자신의 거치도를 찾았다.

“아니, 어딜 가시려고요?”

“넌 상관할 것 없다! 내 칼이나 가져와! 빨리!”

이길은 아직도 흥분을 가라앉히지 못하고 박풍을 노려보았다. 먹이를 노리는 표독한 늑대의 눈빛이었다.

박풍은 거치도를 챙겨주지 않을 수 없었다. 안심이 되지 않아 그도 따라나섰다.

"왜 따라와, 이 새꺄? 얌전히 처박혀 있어! 애새끼가 나설 자리가 아니다!"

한 번만 더 말을 시키면 당장에라도 거치도를 휘두를 기세였다.

박풍은 가까이 다가가지 못하고 멀찍이서 이길을 따랐다.

이길은 지금 복수하러 가는 것이 분명했다. 악독한 심보도 그렇고 남에게 지고는 밥도 먹지 못하는 위인이다. 그런 독심이 있었기에 귀면잔심이라는 명성을 날리는 것이기도 했다.

졸개들이 말리는 것도 뿌리치고 이길은 기어이 산 아래로 달려 내려갔다.

산 아래의 상황은 생각보다 훨씬 심했다.

곳곳에서 싸움이 벌어지고 있었으며 쌍방에서 사상자들이 속출했다.

만안표국을 선두로 몰려온 표국 사람은 용골산채에서 펼쳐 놓은 함정과 매복을 뚫고 산 위로 오르려 하고 있었다.

산채의 졸개들은 온 힘을 다해 그들을 저지했다. 인원수에서는 월등했지만 무공에 있어서는 한참 아래인지라 직접 부딪치면 큰 피해를 입곤 했다.

귀면잔심 이길 대신 둘째 두령인 흑백쌍도(黑白雙刀) 좌겸(左兼)이 졸개들을 인솔하고 있었다.

단숨에 달려온 이길은 흑백쌍도 좌겸을 만나볼 생각도 않고 곧장 만안표국 깃발이 보이는 곳으로 뛰어나갔다.

"탈명검 마휘, 썩 나서라! 오늘 이 자리에서 너와 나 둘 중 누가 죽든 끝장을 봐야겠다! 썩 나서라!"

박풍은 그때서야 이길이 탈명검 마휘에게 당했다는 사실을 알았다. 하긴 지난번에 본 마휘의 무공은 과연 이길보다 윗길이었다.

박풍은 이길이 걱정되었다. 한 번 당한 사람에게 재도전하는 자체가 어쩐지 불안했다.

이길을 말릴 수도 없었다. 불같은 성질을 건드려 놓았다가는 입을 열기도 전에 거치도에 갈려 죽고 말 것이다. 지켜볼 수밖에 없었다.

다른 졸개들도 이길의 성질을 잘 아는지라 멀찍이 떨어져 지켜보기만 했다.

탈명검 마휘는 나오지 않았다. 대신 만안표국의 표두 중 한 명인 호풍검 풍영이 나섰다.

풍영은 국주 윤원과 마찬가지로 화산파에서 무공을 배운 자다.

그런 연유로 인해 만안표국에 들어간 것이며 나이가 어림에도 불구하고 윤원의 신임을 두둑이 받고 있었다. 들리는 말에 의하면 곧 윤원의 사위가 될 것이라고도 했다.

풍영은 젊은이다운 패기와 화산파에서 무공을 배웠다는 자존심을 내보이며 거만하게 이길을 노려보았다.

"마 표두는 사정상 나오지 못해 본인이 대신 나왔소이다. 홍, 귀면잔심이 설마 상대를 가리는 것은 아니겠지요?"

풍영은 넘쳐 나는 화를 잔뜩 억누르고 있는 표정이었다.

그도 그럴 것이, 탈명검 마휘는 더 이상 검을 휘두를 수 없는 사람이 되고 만 것이다.

며칠 전에 있었던 일전에서 이길의 암수(暗手)에 당하여 왼팔에 큰 부상을 당했고 또 암기에 발라진 독이 굉장하여 결국에는 왼팔을 잘라내야 했다. 탈명검 마휘는 이미 만안표국으로 후송된 후였다.

풍영은 탈명검 마휘의 복수를 하고자 나온 것은 아니었다.

물론 한솥밥을 먹고 함께 일했다는 정리는 남아 있다. 하지만 대가를 받고 칼을 잡은 자들은 언제 어디서든 죽을 각오가 되어 있어야 한다.

탈명검 마휘는 스스로를 지키지 못했기 때문에 당한 것뿐이다. 그것 때문에 흥분할 이유는 없었다.

풍영은 만안표국의 표두로서 물건을 강탈하는 산적을 처치하러 나온 것이며 문파 없이 떠도는 탈명검 마휘 같은 자들보다는 그 유명한 화산파에서 무공을 배웠다는 사실을 겁없이 날뛰는 산적 조무래기들에게 똑똑히 증명해 주기 위해 나선 것이다.

사실 이번 기회에 표국 일을 방해하는 산적들을 모조리 쓸어버리고 싶은 욕망이 그의 마음속에 도사리고 있었다.

풍영의 속마음이 어떻든 이길은 갑자기 즐거워졌다.

마휘와의 피 튀기는 일전에서 이길은 분명 패했다.

옆구리에 일검을 맞아 하마터면 창자까지 뚫릴 뻔했다. 일검을 맞고 고꾸라져 졸개들에게 끌려 도망쳐야 했다.

일검을 맞기 바로 직전에 암기를 날려 마휘의 팔을 적중시키긴 했지만 결과는 알 수 없었다. 그때 이길은 자신이 패했다고 생각했다.

그러나 아니었다. 패한 것은 자신이 아니라고 이길은 생각했다. 그 자신은 지금 이 자리에 있지만 마휘는 나오지 못했다. 당시의 상황과는 달리 결국에는 자신이 승리했다고 이길은 생각했다.

칼끝에 목숨을 걸고 살아가는 자들에게는 오직 최후의 결과만이 중요할 뿐이다. 결국에는 살아남은 자가 승자가 되는 것이며 그 방법은 신경 쓸 것 없다.

그것이 바로 적자생존(適者生存)을 지향하는 녹림도의 방식이다.

승리했다는 사실이 자신감을 불러일으켰다. 갑자기 불같은 투지가 일었다.

풍영은 탈명검 마휘보다 무공이 강했다.

마휘가 비록 강호를 떠돌며 검을 시험하며 무공을 익혔다지만 그는 결국 떠돌이에 불과했다. 정식으로 무공을 배우지도 못했다.

하지만 풍영은 다르다. 정식으로 입문한 것은 아니지만 풍영은 화산 파의 무공을 배운 자이다. 차근차근 체계적으로 무공을 배웠으며 초식 의 정묘함을 몸에 익힌 자이다.

이런 자를 꺾는다면 귀면잔심의 명성은 일약 배가 될 것이다. 그리 고 정식으로 무공을 배운 자들을 꺾어보는 것이 또 무공을 배우지 못 한 자들의 필생 소원이었다.

이길은 그것을 이루어보고 싶었다. 그는 마른침을 꿀꺽 삼키며 거치 도를 우악스럽게 움켜잡았다.

"네 말대로 이길은 상대를 가리지 않는다! 좋다, 내 칼을 받아보겠다 면 나서봐!"

자신만만하게 소리쳤지만 이길은 바짝 긴장하지 않을 수 없었다.

상대는 분명 탈명검 마휘보다 강하다. 만약 조금이라도 실수한다면 그대로 목숨을 잃을 것이다. 풍영 같은 자를 꺾어보는 것도 좋지만 목 숨을 잃는다면 소용없는 일이다.

이길의 눈빛이 야수의 그것처럼 이글거리기 시작했다.

풍영은 이길을 어느 정도 얕잡아보고 있었다.

세상을 버리고 도문(道門)에 드는 것을 원치 않아 화산파의 제자가 되지는 못했지만 그 자신은 당당한 명문정파 출신이라는 점을 그는 항상 자랑스럽게 생각했다. 삼 년 동안 배운 화산 무공도 어느 정도 성취를 이루었다고 자신했다.

탈명검 마휘는 기실 자신보다 한 수 아래이고 이길에게 당한 것도 비겁한 암수였을 뿐이라고 비웃었다.

풍영은 붉은 수실이 달린 장검을 뽑아 들고 매섭게 이길을 노려보았다.

단번에 끝내 화산파의 무공이 어떤 것인지 똑똑히 보여주겠다고 생각했다. 그래야만 무식한 산도적들이 정종 무공의 무서움을 깨닫고 함부로 날뛰지 못할 것이라고 믿었다.

"으합!"

공격은 이길이 먼저 시작했다.

정식으로 무공을 익히지 못한 자들은 기수식을 취하고 투로(套路)를 따져 보는 일은 할 수 없다. 그들은 다만 실전 경험을 통해 얻어진 직감에 의지하여 진퇴의 시기를 정할 뿐이다.

이길도 그랬다.

그는 풍영이 기를 조절하고 살기를 일으키는 그 순간 위험을 감지했다. 처음부터 거센 공격을 시도할 것임을 느낌으로 알아차렸다.

무공이 높은 풍영에게 일단 선기를 잡히면 영영 기회가 없어진다는 사실도 그는 알았다.

이길은 기선을 제압하기 위해 비명 같은 호통을 내지르며 무섭게 달려나갔다. 거치도를 높이 쳐들고 씩씩거리며 달려나가는 그 모습이 마치 먹이를 노리는 성난 이리 같았다.

풍영은 깜짝 놀랐다.

배운 것 없는 산도적들이 무식하다는 것쯤은 그도 잘 알고 있었지만 이처럼 막무가내일 줄은 몰랐다. 자세를 잡기는커녕 칼을 겨누지도 않고 무작정 달려드는 자는 처음이었다.

하지만 들이닥치는 기세만은 대단했다. 온몸으로 부딪쳐 오는 듯한 이길의 기세는 질풍노도와 같았다.

풍영은 기수식을 취할 겨를도 없이 급히 검을 들어 찔러갔다.

화산파의 매화이십사검(梅花二十四劍) 중 일곱 번째 초식인 풍점낙화(風霑落花)였다. 매서운 바람이 꽃잎을 뒤흔들어 떨구듯 거센 기운이 검을 좇아 돌격해 들어갔다.

이길은 바로 그때 거치도를 내려쳤다.

검풍을 몰고 들이닥치는 풍영의 검은 아랑곳하지 않았다. 일검을 맞아도 좋다는 듯 가슴을 그대로 노출시킨 채 있는 힘을 다해 풍영의 머리통을 향해 칼을 내려쳤다.

네가 찌르면 나는 갈라놓는다는 심보가 담긴 악독한 일격이었다.

풍영은 다시 한 번 기겁하고 말았다.

귀면잔심이라는 별호는 익히 들어 알고 있었지만 이길이 이토록 대담하고 악독할 줄은 미처 알지 못했다.

이건 완전히 함께 죽자는 식이었다. 나 한 번 찌르고 너 한 번 내려쳐서 누가 치명상을 입히나 내기를 하자는 꼴이었다.

무공은 높을지 모르지만 그는 사실 이길 같은 배짱이 없었다. 도적질이나 하는 이길 같은 자는 백 번 죽어 마땅하지만 그런 자와 함께 생을 마감하기에는 자신의 목숨이 너무 아까웠다.

깜짝 놀란 풍영은 급히 검을 거두고 발끝에 힘을 가해 뒤로 튕겨 물러섰다.

팍!

거치도가 펄럭이는 앞자락을 매섭게 할퀴어놓았다.

조금만 늦었더라면 그대로 머리통이 갈라졌을 일격이었다. 등줄기로 식은땀이 흐르고 소름이 쭉 끼쳤다.

그것은 시작일 뿐이었다.

이길의 거치도는 맹렬하고 악독했다. 시퍼런 칼 빛이 종횡으로 난무하며 물러서는 풍영을 쫓았다.

매끈한 초식을 발휘하는 것도 아니고 어떠한 투로가 정해져 있는 것도 아니다. 다만 물러서는 풍영을 쫓아 들어가며 시시때때로 휘둘러대는 칼질에 지나지 않았다.

사납고 빨랐다. 두려움에 겨워 감히 맞받아 칠 엄두를 낼 수 없을 정도로 험하고 악독했으며 번갯불이 떨어지듯 쾌속했다.

풍영은 이길의 그 같은 기세에 압도되고 말았다.

매에 놀란 토끼 같았다. 두렵고 아찔해서 검을 떨쳐 낼 생각도 하지 못했다. 화산파의 오행매화보(五行梅花步)를 펼쳐 겨우겨우 피하고 있을 뿐이었다.

"으랏차!"

십여 보를 밀어붙인 이길이 자신감에 찬 호통을 내지르며 최후의 일격을 가했다.

맹렬한 기세로 떨어져 내리는 그의 거치도는 마치 귀신의 이빨처럼 풍영의 심장을 씹으려 했다.

풍영은 더 이상 피할 수 없음을 알았다.

이길의 일격이 너무 거세어 피하기엔 이미 늦었다. 운 좋게 피한다해도 이길은 끝까지 물고 늘어질 것이다. 두려움이 오금을 저리게 만들어 다리가 후들거리고 있다.

더 물러선다면 결국 검 한번 제대로 펼쳐 보지 못하고 당하고 말 것이다. 그는 이를 악물었다.

이럴 수는 없다.

초식조차 구사하지 못하는 무식한 산적 나부랭이에게 대화산파의 자존심이 꺾일 수는 없다. 여기서 패한다면 대화산파의 명예는 땅바닥으로 곤두박질칠 것이고 자신의 인생도 끝이라고 풍영은 생각했다.

그럴 수는 없었다.

"바드득!"

이를 악문 그는 젖 먹던 힘까지 모조리 끌어내어 양손으로 검을 움켜잡았다.

그리고는 떨어져 내리는 거치도를 향해 올려 쳤다. 초식이랄 것도 없는 무식한 일격이었다.

짜앙!

고막이 찢길 것 같은 요란한 쇳소리가 울려 퍼졌다.

이길은 손목이 끊어져 나가는 고통을 느끼며 그만 거치도를 놓치고 말았다. 그와 함께 우당탕 뒤로 넘어져 떼굴떼굴 굴렀다.

대여섯 바퀴를 구른 후 겨우 멈추고 일어서려 했지만, 갑자기 가슴이 빠개지는 듯 아파왔다. 꼭 커다란 쇠망치로 얻어맞은 기분이었다. 정신이 멍멍하고 다리가 후들거렸다.

그는 견디지 못하고 풀썩 주저앉고 말았다. 그리고는 울컥 핏덩이를 토해내었다.

풍영도 무사하지 못했다. 아니, 그는 오히려 이길보다 더한 낭패를 당했다.

풍영은 화산파의 정종 무공을 익힌 인물이다.

제대로 된 초식을 구사할 줄 알았으며 화산파의 비전은 아니지만 토납법(吐納法)과 도가(道家)의 기본적인 내공심법(內功心法)을 익혔다.

그것을 바탕으로 쌓아 올린 공력이 만만치 않았다.

비록 험하고 악독한 기세에 밀려 초식조차 제대로 펼쳐 보지 못했지만 그의 공력은 이길보다 단연 윗길이었다. 그것을 믿고 부딪쳤던 것이다.

하지만 그는 결국 이길보다 더 큰 피해를 입고 말았다.

“이, 이 악독한……!”

서너 바퀴를 뒹굴고 벌떡 몸을 일으킨 풍영은 자신의 앞가슴을 바라보며 바들바들 떨었다.

첫 번째 칼질에 갈린 옷자락 사이로 은빛이 반짝거리고 있었다. 암기였다.

귀면잔심이라는 별호답게 이길의 심성은 악독하고 모질었다.

한번 물고 늘어지면 기어이 끝을 보고 마는 성격이었다. 그리고 약삭빨랐다.

이길은 풍영의 무공이 자신보다 윗길이라는 사실을 진작부터 알고 있었다. 부딪치면 당한다는 사실도 잘 알고 있었다.

그럼에도 불구하고 기어이 풍영을 꺾겠다고 나선 것은 나름대로의 계산이 있었기 때문이다.

대문파의 제자들은 흔히 떠돌이 무사들이나 녹림계의 호걸들을 무시하는 경향이 많았다. 자신들의 무공만이 정통이라는 자만심을 지니고 있었다.

그런 자들은 상대를 무시하며 얕잡아보기 마련이다.

이길은 풍영의 우쭐한 자만심을 이용했다.

상대를 얕잡아보는 틈을 노리고 험악한 기세로 밀어붙였으며 부딪치지 않을 수 없도록 몰아붙였다.

풍영은 과연 불리한 줄 알면서도 스스로의 공력을 믿고 정면으로 부딪쳐 왔다.

이길이 믿었던 것은 물론 다른 것이었다.

쌍방의 병기가 부딪친 순간 이길은 진작부터 준비하고 있던 암기를 발출했다. 탈명검 마휘의 왼팔을 자르게 만든 그 독 암기였다.

마휘가 팔을 잃은 것은 만안표국에 그만한 해독약이 없다는 뜻이다. 팔을 자르지 않았다면 결국 죽고 말았을 것이다.

이길은 그 독 암기의 위력을 믿었다. 팔다리가 아닌 가슴에 암기를 적중시키면 결코 살아날 수 없으리라는 것이 그의 계산이었다.

이길의 예측은 정확했다.

풍영은 언제 암기에 맞았는지도 느끼지 못했다. 부딪치는 충격이 그만큼 컸기 때문이다.

서너 바퀴를 구른 후 몸을 일으켜 보니 가슴이 뜨끔거렸다. 깜짝 놀라 살펴보니 왼쪽 가슴에 녹색으로 물든 은침이 박혀 있었다. 독 암기가 분명했다.

벌써부터 머리가 어지럽고 속이 울렁거렸다.

"이, 이 무식한 산적 놈이 비겁하게……."

죽음에 대한 공포로 사색이 된 풍영이 바들바들 몸을 떨며 이길을 노려보았다.

독 암기에 당해 팔을 잃은 탈명검 마휘를 대신하여 악독한 산도적을 처단하리라 나섰던 자신이 똑같은 수법에 당할 줄은 생각조차 못했다.

더구나 이길은 분명 자신보다 한참 하수였다. 분하고 원통해서 견딜 수가 없었다.

"해독약을 내놓아라!"

공포에 사로잡힌 풍영은 커다랗게 울부짖으며 이길을 향해 달려들었다. 그의 검이 단번에 이길의 가슴을 노리고 무찔러 갔다.

이길은 옆으로 몸을 굴렀다. 그는 더 이상 풍영과 부딪치려 하지 않았다.

아니, 부딪칠 필요가 없었다. 독에 중독된 풍영은 곧 쓰러질 것이다. 조금만 기다리면 될 뿐이다.

이미 이겨놓은 싸움이다. 벌떡 몸을 일으킨 그는 도망치듯 물러서며 풍영의 검을 피했다.

"억!"

풍영이 갑자기 억눌린 비명을 지르며 주먹만한 핏덩이를 토해냈다.

해독약을 빼앗아야 한다는 생각에 무작정 달려들었던 것이 탈이었다.

가슴이 진탕되고 독이 발작했다면 서둘러 물러나 호흡을 조절하고 독기를 막아야 했지만 죽음에 대한 공포와 분한 마음이 이성을 흐려놓았던 것이다.

"죽일 놈……."

풍영은 부드득 이를 갈며 풀썩 무너지고 말았다.

"엇! 풍 표두님!"

풍영이 쓰러지는 것을 본 만안표국의 졸개들이 깜짝 놀라 소리를 질러댔다. 그중 몇 명이 재빨리 달려나가 풍영을 부축했다.

풍영의 안색은 벌써 푸르스름하게 변해 있었다. 독기가 이미 간을 망가뜨린 것이다.

"저 악독한 놈이 비겁하게 암기를 써서 풍 표두를 해쳤다! 모두 덤벼들어 저놈을 죽이고 해독약을 찾자!"

남은 졸개들은 풍영의 복수를 하겠다고 호통을 내지르며 우르르 달려들었다.

지켜보고 있던 용골산채의 졸개들도 마주 함성을 지르며 달려나갔다.

삽시간에 한데 뭉친 쌍방의 졸개들이 서로를 향해 칼을 휘두르고 검을 찔러댔다.

"와아!"

"악독한 산적 놈들을 모조리 때려죽여라!"

그때 호통 소리와 함께 다른 한 떼의 사람들이 몰려왔다.

만안표국의 표두 중 또 한 명인 표자두(豹子頭) 장염(張廉)이란 자가 이끄는 무리였다.

그들의 출현에 놀란 용골산채의 졸개들이 겁을 집어먹고 주춤거렸다.

두 명의 졸개들이 이길을 부축한 채 재빨리 산 위를 향해 도망치기 시작했다.

박풍은 땅에 떨어진 이길의 거치도를 주워 들고 뒤쫓았다.

다행히 둘째 두령 흑백쌍검 좌겸이 졸개들을 몰고 달려와 주었다. 그는 곧 표자두 장염을 만나 일전을 치르기 시작했다.

주춤거리던 용골산채 졸개들도 다시금 힘을 내어 만안표국 사람들을 몰아붙였다.

이길의 상태는 심각했다.

진맥을 끝낸 의원이 고개를 저을 정도였다.

"상대방의 내력이 가슴을 진탕시키고 내장을 뒤흔들어 놓았소이다. 더구나 며칠 전에 입었던 옆구리의 상처까지 다시 터져 피를 많이 흘렸어요. 최소한 반년은 조섭해야 할 게요."

꼼짝 말고 반년을 누워 쉬라는데도 이길은 흐흐 웃었다.

그는 결코 손해 보지 않았다고 자신했다. 찢기고 깨진 것이 어디 한두 번이겠는가마는 상처는 나으면 그만이다.

화산파에서 무공을 배웠다고 의기양양한 풍영을 꺾은 대가로 누워 있는 것이라면 얼마든지 참고 견딜 수 있다. 지금부터 얻어질 명성을 생각하면 반년이란 시간은 아까울 것도 없다.

모든 사람들이 이제는 자신을 다른 눈으로 볼 것이다. 그런 것들을 떠올리면 아프지도 않았다.

"흐흐흐! 뭐, 비겁하다고? 멍청한 새끼, 싸움에 임해서 이것저것 따지는 새끼들은 진정한 싸움꾼이 아니다! 비겁하다고 나불거릴 시간이 있으면 암수에 대처할 수 있는 실력이나 기를 것이지! 칼끝에 목숨을 걸고 살아가는 자들은 언제라도 죽을 준비가 되어 있어야 한다! 그렇지 않고는 아무것도 할 수 없어! 강자만이 살아남는 곳, 그곳이 바로 무림이다! 오직 이긴 자만이 말을 할 수 있는 거다! 알아들어, 이 새꺄?"

아직도 흥분을 가라앉히지 못한 이길은 박풍을 향해 한바탕 강론을 펼쳤다.

박풍은 이길이 잠든 것을 보고서야 물러났다. 하지만 기분이 그다지 좋지 않았다.

잘난 척하던 풍영을 꺾어 기를 팍 죽여놓은 것은 잘한 일이었지만 뭔가 미진했다는 생각이 들었다.

그것이 무엇인지 확실히 알 수는 없어 마음이 왠지 답답했다.

이길이 좀 더 떳떳하고 통쾌하게 이겨주기를 바라고 있었는지도 모르고 비겁하다는 말을 들어서였는지도 몰랐다.

거처로 돌아온 박풍은 자신의 환도를 물끄러미 들여다보았다. 잘 벼려진 칼날과 파르스름한 예기는 언제나 강렬한 흥분을 불러일으킨다.

박풍은 그 느낌이 좋았다.

가슴이 울렁거리고 손끝에 가벼운 전율이 일면 모든 것을 잊을 수 있어서 좋았다. 천지간에 뚝 떨어져 자신과 칼만이 존재하는 것처럼 느껴졌다. 그것이 무엇보다 좋았다.

답답했던 마음이 바람에 날리는 먼지처럼 흩어졌다.

박풍은 밖으로 나왔다.

칼을 연습하는 곳으로 나온 그는 줄에 매달려 있는 손톱만한 나뭇조각을 노려보았다.

문득 손톱만한 나뭇조각에 풍영의 모습이 그려졌다. 자신만만하면서도 거만한 모습이었다.

"마 표두는 사정상 나오지 못해 본인이 대신 나왔소이다. 흥! 귀면잔심이 설마 상대를 가리는 것은 아니겠지요?"

풍영이 한 말이 아직도 귀에 쟁쟁했다.

녹림의 호걸을 깔보는 듯한 시선과 무식한 도적이라고 비웃는 태도가 역력히 떠올랐다.

"흥!"

박풍은 가볍게 코웃음을 쳤다.

산대왕과 녹림의 호걸들을 깔보는 태도가 싫었다.

그때는 정말 당장에라도 뛰어나가 녹림호걸의 참모습이 어떤 것인
지 본때를 보여주고 싶었다.

"명문정파의 제자임을 내세우고 정의를 부르짖는 자들은 하나같이 위선자
들뿐이다. 그자들의 무공 또한 겉만 번드르르했지 전혀 쓸모가 없어. 계집들
꼬랑지 흔드는 것 같아서 영 재수가 없거든!"

졸개들은 늘 그런 말로 명문정파라고 떠들어대는 자들을 비웃었다.

박풍 또한 그런 말을 의심하지 않았다.

세도 있고 재산 많은 사람들은 늘 화려한 옷차림에 인자한 미소를
지으며 다니지만 실제로는 비싼 세금을 물리고 소작인들의 고혈을 빨
아 먹는 악독한 자들 뿐이었다. 박풍이 경험했던 생활은 늘 그랬다.

거만하게 거들먹거리던 풍영이 좋게 보일 리 없었다.

박풍은 나뭇조각에 떠오른 풍영을 노려보고 환도를 움켜잡았다.

"덤벼봐! 거들먹거리는 네놈의 무공이 얼마나 하잘것없는 것인지 이
산대왕 박풍이 똑똑히 보여주겠다!"

박풍은 그러나 이길처럼 암수를 쓰고 싶진 않았다. 오직 본신의 무
공으로 풍영을 꺾고 싶었다.

풍영이 연신 비웃음을 날리며 스르릉 검을 뽑았다.

박풍은 그 기회를 놓치지 않고 몸을 날렸다. 어찌 되었든 이길에게

칼 쓰는 법을 배운 박풍은 공격도 이길과 비슷할 수밖에 없었다.

오직 한 가지, 목표를 겨냥하고 베는 것밖에 배우지 못한 그는 어느 때 베어야 하는지를 알고 있었다.

정성을 기울여 살피지 않고는 절대 흔들리는 나뭇조각을 맞힐 수 없다. 흔들리는 각도와 칼의 거리가 맞지 않으면 결코 나뭇조각을 맞히지 못한다.

박풍은 어느새 그것을 살필 수 있게 되었다.

번쩍 허공을 가른 환도가 비웃음을 날리는 풍영을 갈라 버렸다. 풍영의 몸은 환도가 지나간 한참 후에야 쩍 갈라졌다. 검을 미처 다 뽑지도 못한 상태였다.

"너 같은 자에게는 두 번 칼질할 필요도 없어!"

흔들리는 나뭇조각을 풍영으로 삼아 단숨에 두 조각으로 갈라 버린 박풍은 흐뭇한 기분을 감추지 못했다.

이길은 첫 칼을 실패했지만 자신은 단 한 칼에 상대를 베었다는 사실이 기뻤다.

박풍은 그러기를 바랐다.

단 한 칼에 상대를 벨 수 있는 무공을 익히고 싶었다. 비웃음당할 암수는 쓰고 싶지 않았다.

오직 실력으로써 상대를 꺾고 그 힘으로 약한 자들을 돕고 싶었다. 악한 짓을 일삼는 못된 악당들을 무찌르고 싶었다.

박풍은 다시 나뭇조각을 줄에 매달았다.

다시 자세를 잡았다. 풍영의 모습은 떠오르지 않았다. 갑자기 흔들리는 나뭇조각을 맞힐 자신이 없어졌다.

박풍은 고개를 갸웃거렸다.

이유를 알 수가 없었다. 풍영의 모습이 떠오르지 않는다고 해서 왜 자신감이 없어지는지 이해할 수가 없었다.

몇 번이고 환도를 내리쳐 보았지만 번번이 빗나가고 말았다.

박풍은 환도를 거두고 생각에 잠겼다.

아무것도 떠오르지 않았다. 실망한 그는 칼질을 그만두고 호흡을 가다듬었다.

한바탕 화타오금희를 펼치면서 생각을 거듭했다. 하지만 끝내 이유를 알아내지 못했다. 그는 다시 한 번 고개를 갸웃거렸다.

칼은 충분히 빨랐다. 흔들리는 각도와 거리도 틀리지 않았다. 그런데도 나뭇조각을 맞히지 못했다. 칼질을 거듭할수록 더 크게 빗나가기만 했다.

그것이 이상했다.

박풍은 시간 가는 줄도 모르고 생각에 잠겨들었다.

날이 어두워져서야 박풍은 깜짝 정신을 차리고 이길의 거처로 달렸다.

이길은 아직도 잠을 자고 있었다.

박풍은 이길이 깨어날 때까지 기다렸다가 약 먹는 것을 보고서야 거처로 돌아왔다.

다음날 오후로 접어들면서 출동했던 사람들이 돌아왔다. 졸개들의 표정에 기쁨이 넘쳐흐르고 있었다.

"봤지, 그 새끼들? 내 칼이 무서워 꽁지 빠지게 달아나는 거 봤냐고?"

"지랄하고 자빠졌네! 에라, 이 새꺄! 그래, 너, 잘났다! 만안표국 새끼들이 너의 호령 한마디에 무서워 벌벌 떨더구나!"

"핫핫핫, 그야 당연하지! 내 칼은 이래 뵈도 셋을 베었단 말이다! 제 놈들이 무서워 떠는 것은 당연한 일이야! 암, 그렇고말고!"

"그래, 너, 참 잘났다! 그럼 내 칼은 놀고 있었다던? 네놈이 셋을 베는 동안 내 칼은 여섯을 베었어! 그 새끼들 중에는 곧 표두가 된다고 떠들고 다니던 자도 끼어 있었단 말이다!"

졸개들은 저마다 잘났다고 스스로의 공을 높이며 떠들어댔다. 하지만 누구 한 사람 그것을 막지 않았다.

만안표국과 협조자들은 패해 달아났다.

승자는 용골산채였고, 모두들 기분이 들떠 있었다. 허풍과 과장은 승자들의 술안주가 되기에 가장 적당했다.

그날 밤 산채에서는 커다란 잔치가 벌어졌다.

술을 동이째 꺼내 나누어 마셨고 노래와 춤으로 흥을 돋우었다. 칼춤을 추며 승리를 자축하였고 마음껏 뒹굴며 먹고 떠들었다. 사상자도 많았지만 승리는 언제나 살아남은 자들의 몫이었다.

박풍도 덩달아 기분이 좋아졌다.

감히 복우산의 용골산채를 깨부수겠다고 몰려온 자들을 보기 좋게 혼내주어 물리친 일이 못내 통쾌했다. 명문정파의 제자라고 거들먹거리는 놈들은 확실히 녹림호걸의 상대가 되지 않는다고 좋아했다. 그리고 자신도 기필코 대왕이 되어야겠다고 다짐했다.

이틀 동안이나 늘어지게 잔 이길도 기분이 좋기는 마찬가지였다.

그 역시 만안표국과 그 협조자들을 물리친 것이 통쾌했다. 자신이 승리하는 데 결정적인 역할을 했다는 사실이 더욱 즐거웠다.

기분이 좋아진 그는 박풍이 묻는 말에도 순순히 대답해 주었다.

"이 새끼, 제법 그럴듯한 걸 묻네? 한 번은 됐는데 다음부터는 안 된

단 말이지?"

"네, 두령님. 그 일이 있기 전에는 그래도 몇 번은 맞혔는데 후로는 한 번도 맞히질 못했습니다."

누워 있던 이길이 번쩍 손을 뻗어 박풍의 이마를 때렸다. 박풍은 그만 뒤로 벌렁 넘어지고 말았다. 하지만 기분이 좋아서 때린 매였는지라 그다지 아프지는 않았다.

이길이 껄껄 웃었다.

"너, 이 새끼, 몇 살이냐?"

박풍은 어느새 몸을 일으켜 이길 앞에 앉아 대답했다.

"곧 열여섯 살이 됩니다."

"열여섯이라, 열여섯……. 좋다, 이 새끼. 내가 그와 같은 의문이 들었을 때는 스물 하고도 두 살 때였다. 네놈이 나보다 육칠 년이나 빠른 게야."

"……."

박풍은 슬그머니 이길의 눈치를 살폈다.

졸개가 두목보다 뭔가 나은 것이 있다는 것은 대체로 좋지 않은 일을 불러일으킨다. 두목의 시기를 받아 고생하기 일쑤인 것이다.

이길은 여전히 싱글거렸다.

이처럼 많이 웃는 것은 만난 후 처음이었다. 아마도 호풍검 풍영을 이긴 기쁨 때문일 것이라고 박풍은 생각했다.

"좋다, 이 새끼. 이번만은 특별히 대답해 주겠다. 자신만만하게 한 칼을 베고 난 후 더 나빠졌다고?"

"네, 두령님."

"요놈 새끼."

이길이 또 박풍의 이마를 때렸다. 이번에는 넘어지지 않았다.

"너 이 새끼, 그 풍가 놈이 왜 졌는지 알고 있으렷다?"

풍영이 진 것은 물론 이길의 암수 때문이었다. 하지만 그전에 풍영은 이길을 얕잡아보고 있었으며 너무 거만하여 빠른 칼에 적당히 대응하지 못했다.

"거만한 태도와 상대를 얕잡아보는 마음 때문이었다고 생각됩니다."

딱!

이번에는 눈에서 번쩍 불똥이 튀었다.

이길의 호통이 따랐다.

"그걸 본 놈이 이유를 몰랐단 말이냐? 이 새끼, 한 번 성공했다고 거만을 떨어? 너는 좀 더 맞아야겠다. 이리 와!"

박풍은 깜짝 놀라 급히 몸을 일으켜 이길에게 다가갔다.

이길은 반듯이 누워서도 마구 박풍을 두들겼다. 병상에 누워 있는 것이 천행이었다.

실컷 두들겨 팬 이길이 말을 이었다.

"개새끼, 한 번만 더 그 따위로 마음을 풀어놓는다면 아예 죽여 버리고 말겠다! 무슨 말인지 알아들었으면 꺼져!"

"넵, 두령님!"

박풍은 크게 대답하고 재빨리 물러났다.

이길의 몇 마디 말과 주먹다짐, 그리고 호통은 박풍의 의문을 깨끗이 씻어주었다.

박풍은 자만하고 있었던 것이다.

나뭇조각을 풍영으로 삼아 단번에 베어버린 통쾌감에 빠져 이제는 자신있다고 의기양양했던 것이다.

긴장이 풀리자 나뭇조각의 흔들림을 정확하게 가늠하지 못했고 또한 칼도 제대로 나가주지 않았다. 풍영이 이길을 얕잡아보았듯 그는 나뭇조각을 우습게 보았다.

박풍은 커다란 잘못을 범하고 있었던 것이다.

이길은 맹수였다.

아무리 사소한 먹이라 해도 최선을 다해 사냥했으며 자신보다 큰 짐승을 만나도 두려워하지 않고 똑같이 최선을 다했다. 상대를 정확히 알고 자만하지 않는 것이 승리의 지름길이었다.

박풍은 분명 그것을 잊고 있었다.

"나는 맞아도 싼 놈이다!"

박풍은 그렇게 부르짖으며 당장에 뒤뜰로 달려갔다. 다시 환도를 움켜잡고 흔들리는 나뭇조각을 노려보았다.

박풍은 한 마리 야수가 되었다. 토끼를 노릴 때도 전력을 다하는 호랑이가 되었다. 흔들리는 나뭇조각을 붙들고 치열하게 대치하기 시작했다.

나뭇조각이 점점 뚜렷하게 보이기 시작했다. 흔들림도 점점 느려졌다.

"얍!"

나뭇조각이 한 점에 딱 멈추었을 때 박풍은 일격을 내려쳤다.

환도의 두터운 칼날이 손톱만한 나뭇조각을 정확하게 두 쪽으로 갈라 버렸다.

"됐다!"

박풍은 환호성을 질렀다.

막혔던 가슴이 뻥 뚫린 듯 시원하고 통쾌했다. 껄껄 절로 웃음이 터져 나왔다.

이길의 눈에 들어 처음으로 산에 오를 때, 그리고 이길에게 환도를 받을 때 느꼈던 뿌듯함이 다시 한 번 가슴을 뒤흔들었다. 전혀 낯설고 새로운 그 무엇을 힐끔 본 것 같은 기분이었다.

박풍은 그 기분을 놓치고 싶지 않았다.

재빨리 나뭇조각을 달고 다시 환도를 움켜잡았다. 정신을 온통 흔들리는 나뭇조각에 맞히고 눈은 부릅뜬 채 한곳을 주시했다. 두 다리로는 땅을 꽈악 움켜잡듯 밟고 두 손으로 환도를 받쳐 들었다. 그리고 스스로 맹수가 되어 사냥감을 노렸다.

딱.

재차 나뭇조각이 잘려 나갔다.

박풍은 만족하지 못하고 계속해서 나뭇조각을 줄에 매달았다. 날이 어두워질 때까지 열세 번에 걸쳐 환도를 후려쳤다.

그중 열 번을 성공시켰다. 그동안 하루에 한두 번 맞히던 것에 비하면 대단한 성과였다.

박풍은 어서 빨리 날이 밝기를 바라며 일찍 잠자리에 들었다.

날이 밝자마자 박풍은 다시 환도를 움켜잡고 흔들리는 나뭇조각을 베었다. 세 번까지는 실패했지만 그 후로는 하루 종일 실패하지 않았다.

아침저녁으로 약 시중을 들고 밥을 먹는 시간 외에는 오로지 환도를 들고 내려치는 연습을 계속했다.

보름이 더 흘러갔을 때에는 더 이상 실패하지 않았다. 나뭇조각들은 줄에 매달린 족족 두 조각으로 갈라져 나갔다.

박풍은 방법을 바꾸었을 뿐 수련은 멈추지 않았다.

뒷산의 커다란 은행나무 밑에 이른 박풍은 한자리에 딱 멈추어 선후 환도를 움켜쥐었다.

노랗게 물든 가을 은행잎들이 부드러운 바람에도 가지에서 떨어져 내렸다.

살랑살랑.

바람에 흔들리며 천천히 떨어져 내렸다.

박풍의 눈빛이 사나운 매처럼 은행잎을 좇았다. 은행잎이 딱 한 점에 멈추었다. 그는 지체하지 않고 환도를 내려쳤다.

팍!

환도는 허공을 치고 말았다. 아래로 떨어지던 은행잎이 문득 불어온 바람에 휩쓸렸기 때문이다.

박풍은 인상을 찡그리며 다시 환도를 고쳐 잡았다.

두 번째도 같았다.

눈을 부릅뜨고 살펴도 은행잎은 환도에 잘려 나가지 않았다. 나비처럼 날아 부드럽게 땅에 내려앉을 뿐이었다.

하루 종일 해봐도 마찬가지였다.

꼭지가 떨어져 내려앉는 은행잎들은 줄에 매달려 흔들리는 나뭇조각과는 달랐다.

뭐가 어떻게 다른지 쉽게 알 수는 없었지만 분명 달랐다. 박풍은 방법을 달리하지 않을 수 없었다.

다음날부터 박풍은 한자리에 못 박은 듯 멈춰 서지 않고 내려앉는 은행잎들을 좇아 움직이며 환도를 내려쳤다.

"얍! 얍! 얍! 얍!"

땀을 뻘뻘 흘리며 하루 종일 은행잎들을 좇으며 환도를 내려쳤다.

역시 마찬가지였다. 이틀 동안 공을 들여 알아낸 것이라고는 뭔가 다르다는 것뿐이었다.

박풍은 은행나무 밑에 앉아 노랑나비처럼 흩날리는 나뭇잎들을 바라보았다.

"무엇이 다를까……?"

박풍은 곰곰이 생각하기 시작했다.

"이놈이 요 며칠 보이지 않더니만 이런 곳에 와서 혼자 힘쓰고 있네? 야, 새끼 독사, 뭘 그렇게 혼자 중얼거리냐?"

어느 틈에 양 독사가 다가와 있었다.

박풍은 뒤통수를 긁적거리며 자신의 고민을 풀어놓았다.

"허, 이놈 참 묘한 짓을 하네? 바람에 흩날리는 나뭇잎을 맞히고 있었단 말이냐? 어디 보자……."

양 독사는 이러한 수련을 해본 적이 없는지라 박풍의 의문을 바탕으로 생각을 정리했다.

배우지 못하기는 그 역시 박풍과 다르지 않았지만 그에게는 근 칠십 년이라는 세월의 무게와 그만큼의 경험이 있었다.

"흐음, 네놈이 줄에 나뭇조각을 매달아 칠 때 가해진 힘은 바로 네놈 자신의 힘이었다. 그렇지?"

"네, 그렇죠."

"네놈은 아니라고 할지 모르지만 네놈은 무의식 중에라도 어느 정도 흔들어놓아야만 가장 잘 맞힐 수 있는지를 생각했을 것이다. 그러니까 언제 어느 때 칼을 휘둘러야만 나뭇조각을 맞힐 수 있었는지 미리 알고 있었다는 말이 된다. 틀리냐?"

"글쎄요, 말을 들어보니 그런 것도 같아요."

"그런 것 같기는, 새꺄! 분명히 그래! 더욱이 나뭇조각이 흔들리는 방향과 속도가 머릿속에 기억되어 있었다. 그래서 맞히기가 수월했던 것이다. 하지만 저절로 떨어져 내리는 은행잎들은 분명 달라. 그렇지?"

"……."

"왜 다르냐? 은행잎을 흔드는 것은 네가 아니라 바로 나뭇잎 자체의 무게이며 또 바람이 변수로 작용하는 것이다. 네놈 스스로 흔드는 것과는 엄연히 다르다는 뜻이다."

"그렇군요!"

"헤헤, 닭대가리가 그래도 이해는 하는구나. 또 있다."

"또요? 뭐죠?"

"나뭇가지는 정해진 자리에서만 움직이지만 떨어지는 은행잎은 제멋대로란 말이다. 가만히 서서 칼을 내려쳐야 하는 것이 아니라 은행잎을 좇아 들어가며 칼을 내려쳐야 하잖아. 움직이지 않고 한자리에 멈춰 서서 칼을 내려치는 것과는 다르다. 모든 것이 다른 거야."

"아, 정말로 그렇군요. 고맙습니다, 양 독사님."

"우헤헤헤, 고마운 줄 알면 좋은 술이나 준비하면 된다, 새꺄. 뭐 하냐? 배운 걸 써먹어야 봐야 할 것 아냐?"

"네."

박풍은 머릿속이 밝아지는 것을 느끼며 신이 났다. 양 독사가 말해 준 여러 변수들을 염두에 두고 다시 도전했다.

눈에 들어오는 은행잎을 끝까지 추적하여 한순간도 놓치지 않았으며 바람의 세기와 방향을 고려하였다. 또한 자신의 움직임도 계산에 넣었다.

환도는 여전히 은행잎을 가르지 못했다.

박풍은 끝없이 도전했다.

이길이 병상에 누워 있는 동안은 할 일이 별로 없으므로 하루의 거의 대부분을 양 독사와 함께 은행잎과 씨름하며 지냈다.

그렇게 가을이 깊어갔다.

第四章 華山派
―무림의 전설을 눈으로 보다

華山派

복우산에 첫눈이 내렸다.

박풍은 산으로 들어와 두 번째 맞는 첫눈을 물끄러미 바라보았다.

요즘은 기분이 좋지 않았다.

산채가 또 한 번 술렁이고 있었다. 지난번과는 또 다른 분위기였다.

"자네, 들었어? 만안표국이 또 수작을 부리고 있다며?"

"제기랄, 이제 들은 거야? 남들 다 아는데 혼자 뭐 한 거야? 그 새끼들, 탈명검 마휘와 호풍검 풍영, 그리고 표자두 장염까지 죽거나 불구가 되었잖아. 그토록 당한 놈들이 그냥 넘어갈 것 같았어?"

"윤원 그 새끼가 직접 화산파로 달려갔다며?"

"말이라고. 윤원이 화산파로 달려간 것은 벌써 옛날 일이래. 그 새끼는 아예 화산에 틀어박힌 채 일진자(一眞子)에게 떼를 쓰고 있다는 게야. 복수를 해달라는 게지."

"일진자라면 화산의 장로(長老)이며 신선(神仙)이라고 불리는 인물이잖아? 그런 인물이 나선다면 용골산채 같은 곳은 그만 콩가루가 되고 말 텐데……."

"미친놈, 일진자가 어떤 신분인데 산적들이나 잡으려고 산을 내려와? 그가 우리 같은 산적들을 상대나 할 것 같아? 그는 천하가 떠받들어 주는 무공의 최고수란 말이다, 새꺄. 우리들과는 차원이 다른 인물이야."

화산파는 대대로 무공의 달인들을 배출해 냈다. 또한 현 무림의 최고수로 알려진 자는 화산파의 일진자다.

졸개들의 말대로 일진자는 구름을 타고 노니는 신선 같은 인물이며 산적들과는 그 질이 다르다. 그런 인물이 용골산채 때문에 하산한다는 말은 역시 있을 수 없는 일이었다.

"그럼… 윤원은 왜 일진자를 붙들고 늘어지는데?"

"멍청한 새끼, 일진자에게 떼를 써야 그 제자들이라도 움직일 것 아니겠어? 윤원 그 새끼가 노리는 것이 바로 그거야. 일진자가 제자를 파견해 주기를 바라는 게지."

"일진자의 제자들이라면……?"

"어이구, 세상 물정 모르는 밥통 같은 새끼. 잘 들어. 내가 죄다 말해 주겠다. 일진자에게는 네 명의 제자가 있어. 그 첫 번째가 바로 한매(寒梅) 강도경(姜到境)인데 이 인물은 진작에 사문의 무공에 달통하여 하산한 사람이야. 한때는 강호를 떠돌며 의협적인 일들을 벌였지만 지금은 어디에서 뭘 하는지 아는 사람이 없어. 두 번째 제자는 바로 옥풍 도장(玉風道長)인데 이 인물은 진작에 출가하여 현재까지 일진자를 시봉하고 있어. 강호에 나오지 않아 무공이 어느 정도인지 아는 사람이 드물지만 그는 일진자와 더불어 화산파를 좌지우지하는 실세 중의 실세야. 셋째 제자는 박룡수(搏龍手) 고능풍(顧陵風)인데……."

"아, 백제성(白帝城)에 산다는 그 고능풍?"

"새끼, 귀가 있다고 고능풍은 아는군."

일진자의 삼제자(三弟子) 고능풍(顧凌風)은 강호무림에 명성이 자자한 인물이다.

다섯 살에 화산에 입문하여 이십 년을 한결같이 무공을 익혔으며 이십대 중반에 무림에 출도하여 박룡수라는 명예롭고도 살벌한 별호를 얻었다.

삼십 이후 고향 백제성(白帝城)으로 돌아가 일가(一家)를 이룬 고수이며 호쾌하게 생긴 사내였다. 그가 벌인 강호상의 일들이 아직까지도 세인들의 입에 오르내리고 있었다.

무림에서 진정한 대협(大俠)을 꼽으라고 한다면 사람들은 단연 박룡수 고능풍이라고 외칠 정도였다.

"네 번째 제자가 바로 일검풍운(一劍風雲) 서림(徐琳)이야. 일검풍운에 대해서는 너도 알겠지?"

"물론 알고말고. 지금 강남(江南)에서 풍운을 일으키고 있다는 그자 아니겠어?"

"알긴 아는군, 자식. 화산파의 제자로서 현재 가장 왕성하게 활동하는 인물이 바로 일검풍운 서림이야. 그는 스물두 살에 하산하여 고향인 소주(蘇州)로 갔어. 그때부터 강남 전역을 돌며 악당들과 마두들을 섬멸하고 있어. 오 년 동안 그에게 당한 자들이 몇인 줄 알아?"

"……."

"자그마치 열일곱이야, 열일곱. 그것도 이름깨나 날리는 자들만 말야. 예전에 박룡수 고능풍은 인후한 인품과 관대함을 내세워 무릎 꿇은 자들은 대부분 용서하여 새사람으로 만들었지만 일검풍운 서림은

달라. 그의 검에는 용서가 없어. 그래서 더 무서워하는 거야. 그자가
지나는 길에 도사리고 있는 악당들은 언제 검에 맞을지 몰라 전전긍긍
하는 처지란 말야."

"그런데 일진자의 제자들이 어쨌다고?"

"이런 멍청한 새끼, 말을 뭘로 들은 거야? 똥구멍으로 들었어?"

"……."

"윤원이 일진자를 구슬리면 누가 나설 것 같아? 옥풍 도장이 나서겠
어, 아니면 고능풍이 나설까? 일진자의 허락이 떨어지면 일검풍운이
온단 말이야. 우리 용골산채가 서림의 독한 검을 막을 수 있을 것 같
아?"

물론 막지 못할 것이다.

복우산 용골산채의 대왕 거웅 최대산이 비록 명성을 떨치고 있지만
그건 어디까지나 지엽적인 명성일 뿐이다.

화산파의 제자들은 다르다.

그들의 무공은 천하를 울릴 정도이고 명성 또한 사해에 퍼져 있다.
그들에 비하면 최대산은 다만 태양 앞의 등불에 지나지 않는다. 비교
할 자격조차 없는 것이다.

졸개들이 동요하는 것은 어쩌면 당연한 일이었다.

"일검풍운 서림이 정말 올까?"

"몰라. 하지만 윤원이 지금 허연 은자를 처바르며 일진자를 구워삶
고 있다니 곧 결판이 나겠지."

"그가 오면 정말 큰일인데……."

모이기만 하면 졸개들은 그와 같은 말을 수군거리며 두려움에 떨었
다.

“흥.”

박풍은 코웃음을 쳤다.

전설처럼 전해지는 신비한 화산파의 무공이 어떻고 제자들이 무슨 일을 벌였는지는 모르겠지만 박풍은 그들을 두려워하고 싶지 않았다.

오히려 열심히 칼을 배워 그자들을 한번 꺾어보고 싶은 욕망이 무럭무럭 피어올랐다.

“기필코 꺾고 말 테다!”

팍!

박풍은 환도를 들어 떨어지는 눈송이를 후려쳤다. 가녀린 눈송이가 환도의 예리한 날에 의해 두 조각으로 갈라졌다.

박풍의 칼 솜씨도 제법 늘었다.

지난가을 내내 떨어지는 낙엽과 씨름하는 동안 양 독사의 도움으로 인해 여러 가지 변수가 작용하는 원리를 깨달았으며 그만큼 능숙해졌다. 떨어지는 눈송이를 가를 수 있을 만큼 칼 쓰는 솜씨가 늘어 있었다.

가을을 낙엽과 씨름하며 지냈듯 그는 눈이 올 때마다 환도를 움켜쥐고 눈송이들과 싸웠다.

“박풍 이 새끼, 뭐 하는 거야?”

“넵, 두령님!”

눈송이를 상대로 환도를 휘두르고 있던 박풍은 이길의 신경질적인 부름에 후닥닥 뛰어갔다.

이길은 마루에 나와 있었다.

세 달이 지나는 동안 상처가 제법 아물었고 건강도 좋아졌다. 부축을 거절한 지는 이미 오래전의 일이었다.

하지만 표정은 밝지 못했다. 그 역시 뒤숭숭한 산채 분위기를 염려하고 있었던 것이다.

"본채로 올라간다. 준비해."

"네, 대왕님."

박풍은 재빨리 이길에게 겉옷을 입혀주고 거치도를 챙겼다. 이길은 문밖으로 나갈 때면 언제나 거치도를 소지했다.

이길은 곧장 거웅 최대산이 거처하는 산 위쪽의 본채로 향했다.

저희들끼리 모여 수군거리고 있던 졸개들이 재빨리 허리를 숙여 보였다. 이길이 지나가자 다시 머리를 맞대고 수군거렸다.

이길의 눈빛이 매섭게 변했다. 힐끔 고개를 돌려 수군거리는 졸개들을 노려보았다. 이길의 눈길을 느낀 졸개들이 화들짝 놀라 급히 자리를 떴다.

이길의 표정이 잔뜩 찌그러졌다.

다른 졸개들도 마찬가지였다. 삼삼오오 짝을 지어 수군거리고 있다가 이길을 보고는 급히 자리를 떴다. 이길의 표정이 점점 더 일그러졌다.

그중 한 무리의 졸개들은 이길이 지나간 후에도 흩어지지 않고 다시 수군거렸다.

이길이 급기야 화를 터뜨리고 말았다.

"이 새끼들! 이리 와! 빨리 오지 못해!"

이길의 불같은 성격을 잘 알고 있는 졸개들은 기겁을 하고 달려왔다.

빡! 빠바박!

이길은 사정없이 주먹을 휘둘러 졸개들의 따귀를 후려갈겼다. 졸개들이 비명을 내지르며 고꾸라졌다.

그래도 분이 풀리지 않는지 이길은 자빠진 졸개들을 향해 매섭게 발길질을 해댔다. 아이구, 데이고 하며 졸개들이 죽는다고 비명을 질러댔다.

"쥐새끼만도 못한 것들, 하릴없으면 계집 엉덩이나 핥고 있어! 다시 한 번 모여서 수군거리는 꼴을 보면 아예 모가지를 잘라 버리고 말겠다! 썩 꺼져!"

졸개들은 감히 찍소리도 못하고 머리통과 허리 등을 감싸 쥐고 줄행랑을 놓았다.

이길은 아직도 분이 풀리지 않았는지 더욱 숨을 푹푹 뿜어내면서 도망치는 졸개들을 노려보았다. 그러더니 홱 몸을 돌려 성큼성큼 본채로 올라갔다.

본채에는 둘째 두령이 먼저 도착해 있었다. 그들은 곧 거웅 최대산의 거처로 들어갔다.

박풍은 밖에서 기다려야 했다.

한참을 기다려도 이길은 나오지 않았다. 의논이 길어지는 것 같았다. 뭐가 잘 풀리지 않는지 가끔 큰 소리가 나고 탁자를 두드리는 소리도 들렸다. 그중에 이길의 목소리가 제일로 컸다.

근 한 시진에 걸친 논의를 끝내고 나온 이길의 표정이 창백하게 변해 있었다. 흥분하는 바람에 몸 상태가 나빠진 것이었다.

둘째 두령의 표정도 밝지만은 않았다.

박풍은 재빨리 이길을 부축하여 거처로 내려왔다.

이틀을 쉰 이길은 졸개들을 전부 연무장으로 불러 모았다.

"지금부터 하루 네 시진씩 수련에 들어간다! 따라오지 못하는 새끼들은 가차없이 때려죽이고 말 테니 알아서 해!"

졸개들의 불안한 마음을 수련을 통해 잊게 하려는 것 같았다. 두령들의 회의에서 결의된 것임이 분명했다.

다른 두령들 밑에 있는 자들도 수련에 들어갔다.

수련이라야 특별한 것은 없었다.

창을 쓰는 자들 따로, 칼을 쓰는 자들을 따로 가려 치고, 때리고, 찌르고, 베는 것을 반복할 뿐이었다.

제대로 하지 못하면 이길의 호통이 터지고, 호통이 터지면 조장들이 달려와 매를 쳐댔다. 매를 맞은 자들은 몇몇씩 짝을 지어 산 아래까지 달려갔다 와야 했다.

"그깟 화산파 새끼들이 두렵단 말이지? 오냐, 이 귀면잔심이 그 공포심을 말끔히 씻어주겠다!"

얼마나 혹독하게 몰아붙이고 매를 치는지 졸개들이 견디지 못하고 픽픽 나가떨어졌다.

하지만 이길이 워낙 눈에 불을 켜고 있는지라 감히 찍소리도 하지 못했다.

졸개들은 하루 종일 수련에 시달렸다.

박풍도 옆에 끼어 졸개들과 함께 수련에 임했다. 힘들고 어려웠지만 그는 묵묵히 참고 견디었다. 하루가 일 년처럼 길고 힘겨웠다.

화산파에 대한 졸개들의 두려움은 이길이 생각하고 있는 것보다 훨씬 깊고 강했다.

아무리 혹독하게 훈련을 시켜도 졸개들은 화산파에 대한 두려움을 떨쳐 버리지 못했다. 일진자에게 매달리던 윤원이 강남으로 향했다는 소문이 퍼지기 시작할 때부터 두려움은 더욱 가중되었다.

며칠 전에는 밤에 파수를 보던 두 명의 졸개가 병장기를 버려두고 뺑소니친 일이 발생했다.

어제는 기합을 받던 세 명이 산 아래까지 달려갔다가 다시는 돌아오지 않았다. 오늘도 날이 어두워지기 전에 또 다섯 명의 졸개가 밥 먹는 시간을 틈타 슬그머니 뺑소니쳤다.

그중 두 명이 잡혀 목을 잘린 채 망대에 걸렸다. 본보기로 엄단하여 목을 매달았지만 산채의 분위기는 더욱 암울하게 가라앉았다.

"이거, 이러다간 정말 큰일나겠다."

이길은 그렇게 중얼거리며 다시 본채로 뛰어올라 갔다. 그는 다음날에야 거처로 돌아왔다.

"오늘부터는 산중 훈련과 수련을 병행한다! 성적이 좋은 자를 골라 진급시키고 포상도 넉넉하게 내려질 것이다! 모두들 분발하도록!"

더 이상 혹독하게 굴지도 않았고 되도록 매도 치지 않았다. 살살 다독여 칭찬해 주며 수련을 시켰다.

또한 일부러 깊은 산중으로 들어가 사냥을 겸한 훈련을 시켰다. 돌아와서는 잡은 짐승을 굽고 술동이를 내놓아 잔치를 벌여주었다.

그러나 헛수고였다.

화산파에 대한 두려움은 이미 가슴에 뿌리를 내렸고 일검풍운 서림에 대한 공포는 시간이 갈수록 더해만 갔다.

날마다 도망치는 자들이 늘었다. 어떤 자들은 창고를 털어 달아나기도 했다.

도망자를 잡아 목을 치고 진급과 상금으로 달래보아도 소용없었다.

겨울이 깊어갈 때 윤원이 표국으로 돌아왔다는 소리가 들려왔다. 눈이 녹기만을 기다리고 있다는 소문도 들려왔다.

만안표국의 재침이 코앞으로 닥쳐온 것이다.

윤원은 일검풍운 서림을 동행할 것이다.

졸개들의 불안은 최고조에 이르렀다. 도망자들이 속출했다.

이대로 나간다면 윤원이 당도하기 전에 산채가 먼저 빌 것 같았다.

"혈판관(血判官) 강신영(姜愼英)이 온다!"

그 같은 말이 빠르게 퍼졌다. 그제야 졸개들의 표정이 다소 밝아졌다.

"강신영은 또 누군데?"

"이런 멍청한 새끼, 너는 강호에 퍼진 소문도 못 듣고 사냐, 혈판관이 누군지도 모르게? 귀를 씻고 잘 들어, 이 새꺄! 혈판관 강신영이 누구냐 하면……."

혈판관 강신영에 대해 알고 있는 졸개들은 한바탕 장광설을 늘어놓았다.

혈판관 강신영은 강호에 악명 높은 사마외도(邪魔外道)의 극악한 마두(魔頭)다.

어디서 누구에게 무공을 배웠는지는 알려지지 않았다. 하지만 그자의 두 자루 판관필(判官筆)이 펼쳐 내는 기술은 명문정파의 특출한 무공만큼 뛰어난 것이었으며 누구와 대적해도 지지 않을 정도의 고수이다.

혈판관 강신영은 그런 재주를 좋은 곳에 쓰지 못했다.

강소성(江蘇省) 회음현(淮陰縣)에 있는 구산(龜山)에 터를 잡은 그자는 여러 부류의 사람들을 끌어들여 집단을 이루고 온갖 악행을 일삼는다.

회음현과 인근에 있는 마을들을 상대로 돈과 재물을 거둬들이는 것은 고사하고 예쁘다고 알려진 여인들은 이미 가정을 이루고 아이들까지 두었어도 강제로 끌어다 욕정을 푸는 노리개로 써먹었다.

뿐만 아니라 관과 야합하여 이권에 개입하고 반대하는 자들은 우격다짐으로 묵사발을 내놓았다.

돈이 될 수 있는 일이라면 어떤 것도 가리지 않고 달려들었다. 살인, 방화, 폭행, 납치, 강간 등 가리는 일이 없었다.

혈판관 강신영의 악행은 화산파 일진자의 넷째 제자 일검풍운 서림이 출도하면서 막을 내렸다.

서림이 강남의 의협지사들을 이끌고 강신영의 소굴을 박살 낸 것이다.

강신영은 그때 서림과 삼백 합을 겨루었으며 결국에는 한 수 밀려 줄행랑을 놓고 말았다.

들리는 소문에는 서림에게 패한 분을 삭이지 못하고 복수할 기회를 노리고 있다고 한다.

위기에 몰린 용골산채가 막대한 돈을 들여 그자를 불러들인 것이다.

혈판관 강신영이 온다는 소문이 퍼지자 졸개들이 다소 안심하는 것 같았다. 도망치는 자들이 줄었고 수련에도 열심히 임했다.

어떤 자는 일검풍운 서림이 온다 해도 한판 해볼 수 있다고 떠들기도 했다.

박풍은 기분이 좋지 않았다.

용골산채의 대왕들이 혈판관 강신영 같은 질 나쁜 악당과 어울린다는 그 자체가 싫었다.

약한 자들의 고혈을 빨고 관과 야합하여 백성들을 괴롭히는 그런 자들을 박풍은 가장 싫어했다.

그런 자들에게 대항하기 위해 무공을 배우는 것이며 또 그런 자들을 박살 내는 산대왕이 너무 좋아 결국에는 산으로 들어왔다.

졸개들의 무식한 욕지거리와 이길의 잔혹하고 매서운 성격을 알면서도 녹림호걸이 되겠다고 열심인 까닭이 바로 그 때문이다.

노가촌의 정씨 아저씨를 편들어 못된 촌장과 그의 큰아들 목을 썩둑 잘라 버린 산대왕이 혈판관 강신영 같은 천하의 악당과 손을 잡았다는 사실을 이해할 수가 없었다.

더욱이 일검풍운 서림이 언제 올까 두려워 전전긍긍하던 졸개들이 강신영 같은 자를 믿고 의지하려는 행동을 절대 받아들일 수 없었다. 강신영 같은 자에 의지하느니 차라리 도망치는 것이 나을 것 같았다.

박풍은 난데없는 갈등에 사로잡히고 말았다.

박풍이 진정으로 바라는 산대왕의 모습은 이런 것이 아니었다.

불리하면 동료들을 버리고 도망치고 악당에게 의지하여 목숨을 부지하는 꼴을 보려고 녹림호걸이 되고 싶었던 것이 아니다.

세상을 마음껏 활개 치는 녹림(綠林)의 호걸(豪傑)이 되어 정씨 아저씨를 괴롭히던 노가촌의 촌장 같은 악당들을 물리치고 싶었다.

너무 실망스러웠다.

삼삼오오 짝을 지어 수군거리는 졸개들이 꼴도 보기 싫었다.

하루가 멀다 하고 본채를 오르내리고 쑥덕공론을 벌이는 귀면잔심 이길의 모습도 보기 싫었다. 하지만 박풍은 힘이 없었다.

"이런 쥐 씨알만한 새끼, 누가 너더러 그런 걱정 하라고 했니? 어른들 하시는 일에 신경 쓰지 말고 가서 칼이나 휘둘러!"

머리통을 얻어맞으며 이길에게서 들은 말은 그것이 전부였다.

박풍의 실망은 더욱 컸다.

나이가 어리고 무공이 약하여 아무것도 할 수 없는 자신의 처지가 안타까웠다. 그가 할 수 있는 일은 이길의 말대로 칼이나 휘두르는 것밖에 없었다.

"얍! 얍! 야압!"

박풍은 실망과 분노를 떨쳐 버리기 위해 칼을 휘둘렀다.

어서 빨리 어른이 되고 무공을 높여 자신의 이상을 실현해 보고 싶었다. 눈송이들이 환도의 서슬에 놀라 두 조각으로 쩍쩍 갈라졌다.

산에서의 두 번째 겨울은 실망과 안타까움에 묻혀 스러져 갔다.

눈이 그치고 얼음이 녹기 시작했다.

산채의 분위기는 극도로 긴장되기 시작했다.

만안표국의 윤원은 이미 산 아래에 당도해 있었고 곧 화산 제자 일검풍운 서림이 당도한다는 말이 들려왔다.

두령들의 움직임도 바빠졌다. 졸개들을 다독여 창칼을 준비하고 곳곳에 함정과 암기를 설치했다.

귀면잔심 이길은 크게 흥분해 있었다.

풍영과의 일전에서 입은 부상은 이미 깨끗이 나아 있었다. 그는 이제 만안표국의 국주 윤원을 꺾어보겠다고 잔뜩 벼르고 있었다.

하루 종일 거치도를 움켜잡고 수련을 거듭했다. 그 모습에는 자신감이 넘쳐흘렀다.

"승부의 관건은 자신감과 패기다. 명문정파라는 자들은 멋만 부릴 줄 알지 패기가 없거든. 목숨을 걸고 대들면 이내 겁먹은 개새끼처럼 꼬랑지를 마는 법이다. 악착같은 기세로 눌러 버리는 거야!"

이길은 거치도를 휘두르며 들뜬 목소리로 떠들곤 했다.

박풍도 지난번의 결투 때 그것을 느꼈다.

호풍검 풍영의 진실된 무공이 어느 정도인지 확실히 알 수는 없었지만 자신만만하던 그가 이길에게 꺾인 것은 사나운 기세 때문이었다.

그는 검을 떨쳐 보지도 못하고 이길의 악착같은 기세에 짓눌려 겁을 집어먹었던 것이다. 누가 봐도 분명한 사실이었다.

박풍은 들떠 있는 이길을 보며 불안감을 느꼈다.

윤원과의 승패 때문에 불안한 것은 아니었다. 뭔가에 홀린 듯한 이길의 태도가 그를 불안하게 만들었다.

이길은 분명 뭔가에 홀려 있었다.

박풍은 그것을 명성에 대한 집착이라고 생각했다.

화산파에서 무공을 배웠다는 풍영을 꺾은 후 이길의 명성은 더욱 높아졌다.

졸개들은 더욱 공손해졌으며 둘째 두령 또한 이길을 다른 눈으로 바라보았다. 말은 하지 않았지만 한 단계쯤 높이 보고 있는 것이 분명했다.

이길은 그러한 시선을 받으며 즐거워했다.

명문정파의 제자를 이겼다는 자신감이 그를 우쭐하게 만들었고 곧 그 우쭐함에 빠져 더 큰 것을 바랐다.

그는 윤원을 물리쳐 더 큰 명성을 얻고 싶어했다. 그것 외에는 아무것도 돌아보지 않았다.

그렇게 겨울이 물러갔다.

드디어 화산파의 제자 일검풍운 서림이 왔다.

이길은 선봉이 되어 산 아래로 달려 내려갔다. 둘째 두령과 대왕 최대산까지 출동했다. 졸개들이 창칼을 높이 들고 뒤를 따랐다.

복우산 용골봉 아래 넓은 백석평(白石坪) 모래밭에 그들이 기다리고 있었다.

인원은 겨우 이십 명 남짓밖에 되지 않았다. 하지만 그들은 백오십이 넘는 산적들이 달려 내려오는 것을 보고도 전혀 두려워하지 않았다.

그만큼 자신만만하게 보였다.

선봉으로 달려온 이길이 그들과 칠팔 장 거리를 두고 딱 멈추어 섰다.

함께 달려온 박풍의 눈에 한 사람의 모습이 가득 들어왔다. 등에 한 자루 보검을 빗겨 멘 청년이었다.

"아⋯⋯!"

감탄이 절로 흘러나왔다.

청년은 달라 보였다. 이십대 후반의 영기발랄한 기상을 지니고 있었으며 몸가짐은 물이 흐르듯 유연하고 부드러웠다. 그러면서도 한편으로는 강인한 인상이 풍겼다.

청년이 사람들과 다르게 보이는 것은 무엇보다도 정기가 일렁이는 눈빛이었다.

청년의 눈빛은 부드러우면서도 강렬했다.

이길의 독사 같은 눈빛과 대왕 최대산의 부리부리한 눈빛도 인상적이지만 청년의 눈빛은 그들과 달랐다.

정광이 흘러넘치는 청년의 눈빛은 유연하게 세상을 감싸는 듯 보였다. 은연중 깃든 위엄으로 인해 마주 보기가 어려웠다. 참으로 인상적인 청년이었다.

박풍은 정면으로 바라보지도 못하고 힐끔힐끔 홀린 듯한 표정으로 청년을 훔쳐보았다.

다시 봐도 멋진 청년이었다.

그가 바로 화산파의 일검풍운 서림인 것은 누가 말하지 않아도 알수 있었다. 듣던 것만큼 모질거나 독해 보이지 않았다.

서림 옆에는 약관의 청년과 만안표국의 국주 윤원이 있었다.

약관의 청년은 호기심 어린 눈빛으로 산적들을 바라보았다.

윤원은 증오가 가득한 눈빛으로 이길과 좌겸을 노려보았다. 세 명의 표두를 잃고 표국의 명성이 땅에 떨어진 것에 대한 분노가 그대로 담긴 눈빛이었다.

"흥!"

귀면잔심 이길은 서림과 눈을 마주치지도 못하고 코웃음으로 마음을 다잡았다. 그는 매서운 눈으로 윤원을 노려보았다.

윤원은 이길을 바라보지 않았다. 명색이 인솔자인 그는 이길을 상대하지 않고 거웅 최대산을 노려보았다.

"최 두령, 윤원이 지난날의 은원을 해결하고자 찾아왔소이다. 최 두령께서 혈판관 강신영을 초청했다는 말이 들리던데 그는 오지 않았소?"

거웅 최대산은 다소 심각한 표정으로 윤원과 서림을 번갈아 바라보았다.

"가는 길이 다른 사람들이 일을 하다 보면 충돌이 생겨 다치거나 죽는 경우도 있소이다. 윤 국주께서 수하를 잃고 상심한 것은 알겠지만 그것 때문에 일을 이토록 크게 벌일 필요가 있는지 모르겠구려?"

최대산은 사실 일이 커지는 것을 원치 않았다.

만안표국에서 접수한 홍문의 구구생환단을 노리고 벌어진 일 때문에 서로 화기가 상해 칼을 겨누게 되었지만 그것은 어디까지나 일을 해 나가다가 생긴 충돌로 생각했다.

근처의 표국들을 끌어들여 용골산채를 치려 한 것은 윤원의 사사로운 욕심으로밖에 생각되지 않았다.

더욱이 화산파의 서림이 나서고 혈판관 강신영까지 끌어들여 일을 크게 벌이는 것은 그가 원하는 바가 아니었다.

"흥!"

윤원이 코웃음으로 응수했다.

"최 두령의 말대로 일을 하다 보면 여러 가지 일들이 생길 수는 있소이다. 하지만 그것은 서로 화해할 가능성이 있을 때나 먹혀드는 말이오. 우리 만안표국은 홍문의 일로 인해 막대한 피해를 입고 말았소. 더욱이 홍문이 저 지경으로 몰락한 데에는 책임을 통감하지 않을 수 없었소이다. 일이 그럴진대 만약 그냥 넘어간다면 홍문의 식솔들은 죽어서도 나를 원망할 것이 분명하오. 내가 어찌 그들의 원한을 갚지 않을 수 있겠소이까?"

최대산은 인상을 찡그렸다.

구구생환단을 빼앗기는 바람에 기시진이 죽고 홍문이 멸망한 것에 대해서는 최대산도 어느 정도 가책을 느끼고 있었다.

그가 구구생환단을 노리고 출동했던 것은 기시진을 죽이거나 홍문이 멸망하는 것을 바라서가 아니었다. 워낙 비싼 약이다 보니 그것을 탈취한 후 돌려주면서 다소간의 돈을 뜯어내려 했던 것뿐이다.

일이 이 지경으로 꼬일 줄은 그로서도 뜻밖이었다.

또한 윤원이 홍문의 일을 용골산채에게 온통 뒤집어씌우는 것 같아 기분이 좋지 않았다.

따지고 보면 용골산채도 피해자에 지나지 않았다. 만안표국과 제대로 부딪친 것도 없거니와 구구생환단은 구경조차 하지 못했다. 누군가의 수작에 의해 들러리를 섰던 것에 지나지 않았다.

윤원이 흉수를 따질 생각은 않고 용골산채만 물고 늘어지는 것은 역시 사사로운 욕심 때문이라고밖에는 생각할 수 없었다. 홍문을 핑계 삼아 거치적거리는 용골산채를 깨부수려 하는 것이 분명했다.

"홍문의 일을 우리 용골산채가 떠맡아야 하는 이유라도 있소?"

"물론!"

윤원이 당연하다는 듯 소리쳤다.

"용골산채는 분명 이 일에서 발을 뺄 수 없을 것이외다. 나는 홍문의 일에 목숨을 걸었소. 그 일과 관련된 자가 누구든 책임을 피할 수 없을 것이오. 더욱이 힘을 앞세워 백성들을 괴롭히고 행인의 봇짐을 터는 행위는 진작부터 처단하고 싶었던 일이외다."

"닥치시오!"

최대산이 벌컥 화를 터뜨렸다. 텁수룩한 수염이 알알이 곤두섰다. 그는 정말 화가 치밀었다.

비록 복우산 용골봉에 터를 잡고 도적질을 일삼고 있지만 최대산은 되도록 녹림의 도의(道義)를 지키려고 노력해 왔다.

가난한 자는 털지 않으며 급한 자는 붙잡지 않았다. 타협으로써 통행세를 받고 탐관을 징치하고 곳간의 재물들을 털어도 그중 반은 가난한 자들에게 나누어 주었다.

그런 원칙을 지켜왔기에 큰 원성을 듣지 않고 도적질을 해왔던 것이다. 윤원 같은 자에게 욕을 먹을 이유가 없다고 그는 생각했다.

"홍문의 일을 책임지라고 한다면 이 최대산은 굳이 피하지 않을 것이오. 그러나 그것을 빌미로 용골산채를 욕한다면 결코 좌시하지 않을 것이외다. 어차피 칼끝에 목숨을 걸고 사는 몸, 실력으로 승부를 결해 봅시다."

"흥!"

윤원이 매섭게 눈을 흘겼다.

"용골산채의 최 두령이 호탕하다고 하더니만 말 한번 시원하게 하는 구려. 좋소이다. 최 두령의 말처럼 실력으로 해결하도록 합시다."

그때였다.

"캇캇캇캇!"

괴이한 웃음소리와 함께 시뻘건 구름덩이가 왈칵 몰려들었다.

"강남의 일검풍운이 잔챙이들 틈에 끼어 겨우 들러리를 서고 있다 니, 지나가는 개가 웃을 일이군. 하지만 잘 만났다. 오늘 이 자리에서 묵은 빚을 청산해 보자꾸나! 크캇캇캇캇!"

귀를 후벼 파는 날카로운 비웃음과 함께 시뻘건 구름덩이는 그대로 일검풍운 서림을 향해 쏘아져 갔다. 강력하고 날카로운 기운이 먼저 쳐들어갔다.

심장을 노린 일격이 끝나기도 전에 두 번째 공격이 목을 노리고 찔 러갔다. 번개처럼 빠르고 독사처럼 잔인한 공격이었다.

"흥!"

서림은 두 번의 공격을 모두 피하며 코웃음을 쳤다.

"혈판관 강신영! 그대를 기다리고 있었다!"

그와 함께 서림의 등에 빗겨 메져 있던 보검이 용틀임을 하면서 솟 구쳐 나왔다.

차앙!

용음(龍吟)이 들리는 순간 파란 섬광이 번쩍 허공을 갈랐다.

시뻘건 구름덩이가 쏜살처럼 뒤로 튕겨 물러섰다.

물러서는 구름덩이 속에서 날카로운 두 가닥의 붉은 기운이 뻗어 나와 서림의 좌우를 노리고 찔렀다.

서림의 보검이 대담무쌍하게도 두 가닥 기운의 한가운데를 예리하게 파고들었다. 순간 두 가닥의 붉은 기운이 재빨리 하나로 뭉쳐졌다.

차앙!

요란한 쇳소리가 울려 퍼지며 서림과 붉은 구름덩이가 홀쩍 갈라섰다. 서림은 보검을 움켜쥐고 이 장 앞에 선 자를 바라보았다.

혈판관 강신영은 전신을 온통 시뻘건 색으로 치장하고 있었다.

당장에라도 뚝뚝 핏물이 떨어질 것 같은 시뻘건 색의 옷을 입고 있었으며 들고 있는 한 쌍의 판관필 또한 타는 듯한 붉은색이었다.

치렁치렁한 머리칼도 붉은색이었으며 독하고 이글거리는 눈동자도 붉은빛을 띠고 있었다. 혈판관이라는 별호답게 무시무시하게 생긴 자였다.

그 모습이 얼마나 공포스러웠던지 지켜보고 있던 사람들이 꼴깍 마른침을 삼키며 부르르 몸을 떨었다.

강신영이 이글이글 타오르는 눈빛으로 잡아먹을 듯 서림을 노려보았다.

"서림, 오늘이 있기를 삼 년을 하루같이 기다렸다. 오늘은 기필코 네 놈 가슴에 구멍을 뚫어주고야 말겠다!"

부드득 하고 이를 가는 소리가 사람들의 귀에 똑똑히 들려왔다. 사람들은 다시 한 번 부르르 몸을 떨었다.

서림은 여유롭기만 했다. 부드러운 눈빛조차 흔들리지 않았다.

"강신영, 삼 년이 지났건만 뉘우침은커녕 심보가 더욱 악독해졌구나! 어찌 용서하리요! 나의 검은 결코 사마외도를 용납치 않는다!"

"닥쳐라, 이놈! 예전의 강신영이 아니다! 죽어랏!"

강신영은 연신 이를 갈며 벼락같이 몸을 날렸다.

그가 일단 움직이자 사람은 어디 가고 시뻘건 구름덩이가 쏘아져 나가는 것처럼 보였다. 한 쌍의 판관필 또한 악마의 이빨처럼 무시무시한 기세로 허공을 꿰뚫었다.

두 자루 판관필이 연출하는 쌍필개산(雙筆開山)의 초식을 가볍게 피해낸 서림은 빙글 몸을 돌리며 매섭게 일검을 떨쳐 냈다. 화산파의 매화검 중 낙화수수(落花颼颼)였다.

부드러운 바람이 낙엽을 몰고 가듯 서림의 일검은 매서운 쌍필개산을 밀어붙이며 곧장 강신영의 가슴을 노리고 찔러갔다.

파악!

붉은 용이 승천하듯 강신영의 몸이 땅을 박차고 허공으로 치솟았다.

서림의 시선이 재빨리 강신영을 좇았다. 푸른 하늘에 번쩍이는 태양. 강신영의 몸이 순식간에 태양 속으로 빨려 들어갔다.

"엇!"

서림은 강신영이 자신의 시선에서 사라져 버린 것을 느끼고 깜짝 놀랐다. 태양의 밝은 빛이 강신영을 삼켜 버린 것이다.

서림은 재빨리 옆으로 이동했다. 밝은 태양 속에서 붉은 구름이 쏜살처럼 쏟아져 내렸다. 바늘 끝 같은 경기를 담은 두 자루 붉은 붓이 사람보다 먼저 쳐들어왔다.

서림은 강신영의 빠른 판단력과 적절한 임기응변에 감탄하면서도 몸은 어느새 뒤를 향해 튕겨 물러섰다.

강신영의 두 자루 판관필이 아슬아슬하게 앞가슴을 스치고 지나갔다. 조금만 늦었어도 가슴 한복판을 그대로 찍힐 뻔했다.

땅에 내려선 강신영의 발이 재차 땅을 찼다. 그러나 몸은 떠오르지 않았다. 낮게 숙인 그 자세로 땅에 붙어 앞으로 쏟아져 나왔다. 순간 두 자루 판관필이 서림의 발등을 찍으려 했다.

이번엔 서림이 땅을 차고 솟아올랐다. 예리한 검풍이 따라 올라가며 강신영의 상반신을 길게 베어 들어갔다. 강신영은 땅을 박차고 뒤로 물러섰다.

두 사람은 다시 이 장 간격을 두고 서로를 노려보았다.

두 사람의 일진일퇴는 실로 빠르고 험악했다. 공격과 방어가 너무도 빨라 무공이 낮고 안력이 약한 자들은 그들의 움직임을 제대로 보지도 못했다.

박풍은 벌어진 입을 다물지 못하고 두 사람이 펼쳐 내는 기이하고 눈부신 움직임을 좇았다. 눈도 깜빡이지 않았다.

풍영과 이길의 일전이 비록 험악하고 아슬아슬했지만 이들의 접전에 비하면 아무것도 아니었다. 그만큼 현란하고 또 빨랐다.

정신을 온통 빨아들이는 마력을 품고 있었다.

그는 정신없이 두 사람의 격전에 몰두해 들어갔다.

그때 서림의 옆에 있던 약관의 청년이 썩 나서며 최대산을 향해 입을 열었다.

"우리도 구경만 할 것이 아니라 한 수 겨루어봅시다. 나는 항주(杭州) 사일검문(射日劍門)의 복생(福生)이라 합니다. 최 대왕의 풍뢰도(風雷刀)를 견식해 볼까 하오."

항주의 사일검문은 무림계의 유서 깊은 명문세가(名門世家)다. 복생은 명가의 후손답게 몸가짐이 차분하고 기력이 안정되어 보였다.

나이 어린 자가 함부로 나서는 모습이 눈꼴시었는지 흑백쌍도 좌겸이 썩 나섰다. 최대산이 그를 저지했다.

"아우는 물러서 있게. 내가 사일검법(射日劍法)을 받아보겠네."

최대산은 결코 복생을 얕잡아보지 않았다.

항주 사일검문은 사일검법이라는 독특한 무공을 대대로 발전시켜 왔으며 후손들은 사일검법을 바탕으로 강호상에서 명성을 떨쳐 왔다.

복생이 비록 약관의 청년에 불과했지만 사일검문의 후손이라는 사실만으로도 충분히 경계해야 할 상대였다.

최대산은 낙뢰(落雷)가 새겨진 커다란 칼을 움켜쥔 채 복생을 마주 보고 섰다. 마치 거대한 곰이 우뚝 서 있는 것 같았다. 퉁방울만한 두 눈에는 불꽃이 일렁거렸다.

"그럼 한 수 가르침을 청하겠소이다."

복생은 자세를 낮추고 허리에 빗겨 멘 검을 살짝 움직였지만 검을 뽑지는 않았다. 사일검법은 발검(拔劍)으로부터 시작되기 때문이다.

"합!"

눈을 부릅뜨고 노려보던 최대산이 먼저 우레 같은 기합을 내지르며 먼저 공격을 시작했다. 커다란 칼이 번갯불이 작렬하듯 복생의 머리 위로 번쩍 떨어져 내렸다.

그 역시 제대로 된 무공을 배우지 못했는지라 단순한 칼질에 지나지 않았다. 하지만 빠르고 험악했다. 단숨에 머리를 쪼갤 듯 떨어졌다.

복생은 그때 움직였다.

낮추어진 허리가 교묘하게 비틀리며 몸 전체를 옆으로 이동시켰다. 오른손이 왼쪽 허리에 매달려 있는 검 손잡이를 살짝 움켜쥔 그 순간 한줄기 새파란 예기가 불끈 허공으로 솟구쳤다.

사일(射日)이란 말처럼 허리에서 솟구쳐 오른 빛이 단숨에 해를 꿰뚫어 버릴 것처럼 쏘아져 나왔다.

최대산은 그 빠른 빛을 미처 대응하지 못했다.

한줄기 빛이 솟구치는 순간 허리를 비틀었지만 예리한 검날이 옆구리를 스치며 옷자락을 길게 베어놓았다. 옷자락을 벤 검이 옆으로 돌며 어깨를 노렸다.

최대산은 급격하게 몸을 틀며 날아드는 검 빛을 향해 풍뢰도를 후려쳤다. 검 빛이 영활한 뱀처럼 빠져나가며 어느새 오른쪽으로 돌았다. 최대산 역시 오른쪽으로 돌며 풍뢰도를 거칠게 휩쓸었다.

복생이 땅을 박차고 솟구쳐 올라 풍뢰도를 피한 후 아래를 향해 검을 쏘아냈다. 최대산은 성큼 뒤로 물러서며 쏘아져 오는 검을 향해 풍뢰도를 올려 쳤다.

힘으로 부딪치려는 생각이었지만 복생은 그것을 원하지 않았다. 부딪치면 손해라는 것을 복생은 잘 알고 있었다.

복생은 훌쩍 몸을 뒤집어 저만치 뒤로 물러섰다. 땅에 내려서기 전에 최대산의 칼이 재차 휩쓸어왔다. 복생은 발끝으로 땅을 찍으며 한번 더 뒤로 물러섰다.

두 사람은 이 장 거리를 두고 마주 섰다.

최대산의 코에서는 황소처럼 거친 숨이 뿜어져 나왔다. 복생은 처음 그대로였다. 둘은 한 치의 양보도 없이 서로를 노려보며 기회를 엿보았다.

박풍은 정신이 없었다.

산대왕 최대산이 직접 나선 것이 걱정되긴 했지만 혈판관 강신영과

일검풍운 서림의 격전이 너무도 신비하고 흥미진진하여 두 사람에게서
눈을 뗄 수 없었다.

그의 정신은 온통 서림에게 쏠려 있었다.

두 사람은 벌써 세 번째 격돌하였고, 삼십여 초식을 주고받았다. 그
런데도 숨조차 거칠어지지 않았다. 두령들과는 비교도 되지 않는 고수
들이었다.

쨍!

혈판관 강신영이 자신의 판관필을 맞부딪쳤다.

맑고 강한 음향이 터졌다. 그 소리를 들으며 강신영은 매섭게 서림
을 노려보았다.

시간을 끌수록 불리한 쪽은 강신영이다.

서림은 정종의 내공심법을 익힌 자이며 초식이 정묘하고 신비로워
오랜 시간 움직여도 지치지 않는다. 강신영도 내공을 익혔지만 서림처
럼 깊고 두텁지 못했다. 강신영의 장기는 독랄하고 기기묘묘한 초식에
있었다.

시간을 끌면 파탄이 오고 서림은 그것을 놓치지 않을 것이다. 기회
를 잡으면 둑이 무너지듯 공격이 쏟아질 것이다.

강신영은 땅을 박차고 솟구치는 서림을 향해 오른손을 뿌렸다. 으스
스한 붉은 빛이 불쑥 쏘아져 올랐다. 한 자루 판관필이 강신영의 손을
떠난 것이다.

서림은 강신영이 이토록 빨리 병기를 던져 내며 끝장을 보고자 할
줄은 몰랐다. 자신이 허를 찔렸음을 느끼며 허공에서 몸을 틀었다. 날
카로운 판관필 끝이 허벅지를 할퀴며 지나갔다.

서림은 땅으로 떨어져 내리며 검을 떨쳐 냈다. 부드러운 경기가 화

살처럼 쏟아져 나갔다. 서림도 공력을 높여 대응한 것이다. 강신영은 땅을 박차고 뒤를 향해 튕겨 물러섰다.

싹!

검끝이 강신영의 옷자락을 꿰뚫었다. 깜짝 놀란 강신영은 땅을 차며 허공으로 솟아올랐다. 서림의 검이 그림자처럼 따라붙었다.

또 한 번 으스스한 붉은 빛이 강신영의 손에서 떠났다. 또 하나의 판관필을 내던진 것이다. 서림은 급히 검을 회수하며 뒤로 물러섰다.

판관필이 허리를 스치며 지나갔다. 서림의 입가에 미소가 어렸다.

'그는 이제 빈손이다.'

한 쌍의 판관필이 없는 이상 강신영은 더 이상 위력을 발휘하지 못한다.

서림은 떨어져 내리는 강신영을 향해 검을 올려 쳤다. 검은 곧장 강신영의 가슴을 노렸다. 그런데 하늘도 놀랄 일이 강신영의 손에서 벌어졌다.

강신영은 분명 두 자루 판관필을 다 던져 냈다. 그의 손에 또 다른 판관필이 있을 리 없었다. 그런데도 강신영의 손에는 분명 붉게 번들거리는 판관필이 쥐어져 있었다.

서림은 강신영이 무슨 수작을 부렸는지 생각할 겨를도 없었다. 검 아래로 파고든 판관필이 왼쪽 어깨를 뚫고 들어왔기 때문이다.

"흠……."

마치 불 꼬챙이가 어깨를 뚫는 듯 뜨거웠다. 재빨리 몸을 비틀긴 했지만 어깨에는 이미 구멍이 뚫려 있었다.

서림은 낮게 신음을 토하며 비틀 물러섰다.

강신영은 땅에 내려섬과 동시에 땅에 박혀 있는 한 자루의 판관필을 뽑아 들었다. 그의 손에는 두 자루 판관필이 모두 들려 있었다.

서림은 피가 흐르는 어깨를 눌러 지혈하며 어찌 된 영문인지 알아챘다.

강신영에게 세 자루 판관필이 있었던 것은 아니었다. 먼저 위를 향해 던져 냈던 한 자루 판관필을 허공에서 잡아챈 것이다.

서림은 그것을 미처 생각지 못하고 그만 일격을 당하고 말았다. 강신영의 임기응변은 정말 빠르고도 무서웠다.

쨍!

강신영의 두 자루 판관필이 재차 부딪쳤다. 그 소리는 자신감에 가득 차 있었다.

서림은 신경을 곤두세웠다.

공력의 깊이와 초식의 정묘함에 있어서는 분명 서림이 우세했다.

강신영의 판단력과 적절한 임기응변은 모자란 재주를 충분히 감싸주고도 남았다. 백변(百變)하는 괴이한 초식을 조심하지 않으면 또 당하고 만다.

일격을 당한 어깨에서 훅훅 열기가 치솟고 곤두선 신경을 자꾸만 흩뜨려 놓았다. 서림은 이를 악물어 흩어지는 정신을 집중시켰다.

강신영이 천천히 옆으로 이동했다. 서림은 그것이 자신의 신경을 분산시키려는 의도임을 알아챘다. 서림은 한자리에 굳게 버티고 섰다. 상대의 의도에 휩쓸리지 않고 자신을 지키겠다는 의도였다.

팍!

천천히 돌던 강신영의 몸놀림이 한순간에 빨라졌다. 어느새 등 뒤로 돌아가 있었다.

서림은 눈이 아니라 느낌으로써 그의 위치와 행동을 파악했다. 아직은 강신영의 판관필이 공력을 일으키지 않았다.

강신영의 몸이 오른쪽으로 이동했다. 상대의 허를 찌르고 약한 부위를 찾아 공격을 감행하는 것이 성공의 지름길이다. 그리고 지금 서림의 약점은 왼손이다.

강신영의 두 자루 판관필은 무서운 기세를 품고 왼쪽 어깨를 향해 들이닥쳤다. 순간 서림의 몸이 회전했다.

파아!

아래로 처져 있던 검이 어느 틈에 솟구쳐 나와 강신영의 눈앞에 들이닥쳤다. 눈으로는 가늠하기 힘들 정도로 빠른 검이었다.

강신영의 판관필이 재빨리 거두어지며 날아오는 검을 막았다.

쨍!

두 사람의 병기가 처음으로 부딪쳤다.

요란한 쇳소리와 함께 두 사람은 훌쩍 뒤로 물러섰다.

서림이 부상당한 것을 염두에 두고 대담하게 부딪쳤던 것이지만 강신영은 곧바로 자신의 계산이 틀렸음을 깨달아야 했다.

서림의 공력은 강신영이 생각하고 있는 것보다 깊고 두터웠다. 서림은 뒤로 물러선 즉시 발끝으로 땅을 밀며 쏜살처럼 튕겨 나왔다. 검끝이 먼저 들이닥쳤다. 강신영이 기겁하고 급히 물러섰다.

"음."

강신영의 입에서 낮은 신음이 흘러나왔다.

왼쪽 가슴이 뜨끔하여 바라보니 피가 흐르고 있었다. 조금만 늦었다면 그대로 심장을 꿰뚫릴 뻔했다.

서림은 틈을 주지 않고 밀고 들어왔다.

강신영은 닥쳐드는 힘을 향해 판관필을 찔렀다. 서림은 두 자루의 판관필을 피하며 옆으로 돌았다. 강신영의 판관필이 미처 따라오기도 전에 서림의 검이 솟구쳤다.

강신영은 다급히 판관필을 휘둘렀다. 서림의 검이 귀신처럼 판관필 사이를 파고들었다. 손등이 뜨끔했다.

"억!"

순간적으로 손목을 비틀지 않았다면 그대로 손등을 뚫릴 뻔했다. 힘 이 풀리는 바람에 왼손의 판관필이 손에서 빠져나갔다. 강신영은 이를 악물고 순간적으로 오른손을 휘둘렀다.

창!

떨어지는 판관필이 섬전처럼 빠르게 서림을 향해 날아갔다. 강신영 은 지체하지 않고 날아가는 판관필을 쫓아 들어갔다.

하나의 판관필이 귀밑을 스치고 지나갔다. 이어서 들이닥친 또 다른 판관필이 곧장 가슴을 파고들었다.

서림은 슬쩍 몸을 비틀며 검을 끌어당겼다. 가슴을 노리던 판관필이 겨드랑이 사이로 빠져나가는 찰나, 끌어당긴 검끝이 강신영의 오른쪽 어깨를 찔렀다.

강신영의 인상이 참혹하게 일그러졌다. 그러나 강신영은 이를 악물 고 판관필을 옆으로 휘둘렀다. 겨드랑이 밑으로 흘렀던 붓이 갑자기 힘을 얻어 옆으로 휩쓸렀다.

찍!

서림의 옷자락이 길게 갈라졌다. 옷자락 사이로 피가 비쳤다. 두 사 람은 훌쩍 뒤로 물러섰다.

"끝장을 보자!"

강신영이 호랑이처럼 으르렁거리며 물러선 것보다 더 빨리 앞으로 튕겨 나갔다. 그는 한 수로 끝장을 보겠다는 듯 양손으로 판관필을 움켜잡은 채 쳐들어갔다.

서림은 피할 수 없었다.

전력을 다해 공격해 들어오는 공격을 막지 못하면 기선을 빼앗긴다. 서림 또한 공력을 급증시키며 마주쳐 갔다.

째앵!

고막이 터질 것 같은 굉음이 터졌다.

그와 함께 강신영의 판관필이 허공으로 치솟았다. 충격을 받아 판관필을 놓친 것이다. 그러나 강신영은 물러서지 않았다.

"뿌드득."

이를 악문 그는 가슴이 진탕되는 것도 아랑곳 않고 앞으로 밀고 나갔다. 그의 장력이 비틀거리며 물러서는 서림의 왼쪽 어깨를 후려갈겼다.

서림은 예상 밖의 공격을 미처 피하지 못하고 일격을 당하고 말았다. 하지만 서림은 역시 고수였다. 비틀거리며 물러서면서도 앞을 향해 검을 찔러 넣었다.

"크윽."

강신영이 답답한 신음을 토하며 풀썩 주저앉았다.

그는 병기가 부딪친 순간 이미 극심한 내상을 입었다. 물러선다면 다시는 반격할 수 없음을 깨닫고 동귀어진(同歸於塵)한다는 각오로 달려들었다.

일격을 가하면 최소한 박살이 날 줄 알았지만 생각과는 달랐다. 내상으로 인해 공력이 약해졌던 것이다. 강신영의 일격은 다만 서림의 어깨뼈를 부러뜨렸을 뿐이다.

강신영의 표정이 참담하게 일그러졌다. 왼쪽 가슴에서 뭉클뭉클 피가 샘솟고 있었다. 눈빛이 급격하게 흐려졌다.

"허어! 화산파, 화산파……."

강신영의 몸이 앞으로 푹 고꾸라졌다.

복수를 노리고 달려왔던 혈판관 강신영은 결국 화산파의 무공을 꺾지 못하고 피로 물든 인생을 끝마치고 말았다.

박풍은 눈을 부릅뜨고 지켜보았으면서도 그들의 움직임을 자세히 보지 못했다. 강신영의 낮은 탄식만이 귓가에 맴돌았다.

화산파의 무공은 실로 상상하지 못할 정도로 높고 신비했다.

일검풍운 서림과 혈판관 강신영의 신비하고 기이한 격전에 온통 정신이 팔려 있던 박풍은 참담한 비명를 듣고서야 깜짝 정신을 차리고 고개를 돌렸다.

흑백쌍검 좌겸이 쌍검을 모두 잃어버린 채 쓰러져 있었다. 가슴에서는 시뻘건 선혈이 콸콸 쏟아져 나왔다. 벌써 숨이 끊어진 듯 미동조차 하지 않았다.

최대산도 무사하지 못했다. 그 커다란 풍뢰도는 반 도막으로 부러져 있었으며 입가에는 한줄기 피가 흘렀다.

박풍은 어찌 된 영문인지 몰라 다시 한 번 주위를 살폈다.

사일검문의 복생이 비칠거리며 물러서고 있었다. 그 역시 부상을 당했는지 안색이 창백하였다. 들고 있는 검끝에는 피가 맺혀 있었다.

좌겸을 죽이고 최대산을 부상시킨 자는 복생이 분명했다. 최대산이 복생을 당해내지 못하자 좌겸이 나섰고, 결국에는 한 사람이 죽고 두 사람이 다친 것이다.

박풍은 힐끔 다른 쪽을 바라보았다. 그곳에는 아직도 싸움이 계속되고 있었다.

이길과 윤원이었다.

이길은 벌써 몇 군데 상처를 입고 있었다. 하지만 악착같이 물고 늘어지며 끝장을 보려 했다. 윤원은 잔뜩 인상을 찡그린 채 주위의 변화를 살피고 있었다.

윤원은 난감하기 이를 데 없었다.

일이 이 지경으로까지 이를 줄은 미처 몰랐다.

대화산파의 제자 일검풍운이 나선다는 말만 들어도 무식한 산적들은 삼십육계 줄행랑을 놓을 줄 알았다. 혈판관 강신영이 나선 것은 다소 뜻밖이었지만 서림이 있는 이상 두려울 것이 없었다.

더욱이 서림의 옆에는 사일검문의 복생도 있다. 그 둘이라면 충분하다고 생각했다.

결과는 생각한 것과 달랐다.

강신영의 무공이 뜻밖으로 강했다. 서림이 뼈가 부러지는 중상을 입을 줄은 생각지도 못한 일이었다.

더욱이 최대산과 좌겸의 무공도 비교적 강했다. 이 대 일이긴 했지만 복생이 내상을 입을 줄은 몰랐다. 무식한 산적들이라고 깔보고 덤볐던 것이 실수였다. 더 싸울 기분이 나지 않았다.

윤원은 들이닥치는 이길의 거치도를 거칠게 밀어낸 후 훌쩍 뒤로 물러섰다.

"이런 죽일 놈! 어디로 내빼겠다고!"

이길이 선불 맞은 멧돼지처럼 씩씩거리며 맹렬하게 달려들었다. 지켜보고 있던 당이가 이길을 잡아끌었다.

"대왕님의 상처가 가볍지 않습니다. 이쯤에서 물러서는 것이 좋습니다."

이길이 불끈 화를 냈다.

"좌 두령을 죽이고 대왕을 저 지경으로 만든 자들을 그냥 돌려보낸
단 말이냐? 이대로 몰고 들어가 저 새끼들을 모조리……!"

최대산이 다가왔다.

"더 나서면 우리 모두 죽네! 서림이 살심을 일으키고 있어! 그가 날
뛰면 아무도 막지 못해!"

과연 서림의 표정이 변하고 있었다. 부드럽고 유연하던 눈빛에 독기
가 어려 있었다.

혈판관 강신영에게 뼈가 부러지는 수모를 당한 분노가 그의 살심을
돋우고 있었다.

왼팔을 쓰진 못하겠지만 지금 이 자리에는 그를 막을 사람이 없다.
복생 또한 아직은 멀쩡하다. 사실 두 사람이 날뛰면 백오십 명의 졸개
들로도 막기 어렵다. 이쯤에서 물러서는 것이 모두들 위해 좋다.

당이는 이길을 잡아끌어 물러섰다. 졸개들이 죽은 좌겸의 시체를 수
습하고 최대산을 부축한 채 천천히 뒤로 물러섰다.

서림이나 윤원은 전혀 움직이지 않았다.

아직도 분을 풀지 못한 이길만이 씩씩 거친 숨을 몰아쉬며 힐끔힐끔
윤원을 돌아보았다.

"언젠가는 반드시 끝장을 내주겠다!"

이길은 바드득 이를 갈아붙였다.

백석평에서 벌어졌던 만안표국과 용골산채의 두 번째 격전은 그렇
게 끝이 났다. 서로에게 큰 피해만 남긴 일전이었다.

혈판관 강신영의 시체만이 백석평에 남아 썰렁한 바람을 맞았다. 그

의 시체를 돌봐주는 사람은 없었다.

산채의 분위기는 암울하게 가라앉았다.

둘째 대왕 흑백쌍검 좌겸의 죽음도 그렇지만 최대산의 부상도 가볍지 않았다. 갈빗대가 두 대나 나갔고 창자가 뒤틀려 피똥을 쌌다. 두세 달은 요양해야 할 부상이었다.

대화산파의 일검풍운 서림을 물리쳤다는 기쁨에 들뜰 분위기가 아니었다. 뿐만 아니라 뒷일을 감당할 일이 벌써부터 걱정이었다.

무슨 이유로 시작되었든 이미 일은 커져 버렸다.

만안표국과 용골산채의 일이 이제는 화산파로 번진 것이다.

혈판관 강신영의 죽음으로 서림의 분노가 풀리면 다행이겠지만 그렇지 않다면 용골산채는 또 한 번 서림의 공격을 받게 될 것이다. 그때는 누구도 막아낼 수 없을 것이다.

용골산채는 혈판관 강신영 같은 자를 또 끌어들일 여력이 없었다.

서림의 높고 신비한 무공을 본 졸개들은 벌써부터 불안에 떨었다. 며칠 후부터 다시 하나둘 도망치는 졸개들이 생겨났다.

대화산파와 일검풍운 서림이 두려워 도망치는 졸개들을 보며 박풍은 여전히 혼란을 수습하지 못했다.

졸개들에게는 녹림호걸의 자존심도 없고 줏대도 없었다. 유리하면 남고 불리하면 도망치는 것이 그들이었다.

동료를 걱정하지도 않았으며 목숨에 연연하여 비겁하게 도망쳤다. 의리를 위해 칼을 들고 친구를 위해 목숨을 거는 일은 절대로 없었다.

그저 자기 한 몸 편히 먹고살기 위해 눈알을 벌겋게 부라리며 재물을 찾아 헤맸다.

박풍은 일검풍운 서림을 생각했다.

서림은 실로 멋진 청년이었다.

자신만만한 모습이 그렇고 부드러운 눈빛이 그러했다. 그는 자기만의 어떤 광채를 지니고 있는 것 같았다.

처음으로 산대왕 최대산을 보았을 때처럼 박풍은 그 모습을 보고 감동했다. 그는 윤원처럼 산적들을 무식하다고 멸시하지 않았다. 다만 누구도 두려워하지 않는 자신감이 엿보였다.

박풍은 그 모습이 너무도 좋았다.

그리고 그의 무공.

서림의 무공은 박풍이 상상하지도 못하던 것이었다.

홍문으로 가는 구구생환단을 탈취할 때 탈명검 마휘의 무공을 보았고 괴이한 청두건의 뛰어난 무공도 보았지만 서림의 무공은 그들과 달랐다. 그들보다 훨씬 높고 정묘했다.

초식조차 제대로 살피지 못했지만 서림의 무공은 분명 지금껏 보았던 어떤 무공보다 뛰어났다. 서림의 무공과 세상을 오시(傲視)하듯 내려다보는 시선이 부러웠다.

산적들에 대한 실망과 일검풍운 서림을 향한 부러움이 교차되며 박풍의 마음을 괴롭혔다. 뭔가 잘못 생각하고 산적이 된 것은 아닌가 하는 의문으로 밤을 하얗게 지새웠다.

그런 의문에 대답해 주는 사람은 없었다.

졸개들은 서림이 언제 다시 쳐들어올까 두려워 전전긍긍하였고 대왕들은 연일 한자리에 모여 대책을 고심하느라 바빴다.

박풍 홀로 의문에 싸여 나날을 보낼 뿐이었다.

"너 이 새끼, 요즘 딴생각하는 것 아냐? 너도 다른 새끼들처럼 도망칠 생각이냐? 응?"

이길의 말에 박풍은 깜짝 놀라 고개를 저었다.

"아닙니다, 두령님!"

박풍은 물론 도망친다는 생각은 해보지 않았다. 그는 다만 풀지 못하는 의문에 싸여 있을 뿐이었다.

"딴생각 말고 칼이나 휘둘러, 새꺄! 무공이 높아지면 그게 장땡인 게다. 알아들어?"

"네……."

무공이 높아지면 자신감이 늘고 호걸의 기상이 생겨나는지 박풍은 알 수 없었다. 하지만 그가 지금 할 수 있는 일은 그것밖에 없었다.

이길의 말대로 박풍은 아무것도 생각지 않고 환도를 휘둘렀다.

비겁한 마음이 물러가고 호쾌한 기상이 생겨나기를 진심으로 바라면서 한 칼 한 칼 최선을 다해 휘둘렀다. 어서 빨리 서림과 같은 무공을 익히고 싶었다.

순식간에 봄이 닥쳐왔다.

산채는 그 새로운 봄을 맞아서도 암울한 분위기를 벗어나지 못했다. 아니, 오히려 더 큰 불행 속으로 빠져들고 말았다.

대왕 최대산이 드디어 최고로 어려운 결정을 내린 것이다.

"당분간 산채를 닫는다! 일체의 행동을 금하고 산채에만 머문다! 떠나고 싶은 자는 떠나도 좋다!"

화산파와 맞서 싸울 여력이 없는지라 산채를 봉하기로 결정한 것이다.

화산파가 무서운 자들은 슬금슬금 눈치를 보며 하나둘씩 산채를 떠나갔다. 대왕님은 떠나는 자들을 원망하지 않고 얼마간의 은자까지 봇짐 속에 찔러주었다.

졸개들은 봄이 오는 산길을 따라 그렇게 하나둘 흩어지기 시작했다. 남은 자는 반도 되지 않았다.

"양 독사님은 안 가나요?"

"내가 가긴 어딜 가, 임마. 그냥 저냥 눈치껏 살아가는 게 녹림도의 팔자다. 일찍 뒈지지만 않으면 그런대로 살맛 나는 거야. 잔소리 말고 술이나 한 병 얻어와라."

"네."

박풍은 힘없이 대답하며 거처로 향했다.

第五章　豪傑
―호걸의 모습이란 어떤 것인가?

豪傑

"여행 준비 해라. 갈 곳이 있다."

"예."

박풍은 여전히 시무룩한 표정을 감추지 못했다.

커다란 포부를 지닌 채 들어온 용골산채의 생활이 이렇게 깨져 버리는 것 같아 마음이 아팠다.

박풍은 결코 산채를 떠나지 않겠다고 다짐했다.

대왕님의 높고 강직한 의기는 그의 작은 가슴에 뿌리 깊게 박혀 있었다. 지금은 무언가 잘못되고 있지만 언젠가는 반드시 호걸의 참모습을 찾을 수 있을 것이라고 굳게 믿었다.

이길과의 인연도 쉽게 떨칠 수 있는 것이 아니었다.

간혹 작신 나게 두들겨 패는 일만 아니라면 이길은 제법 박풍을 아껴주었다. 모자란 것이 없도록 지원해 주었으며 수련 시간에는 될수록 부르지도 않았다.

집도 없는 자신을 먹여주고 재워주며 무술까지 가르쳐 주는 것에 큰

고마움을 느끼고 있었다. 그런 이길을 배신할 수는 없었다.

박풍은 부지런히 먼 길 떠날 준비를 했다. 이길은 내내 무거운 표정을 감추지 못했다.

되도록 무섭고 으스스하게 보이려고 일부러 거친 가죽옷을 입고 비갑(臂甲)이나 눈에 띄는 가죽 혁대를 차던 이길이 평복을 입자 영 어울리지 않았다.

기다란 푸른색 누비 장포에 가죽신을 신었으며 넓은 소매로 손까지 가린 그의 겉모습은 귀신같은 낯바닥과 어울려 오히려 더욱 귀신처럼 보였다.

그럼에도 불구하고 이길은 제법 차려입었다고 어깨를 거들먹거리며 뽐냈다.

"글줄깨나 읽은 놈 같지? 너 이 새끼, 왜 그런 눈깔로 쳐다보는 게냐? 내 모습이 이상하단 말이냐? 이상해?"

이길이 애써 분위기를 바꾸려는 듯 수다를 떨었다.

"아닙니다. 어울립니다."

말꼬리를 흐리던 박풍은 그만 터져 나오는 웃음을 간신히 눌러 참으며 재빨리 고개를 돌렸다.

고개를 돌리지 않았다면 웃음을 터뜨리고 작신 두들겨 맞았을 것이다. 어울린다고 해줄 수밖에 없었다.

박풍도 따뜻하게 옷을 입었다.

안에 두터운 솜을 넣고 누빈 옷을 입고 가죽신을 신었다. 그리고 몇 가지 여행용품을 담은 봇짐을 등에 짊어졌다.

노숙할 경우를 생각하여 몇 장의 담요도 준비했다. 거치도와 환도는 담요로 똘똘 말아 등에 짊어졌다.

당이와 조관, 허곤이 여행 준비를 갖춘 채 기다리고 있었다. 다섯 사람은 곧 산채를 나섰다.

그들보다 먼저 산채를 나선 사람들이 있었다.

대왕 최대산과 졸개 넷이었다. 산을 내려가면서 그들은 몇 번이고 뒤를 돌아보았다. 정들었던 고향을 등지는 사람들 같았다.

박풍은 세상에서 제일 존경하는 대왕님이 집을 잃고 쫓기는 신세가 된 것 같아 못내 마음 아팠다.

키가 너무 커서 차라리 괴물 같은 이 거인을 보고 산적이 되겠다고 작심한 박풍이었다. 이길의 시종이 되어 산채 생활을 한 지도 어언 이 년이다.

그동안 이처럼 가까이 본 적이 없었지만 그는 대왕님의 그 호걸다운 모습을 한 번도 잊어본 적이 없었다. 그런 대왕님이 화산파가 두려워 도망치는 것이 안타까워 미칠 것 같았다.

노가촌에 쳐들어와 촌장을 혼내주던 모습이 주마등처럼 스쳐 지나갔다.

최대산은 한마디 말도 하지 않았다. 분노와 안타까움을 속 깊이 파묻고 표정없이 떠나갔다.

"우리도 가자."

이길이 걷기 시작했다.

당이와 조관, 허곤이 터덜터덜 뒤를 좇았다.

박풍 또한 몇 번이고 뒤를 돌아보았다. 어디를 가는지, 언제 다시 돌아올지 알 수 없었지만 어쩐지 영영 돌아오지 못할 것 같은 불안감을 떨칠 수가 없었다.

복우산을 떠난 그들은 평정산헌과 정주(鄭州)를 거쳐 신향(新鄕)에서 잠깐 쉬었다가 계속해서 북상했다.

관도를 벗어나 소로로 접어들어 한참을 걷고 있을 때 앞서 가던 당이가 문득 걸음을 멈추었다.

이길과 두 졸개가 걸음을 멈추고 당이를 바라보았다. 박풍 역시 무슨 일인지 몰라 앞쪽을 바라보았다.

당이가 길옆으로 바짝 붙어 조심스럽게 앞으로 나아갔다. 이길 등은 발소리를 죽이며 천천히 좇았다.

기척을 죽이며 모퉁이를 돌아보니 앞쪽에 싸움판이 벌어져 있었다.

"엇? 저자들은?"

당이가 싸우는 사람들을 알아보았는지 깜짝 놀랐다.

"저 푸른색 옷을 입은 자는 태산파(泰山派)의 제자 조미제(趙未濟)가 분명합니다. 화산파를 비롯한 오파(五派)의 무리가 본격적으로 녹림을 견제하기 시작했다는 말이 사실이었군요."

당이가 말끝을 흐렸다.

최대산이 산채를 봉쇄했던 이유가 바로 그것이었다.

용골산채와 만안표국의 원한은 구구생환단 호송 때부터 시작된 것이지만 그것은 사실 핑곗거리에 지나지 않았다.

화산파를 비롯한 오대문파는 근래 들어 급격히 세력이 커져 가는 녹림의 무리들을 경계하지 않을 수 없었다.

은밀한 가운데 서로 간의 우의를 다지는 한편 각지의 녹림 세력을 감시하고 악행을 일삼는 사마외도의 마두들을 척결하기 시작했다.

만안표국은 단지 화산파를 대표로 하는 오대문파가 본격적으로 녹림을 견제하게 만든 빌미를 제공했을 뿐이다.

그러한 소식을 들었기에 최대산은 용골산채를 봉쇄할 수밖에 없었다. 당분간은 숨을 죽이며 뭔가 새로운 방도를 찾아야 했던 것이다.

당이는 이길의 표정을 살피며 조심스럽게 말을 이었다.

"저 조미제라는 위인은 태산파의 하급 제자 중 한 명인데 듣기로는 이 년 동안 태산오수(泰山五秀) 중 유성검(流星劍) 황경(黃敬)에게 직접 무공을 전수받았다 합니다. 깨우친 무공은 사실 그리 높지 못하지만 유성검 황경에게 직접 무공을 배웠다는 것만으로도 저자는 웬만한 자들은 안중에도 두지 않는답니다. 아주 건방지고 기고만장한 위인입니다."

당이는 무림 각파의 인물들에 대해 자세히 알고 있다는 듯 설명이 장황했다.

조미제와 싸우고 있는 자를 확인한 그의 표정이 잔뜩 일그러졌다.

"조미제와 겨루는 저 붉은 가사를 걸친 중놈은 대별산(大別山) 구화사(九花寺)의 엄불(嚴佛)이란 잡니다. 겉모습은 중이지만 육식은 물론 술과 계집질까지 일삼는 천하의 색승(色僧)입니다. 신양부(信陽府) 인근을 안방처럼 드나들며 계집질을 일삼곤 합니다."

이길의 인상이 팍 찌그러졌다.

용골산채의 대왕 최대산이 제일 싫어하는 것 중 하나가 바로 힘으로 여인을 억압하는 행위였다. 누군가 여인을 강제로 범하거나 끌고 왔을 경우에는 그 즉시 모가지를 잘라 장대에 걸어두었다.

이길이 비록 색을 밝혔지만 감히 여인을 강제로 범하지는 않았다. 그를 시중드는 두 여인은 돈을 주고 사 온 것이었다.

그런 최대산 밑에 있는 이길 역시 강제로 여인을 탐하는 자를 좋게 볼 리 없었다.

더군다나 승복을 걸친 출가인이 색을 탐한다는 사실은 그를 격분케

했다.

그렇다고 당장 나서서 저 색을 밝히는 중놈을 박살 낼 수도 없었다. 화산파 인물의 눈에 띄면 애써 피해온 것이 물거품이 된다. 분하고 원통하지만 돌아갈 수밖에 없었다.

"에이, 씨팔! 가자!"

그들은 태산파의 조미제를 피해 산을 빙 돌아갔다.

그 덕분에 일행은 한 시진을 더 걸어야 했으며 큰 마을 대신 열 가구도 안 되는 산골 마을에서 하루를 쉬어야 했다.

일은 그곳에서 또 벌어졌다.

동네가 이상하게 조용했다.

해가 떨어지긴 했지만 아직은 초저녁에 불과했다. 그런데도 등불을 켠 집이 없고 사람은 전혀 보이지 않았다. 쥐 죽은 듯 잠잠하여 귀신이 휩쓸고 간 듯했다.

괜스레 으스스한 한기가 느껴졌다. 다행히 딱 한 집에 불이 들어와 있었다.

당이가 고개를 갸웃거리며 불 켜진 집을 향해 앞장섰다.

슬그머니 살짝 문 안을 기웃거리는데 갑자기 집 안에서 천둥 같은 소리가 들려왔다.

"이런 천한 새끼들이 감히 부처님께서 일부러 오셨는데 대접이 이 모양이란 말이냐? 이 부처님더러 이런 풀뿌리나 먹으란 말이냐? 응? 이 부처님께서는 낮에 큰 힘을 쓰셨는지라 푸짐한 육식을 해야 한단 말이다! 썩 짐승을 잡아 삶아오란 말이다! 고기가 없다면 네놈들이라도 잡아 구워 먹을 테다! 썩 술을 가져와!"

안에서 들려오는 소리는 쇠 종이 울리는 듯 크고 쩌렁쩌렁했다. 갑작스런 호통 소리에 놀란 당이가 화들짝 뒤로 물러섰다.

우당탕! 쿵탕!

방문이 부서질 듯 열리며 겁에 질린 두 사람이 후닥닥 밖으로 뛰쳐나왔다.

그들은 곧장 마당 구석에 있는 개집으로 달려가 크기가 송아지만한 누런 개를 끌어냈다.

황구는 닥쳐올 운명을 알아챘는지 마구 몸부림을 치며 도망가려 애썼다.

두 사람은 낑낑, 끙끙 힘을 써가며 황구를 끌고 밖으로 나와 목을 매달고 털을 그슬렸다.

"아악!"

방 안에서 여인의 구슬픈 비명 소리가 터졌다.

황구의 배를 가르던 청년이 그 소리를 듣고 벌떡 몸을 일으켰다. 청년은 살짝 옆에 세워둔 쇠스랑을 집어 들고 방으로 뛰어가려 했다.

함께 있던 초로인이 깜짝 놀라 청년의 팔을 움켜잡았다.

"이놈, 뭐 하는 짓이여? 죽으려고 환장했니? 그 중은 악마의 변신인게여. 우리 같은 무지렁이의 힘으로는 감히 터럭 한 올 뽑을 수 없는 악신(惡神) 같은 놈이여. 어서 그 쇠스랑 내려놓아!"

청년은 바들바들 몸을 떨었다. 입을 너무도 악다물어 턱이 부서질 것만 같았다.

"저놈, 저놈이 동생… 우리 동생을, 누이를……. 크윽."

청년의 두 눈에는 원한과 증오가 가득하여 당장에라도 폭발할 것만 같았다.

초로인이 결사적으로 청년을 만류했다.

"그깟 계집년은 또 낳으면 그만이다. 너는 이 집의 장손(長孫)이여, 이놈아. 네가 죽어버리면 누가 대를 잇는단 말이냐, 응? 참아라. 참아 야 혀. 참는 게 이기는 게다. 참는 게 이기는 거여."

부자의 대화를 듣고 있던 이길의 눈빛이 새파랗게 빛을 발했다.

"내 칼!"

박풍 역시 어떤 일이 벌어지고 있는지 대충은 짐작하고 있었는지라 이길의 말이 떨어지자마자 냉큼 거치도를 뽑아 건네주었다.

"두령, 제가 먼저 하죠."

허곤이 이길보다 빨리 칼을 뽑아 들고 수수깡으로 만든 문짝을 걷어 차며 마당 안으로 들어섰다.

박풍이 환도를 뽑아 들고 이길 옆에 붙어 섰다.

낯선 이들의 침입에 실랑이를 벌이고 있던 부자는 깜짝 놀라 구석으 로 몰려 몸을 움츠렸다.

허곤은 부자를 상관하지 않고 방을 향해 호통을 내질렀다.

"엄불, 썩 나와랏! 복우산 용골산채의 셋째 두령님께서 납시었다!"

벌컥 방문이 열리며 짜증 섞인 목소리가 들려왔다.

"어떤 놈이 부처님의 육덕보시(肉德布施)를 방해하는 것이냐? 어? 복 우산 용골채?"

낯바닥이 말처럼 기다란 사십대 후반의 인물이 고리눈을 흘겨 뜨고 허곤과 뒤쪽에 있는 이길을 번갈아 노려보았다.

그자의 민대머리가 방 안에서 흘러나오는 불빛을 받아 반짝반짝 빛 났다. 낮에 보았던 색승 엄불이었다.

엄불의 등 뒤로는 발가벗겨진 채 공포에 떨고 있는 십오륙 세의 어 린 소녀가 있었다. 소녀는 덜덜 떨면서 겨우 이불을 끌어당겨 아직 여물지도 않은 앞가슴을 가렸다.

상대를 확인한 말상의 민대머리 색승은 재빨리 표정을 풀며 음충맞게 웃었다.

"아이구! 이게 뉘셔? 그 유명하신 복우산 용골채의 셋째 두령 아니신가? 이런이런, 내가 실례를 했구먼. 마침 저녁을 먹으려던 참인데 함께 드시겠소? 바람이 찬데 안으로 들어오시지."

색승 엄불은 아무렇지도 않은 듯 너스레를 떨며 방문에서 슬쩍 비켜주었다.

허곤이 호통을 쳤다.

"엄불, 셋째 두령께선 너의 대접을 받으러 오신 게 아니다! 네가 무슨 짓을 하든 우리가 상관할 바는 아니다만 용골산채의 두령님 눈앞에서 이따위 짓을 벌이는 것은 용납할 수 없다! 썩 나와라!"

"흐응."

색승 엄불 고개를 모로 꼬며 매섭게 허곤을 노려보았다.

"이 엄불이 좋은 말로 권하는데 듣지 못하시겠다? 요 졸개 놈아, 네가 제법 간덩이가 부은 듯 까불고 있다만 이 부처님 앞에서 함부로 큰소리치지 않는 것이 좋을 것이다! 이 부처님께선 너 같은 자들은 전혀 안중에 두지 않느니라!"

허곤이 비록 복우산 용골산채의 셋째 두령 밑에서 악명을 떨치고 있지만 색승 엄불의 무공과 악명은 허곤보다 훨씬 앞서는 위인이다. 귀면잔심 이길이라면 모를까 허곤 정도는 자신의 상대가 아니라고 생각하고 있었다.

모욕을 당한 허곤의 낯바닥이 시뻘겋게 달아올랐다.

"쳐죽일 땡땡이 중놈이! 네 이놈, 썩 나오너라! 나와서 칼로 승부를 결해보자!"

"……."

엄불은 슬그머니 몸을 일으켰다.

허곤은 신경 쓸 것 없다 해도 이길은 결코 만만히 볼 위인이 아니다.

계집을 괴롭히는 것을 지극히 싫어하는 용골산채 인물을 만났으니 별일없이 넘어가기는 애당초 틀려먹었다. 한바탕해야 할 것 같았다.

엄불은 이리저리 눈치를 봐가며 은근슬쩍 손에 힘을 모았다.

"헤헤헤, 이거, 다 같이 산에 의지하여 밥을 얻어먹는 사람들끼리 얼굴을 붉혀서야 쓰겠소? 좋은 게 좋다고, 난 계집에게 아직 손도 안 댔소. 우리가 서로 손을 맞대봐야 좋을 것도 없으니 함께 술이나 한잔합시다. 어떻소, 이 두령? 에헤헤, 헤헤."

엄불은 능글맞게 웃으며 이 자리를 모면해 보고자 했다.

허곤이 성큼 앞으로 나서며 방을 나서는 엄불을 향해 재빠르게 칼질을 했다.

"이놈, 웬 객쩍은 소리냐? 칼이 아니면 말을 하지 않는 게 바로 녹림호걸들의 원칙이다! 셋째 두령께서 명을 내리셨으니 너는 이미 죽은 목숨이다! 에잇, 죽어랏!"

매섭게 내려친 칼질이었지만 엄불은 쉽사리 피해 버렸다.

"망할 중생 같으니, 이 부처님은 너와 놀아줄 시간이 없느니라. 에잇!"

허곤의 한칼을 피해 버린 엄불은 재빠르게 마당 한쪽으로 뛰어나오며 가슴에 걸고 있는 검은색 염주(念珠) 몇 개를 뜯어내어 이길과 당이를 향해 던졌다.

자신이 불리한 입장에 처해 있음을 깨닫고 암기를 날려 지체시킨 후

뺑소니를 치고자 했던 것이다.

환도를 뽑아 들고 서 있던 박풍의 위치는 이길과 엄불 사이였다.

엄불은 시종 차림의 소년을 전혀 안중에 두지 않고 있었기 때문에 박풍을 비켜 이길을 맞히려 했다.

먹이를 노리는 독사처럼 칼을 든 채 벼르고 있던 박풍이 암기가 두령님을 해치도록 놓아둘 수 없었다.

박풍은 눈을 부릅뜨고 화살처럼 빠르게 날아오는 손톱만한 염주 알을 노려보았다.

"얍!"

염주가 눈앞으로 날아들 때 박풍은 기합을 내지르며 칼을 내려쳤다. 그의 칼 솜씨도 이젠 제법 빨랐다.

딱!

칼날이 정확하게 염주를 맞혔다.

퍼석!

염주가 깨져 나가며 파란 연기를 뿜어냈다.

"저런!"

당이의 입에서 놀람이 터졌다. 설마 저 어린 꼬마가 날아오는 염주를 맞혀낼 줄은 몰랐던 것이다.

당이는 재빨리 몸을 흔들어 자신에게 날아드는 암기를 피하고 박풍에게 달려가 힘껏 밀어버렸다.

박풍은 당이가 미는 힘을 견디지 못하고 저만치 나가떨어졌다.

"끙."

영문도 모른 채 나가떨어졌던 박풍이 몸을 일으키려다 저도 모르게 풀썩 주저앉았다. 머리가 어지럽고 맥이 탁 풀려 일어설 수가 없었다.

"중놈의 염주 속에 독이 들어 있구나!"

이길은 재빨리 박풍에게 달려갔다.

박풍은 이길이 자신을 안아 드는 것을 보며 그만 정신을 잃고 말았다.

"망할……."

이길을 향해 던졌던 염주를 박풍이 쳐내자 엄불의 계획은 수포로 돌아가고 말았다. 그는 한마디 욕을 지껄이며 뒤도 돌아보지 않고 삽짝을 뛰어넘어 달아나려 했다.

"땡중!"

이길이 어느새 옆으로 다가들며 날카로운 이빨이 솟은 거치도를 매섭게 내리찍었다.

엄불은 험악한 칼바람을 느끼고 오싹 소름이 돋는 것을 느꼈다.

멈추면 죽는다.

그는 발끝에 더욱 힘을 가해 땅을 박차고 삽짝을 뛰어넘었다.

싹!

이길의 칼끝이 엄불의 좌측 어깨를 매섭게 갈라 버렸다. 조금만 늦었다면 그대로 상체가 반으로 갈라졌을 것이다.

엄불은 그 정도는 감수했다. 그는 솟구치는 피는 아랑곳 않고 그대로 삽짝을 뛰어넘었다.

당이가 번개처럼 삽짝을 뛰어넘었다.

그의 발걸음은 굉장히 빨랐다. 이길보다 늦게 움직였지만 삽짝은 엄불과 거의 동시에 넘었다.

"네놈만 암기를 쓸 줄 알았더냐!"

빠르게 달려나가는 당이가 양손을 매섭게 휘둘렀다. 세 줄기 빛이

유성처럼 쏘아져 나갔다.

엄불이 깜짝 놀라 급히 허리를 비틀었다. 두 개의 유성표는 허리 좌우로 비켜 나갔지만 마지막 하나는 그대로 허벅지를 파고들었다.

"윽!"

엄불이 신음을 토해내며 비틀거렸다.

이길의 귀신 낯바닥 같은 얼굴이 크게 확대되며 시퍼렇게 빛을 뿜는 거치도가 번쩍 떨어져 내렸다.

"크악!"

엄불이 비명을 질렀을 때는 이미 몸이 반으로 쪼개진 후였다. 이길의 칼이 단숨에 엄불의 상체를 비스듬히 갈라 버린 것이다.

털버덕!

엄불의 쪼개진 몸이 내장들과 함께 땅바닥에 동댕이쳐졌다.

"크흐으……."

엄불은 그때까지도 죽지 않고 신음을 토했다. 그의 혼백(魂魄)은 이미 몸을 떠나고 있었다.

"과연 대단하신 칼 솜씹니다!"

당이가 엄지손가락을 치켜세울 때 허곤이 재빠르게 달려와 쪼개진 엄불의 몸을 뒤졌다. 엄불의 안주머니에는 녹색 자기 병이 있었다.

허곤은 그것을 가지고 박풍에게 달려갔다.

자기 병을 열어 코앞에 들이대자 기절해 있던 박풍이 마구 고개를 저었다. 허곤이 박풍의 목을 누르며 자기 병을 코앞에 들이댔다.

"끄응."

박풍은 독한 냄새를 맡으며 깨어났다. 콧속이 타 들어가는 것 같았다.

"엣취! 엣취!"

정신을 차리기도 전에 연신 재채기를 해댔다. 십여 번이나 재채기를 하고서야 박풍은 정신을 차렸다. 그는 영문을 몰라 연신 두 눈을 끔뻑거리며 이길을 올려다보았다.

이길이 머리통을 후려갈겼다.

"요 멍청한 새끼, 뒈지려고 아무 데나 끼어들어? 네가 엄불의 독을 아느냐, 모르느냐? 다시 한 번 함부로 나서면 때려죽인다!"

"예……."

박풍은 그제야 염주에서 터져 나온 푸른색 연기가 독인 줄 알았다.

자신은 역시 애송이에 지나지 않는다는 것을 느끼며 그는 순순히 대답했다. 하지만 자신이 그토록 비열한 색승 엄불을 처치하는 데 일조를 했다는 사실은 지극히 자랑스럽고 대견하게 느껴졌다.

이길은 다시 한 번 매섭게 손찌검을 하고서야 그를 놓아주었다.

"야, 이 새끼, 방에다 눕혀라!"

당이가 박풍을 안아 들고 방으로 들어갔다.

박풍을 방에 눕히던 당이가 힐끔 허곤을 바라보았다.

허곤은 두 조각으로 쪼개진 엄불의 몸을 뒤져 몇 가지 물건들을 제 수중에 챙겼다. 염주와 작은 비취색 옥합이었다.

엄불이 쓰는 독이 분명했다. 전리품을 대왕이 챙기지 않는다면 자연 손에 넣는 자가 임자다.

구하기 힘든 독을 허곤이 챙기자 당이의 기분이 좋을 리 없었다. 당이는 자기가 챙기지 못한 것을 아쉬워했다.

"아이고, 대왕님들! 아이고, 대왕님들! 제 집에 닥쳐온 화를 대왕님들께서 막아주셨습니다요! 아이고, 감사합니다, 대왕님들!"

집주인이 무릎걸음으로 기어와 연신 머리통을 바닥에 찧었다.

당이가 신경질적으로 소리쳤다.

"잔소리 말고 방이나 내주쇼, 하룻밤 쉬어 갈라니까! 먹을 것도 좀 주고!"

"예예, 그러믄입쇼, 그러믄입쇼. 어서어서 안으로 드시지요. 자식새끼들은 이웃집에서 자도록 시키겠습니다. 어서 드시지요."

집주인은 연신 허리를 굽실거리며 대왕들을 안으로 안내했다. 아들에게 눈짓하여 누이동생을 데리고 피하라고 이르는 것도 잊지 않았다.

청년은 아버지의 눈짓을 재빨리 알아채고 급히 안으로 달려들어 가 누이동생을 들쳐 업고 도망치듯 집을 빠져나갔다.

그들에게 있어 이들은 엄불과 별반 다름없는 산도적들인 것이다. 언제 마음이 변하여 딸년을 내달라고 할지 모른다.

아들이 딸년을 업고 달아나는 것을 본 집주인은 서둘러 담가놓은 술을 꺼내고 이미 잡아놓은 황구를 삶아 통째로 내주었다. 이미 포기한 딸년을 구했으니 이 정도는 아깝지도 않았다.

졸개들은 푸짐한 개고기와 곡주를 마음껏 먹고 마셨다. 이길을 향해 연신 칭찬해 대는 것도 잊지 않았다.

그들이 먹고 마시는 동안 집주인은 반으로 갈려 죽은 색승 엄불의 시체를 치웠다.

"죽어 마땅한 잡놈이었지. 아암, 그렇고말고."

집주인은 침을 탁 뱉으며 몸을 돌렸다.

박풍은 대왕들이 다 먹고 나서야 조금 남은 것을 먹을 수 있었다.

아직까지도 정신이 멍멍하고 전신에 힘이 없었다. 그는 독을 당해보고서야 세상 사람들이 결코 만만하지 않다는 것을 뼈저리게 느꼈다.

앞으로는 좀 더 조심해야겠다는 다짐하기도 했다.

푹 자고 나니 정신이 돌아왔다. 자꾸만 치밀어 오르는 구역질만 아니라면 버틸 만했다.

해가 뜨자 일행은 출발했다.

박풍은 그날 내내 헛구역질 때문에 고생해야 했다. 다음날이 되어서야 겨우 헛구역질이 멈췄다.

박풍은 더욱 존경스런 눈길로 귀면잔심 이길의 시커먼 낯바닥을 훔쳐보곤 했다.

복우산의 대왕 거웅 최대산이 정씨 아줌마의 호소를 듣고 마을로 달려와 못된 짓을 일삼는 촌장을 쳐죽였을 때만큼이나 우러러보였다.

약한 여인을 괴롭히는 악한 중을 처벌하는 모습은 위풍당당한 진정한 호걸 같았다.

태산파 제자라는 조미제를 피해 길을 돌아가야 했던 수모가 단번에 천 리 밖으로 날아가 버렸다.

이길이 비록 마음이 독하고 손속이 맵지만 역시 의롭지 못한 것을 보고 참지 못하는 녹림의 호랑이였던 것이다. 약자를 돕고 악한 자를 처단하는 호걸 중의 호걸이었다.

조미제를 피해 길을 돌면서 느꼈던 실망스러움이 눈 녹듯 스러졌다.

"두령님은 과연 호걸이시다. 그런 분을 의심하고 있었으니 나는 죽어 마땅한 놈이야. 다시는 의심하지 않을 테다. 나도 언젠가는 두령님처럼 높은 무술을 깨우쳐 멋진 호걸이 되리라!"

박풍은 다시 한 번 다짐하며 길을 가면서도 내려치기를 해댔다. 칼을 내놓고 다닐 수는 없는지라 나뭇가지 하나를 꺾어 칼을 대신했다.

모두들 그런 박풍을 보며 슬쩍 미소 지었다.

삼 일이 지나 안양부(安陽府) 진성현(晋城縣)을 벗어날 때 박풍 일행은 태산파의 조미제와 세 명의 청년에 의해 발길을 멈추어야 했다.

멀리서 보았을 때는 몰랐는데 조미제의 모습은 영기발랄하고 준수해 보였다.

녹림의 호걸들처럼 호탕해 보이지는 않았지만 명가(名家)의 자제다운 품위와 절제된 세련미가 갖추어져 있었다. 허리에 걸려 있는 멋들어진 검에 달린 세 가닥 수실이 더욱 돋보였다.

세 명의 청년 역시 부유한 집안의 자제들답게 잘 차려입은 모습이었다.

조미제는 가슴을 쭉 편 채 당당한 모습으로 귀면잔심 이길을 노려보았다.

"복우산 용골산채의 귀면잔심 이길, 역시 그대들이었군. 누구의 칼이 색승 엄불을 일격에 두 조각으로 갈랐는지 궁금했어. 본인은 태산파의 조미제란 사람이외다."

과연 건방지고 기고만장한 위인이었다. 거만한 표정으로 사람을 아래로 내려다보며 말도 반 토막을 뚝 떼어먹었다.

이길의 표정이 확 일그러졌다.

이자와 부딪치지 않으려고 울화통을 억누르며 길을 돌아왔건만 결국 만나고 말았다.

역시 색승 엄불을 쪼개 버린 것이 사단이었다.

가까이 있던 조미제가 그것을 놓칠 리 없었다. 더욱이 색승 엄불은 조미제와 부딪치고도 멀쩡한 채 도망친 자다. 그런 엄불을 이길이 쪼개 버렸으니 기분 역시 좋지 않은 상태였다.

양쪽 다 좋지 않은 기분으로 만났으니 좋게 끝을 보기는 틀렸다.

그렇다고 함부로 나설 수도 없었다. 여기서 일단 부딪치면 모 대왕께서 산채를 봉쇄한 의미가 없어진다. 지금은 스스로를 보호하며 앞날을 대비할 때다.

부딪친다 해도 승리를 자신할 수도 없다.

화산파의 속가제자 호풍검 풍영보다 못하겠지만 조미제 또한 엄연한 오파 중 한 곳인 태산파 인물이다. 한 산이나 한 지방을 주름잡고 있는 엄불이나 최대산 같은 녹림의 호걸들을 두려워하지 않았다.

정통 무공을 배운다는 것은 그래서 하늘의 별 따기만큼이나 어려운 것이며 정련되지 못한 칼 솜씨는 아무리 공을 들여도 어느 수준을 넘지 못한다.

엄불이나 최대산은 한 산, 한 지방을 주름잡고 있을 뿐이지만 태산파는 천하를 떨어 울린다.

"……."

이길은 팍 일그러진 표정으로 조미제를 노려볼 뿐이었다.

이길의 표정을 살핀 당이가 나섰다.

"본인은 당이라 하오. 우리는 이미 산채를 닫아 걸고 유람이나 나선 몸, 대왕이란 호칭은 이제 의미가 없소이다."

용골산채가 문을 닫았다면 이길 등은 더 이상 산적이 아니다. 당이는 이길의 속마음을 읽고 그것부터 확실히 짚고 넘어갔다. 태산파가 나설 명분을 잘라 버린 것이다.

조미제는 매서운 눈길로 당이를 노려보았다.

복우산 용골산채는 이미 오파동맹의 수장인 화산파와 무리를 일으켜 원수지간이 된 곳이다.

또한 그동안 입수한 정보에 의하면 이자들, 녹림의 도적들이 한데 뭉쳐 연맹을 조직하려는 조짐이 보인다는 것이다.

조미제는 바로 그러한 정보를 확인하기 위해 태산파를 떠나온 것이며 귀면잔심 같은 녹림의 악도를 만났으니 일찌감치 처리하려는 것이었다. 하지만 당장 검을 들이댈 명분이 없었다.

"흠, 흠."

조미제는 헛기침을 하며 말을 이었다.

"여인들을 폭행하며 세상을 어지럽히는 색승 엄불 같은 자를 이 두령이 처치했으니 본인은 옳은 길을 걷는 천하의 무림동도들을 대신하여 먼저 감사드리는 바이오. 하지만 본인이 듣자 하니 지금 사마외도의 졸도들이 그 어느 때보다 극성을 부리며 악행을 일삼는다고 하더이다. 이 두령이 그런 자들과 어울리지 않고 의를 행하시니 안심은 됩니다만… 지금 혹시 태행산으로 오르는 길은 아니오?"

태행산으로 가는 자들은 모두 악행을 일삼는 사마외도로 취급하는 말투였다.

조미제의 말대로 세월이 어수선해지기 시작하면서 정파의 기상은 사라지고 악행을 일삼는 자들이 나타나게 되었다.

특히 어쩌다 얻어 배운 한두 수의 무공을 내세워 약자를 착취하는 악질들이 득세하기 시작했다. 강호상에는 현재 색승 엄불이 저지른 악행보다 훨씬 심한 일들이 벌어지고 있었다.

그에 반해 정파에서는 검도쌍절(劍刀雙絶)이라 불렸던 두 기인(奇人)이 서로의 기량을 시험한답시고 화산(華山)의 선인봉(仙人峯) 절정(絶頂)에서 무공을 겨루다 사라진 이후 정파의 기상은 크게 위축되고 말았다.

당시, 거의 모든 일들이 두 기인에게 집중되어 있었기 때문에 더욱 큰 타격을 받았다. 어떤 자들은 두 기인의 실종으로 인해 정파의 기상이 한참이나 퇴보했노라고 한탄했다.

실질적으로 정파에서는 지난 이십 년 동안 이렇다 할 고수를 배출해 내지 못했다. 다만 고만고만한 고수들이 시대를 이끌어가고 있을 뿐이다.

특별한 인물이 없었기에 이렇다 할 사건도 발생하지 않았으며 그 와중에 악행을 일삼는 사마외도들이 세를 얻어 활개 치고 있었다.

악행을 일삼는 사마외도들이 득세하자 정파에서는 부랴부랴 대책을 마련하기 시작했다.

화산파를 비롯한 무림의 정통 명문 오파가 연맹을 맺은 것이며 얼마 전에는 무림삼대세가(武林三大世家)마저 이들의 연합에 동조하였다.

이길은 마음속으로 뜨끔하지 않을 수 없었다.

조미제가 다짜고짜 태행산 얘기를 꺼낼 줄은 몰랐다. 이번 원행의 목적지는 과연 태행산이었던 것이다.

'과연 정파의 인물들은 놀고먹는 놈들은 아니구나. 그토록 비밀스럽게 추진된 태행산 회동이 어떻게 알려지게 되었을까?'

내심 마음을 졸이면서도 이길은 오히려 매서운 눈으로 조미제를 노려보았다.

"태행산 얘기는 왜 꺼내는 것인지는 모르겠지만 그곳으로 가는 사람이라면 죄다 악행을 일삼는 사마외도로 몰아 취급한다는 뜻이오? 태행산 호걸들이 무슨 죽을죄를 지었다고 그런 말을 꺼내는 것인지 분명히 말해 보시오!"

당장에라도 칼을 뽑아 조미제를 쳐죽이려는 이길을 살핀 당이가 급히 앞을 막고 나섰다.

"엄불 같은 자는 죽어 마땅한 자이외다. 누구의 칭찬을 듣고자 그를 죽인 것은 아니오. 그리고 이미 말했듯 우린 남과 시비할 마음이 없소. 또한 우리가 어딜 가서 무엇을 하든 태산파가 관여할 일이 아니외다."

"흠, 흠."

조미제는 당이를 매섭게 째려보았지만 더는 물고 늘어질 수 없는지라 괜스레 헛기침을 해댔다.

이자들이 진실로 태행산으로 가는지 확신하지 못하는 이상 무턱대고 검을 뽑아 들 순 없었다.

"나 또한 그대들과 사단을 일으키고자 하는 것이 아니오. 다만 충고를 해주고 싶었을 뿐이외다. 현재 강호무림에는 많은 악도들이 날뛰며 온갖 악행을 일삼고 있소. 만약 어떤 자가 그런 악도들과 어울려 문제를 일으킨다면 우리 태산파를 비롯한 오파, 삼대세가의 연맹이 그런 자들을 결단코 좌시하지 않을 것이오. 제삼 당부하건대 그대들은 일찌감치 개과천선하여 악행을 멈추도록 하시오. 이와 같은 당부는 본인이 하는 말이 아니고 오파연맹의 수장이신 화산의 장로 일진자(一眞子)님과 천하삼대세가 중 한 곳인 장안(長安) 무씨 세가(武氏世家)의 가주 서방진천하(西方震天下) 무자광(武紫光), 무 대협께서 전하는 당부임을 분명히 기억해 두기 바라오. 그러니 마지막으로 당부하건대 험한 일 당하기 전에 발길을 돌리도록 하시오. 그대들이 만약 이와 같은 당부를 듣지 않고 끝내 무림을 어지럽히고자 한다면 곧바로 무궁무진한 후환이 닥쳐들 것임을 명심하시오!"

조미제는 마치 스스로 무림의 패자(覇者)라도 된 듯 거창하게 일장 연설을 해댔다.

스스로의 말에 도취되어 기상이 헌양하고 옹골찬 기백을 내보이고 있다고 생각했지만 듣는 사람들에게는 말 많은 수다쟁이로 보였다.

조미제는 그렇게 끝을 맺고는 한쪽으로 비켜섰다.

녹림의 도적들을 단검에 쳐죽이면 속이 시원하겠지만 뚜렷한 명분이 없는지라 함부로 검을 뽑아 들 수가 없었다. 어르신들의 지엄하신 당부로 한바탕 훈계하는 정도로 그쳐야 했다.

옆에 따르는 세 명의 청년은 조미제의 멋들어진 연설에 박수라도 칠 모습으로 의기양양해하며 함께 옆으로 비켜섰다.

당이는 붉으락푸르락 얼굴을 붉히는 이길을 끌고 재빨리 그곳을 떠났다.

저들과 입씨름을 해봐야 얻을 것이 없다는 것을 그는 잘 알고 있었다. 오파연맹과 태산파가 주는 압박감이 그 정도로 컸던 것이다.

일행의 뒤를 따르며 박풍은 힐끔 조미제를 돌아보았다.

일장 훈계를 늘어놓은 조미제는 의기양양한 모습으로 바라보고 있었다. 몇 마디 말로 두령님을 두렵게 만들어 쫓아버렸다고 생각하는 것 같았다.

불끈 화가 치밀었다.

거만하고 당돌한 조미제를 당장에 두 쪽으로 갈라주고만 싶었다.

감히 천하의 호걸이신 두령님을 조롱한 대가를 단단히 돌려주고 싶었다. 꼭 자신이 모욕을 당한 것처럼 울화통이 터지고 분노가 치밀었다.

박풍은 귀면잔심 이길이 왜 저런 자에게 조롱을 당하면서까지 허리를 숙이는지 이해할 수가 없었다.

지금의 이길은 색승 엄불을 단칼에 쪼갤 때의 그 사람이 아니었다. 마치 졸장부 같았다.

그깟 목숨 따위에 연연하여 조미제 같은 자에게 옴짝달싹 못하는 꼴을 보는 것은 죽기보다 싫었다. 나중이야 어찌 되었든 죽기 살기로 싸워 당장에 조미제를 쳐죽였으면 싶었다. 하지만 이길은 얼굴만 붉힐 뿐 한마디 말도 없이 묵묵히 걷기만 했다.

답답해서 견딜 수가 없었다.

박풍은 아직은 어린 소년에 불과했다. 강호 정세를 이해하지 못했고 그들의 천변만화하는 어른들의 속마음을 알지 못했다. 미래를 내다보고 현재의 굴욕을 참아낼 만한 인내심이 그에게는 없었다.

울화통을 터뜨리는 대신 박풍은 환도를 풀어 허공을 내려쳤다.

어서 빨리 무공을 배워 건방진 조미제를 단칼에 처단하고만 싶었다.

우울한 마음으로 한참을 걷고 있을 때 불쑥 그가 나타났다.

"어?"

그들을 알아본 이길의 눈이 커졌다. 본래 옆으로 쭉 째져 귀신처럼 보이던 그의 눈이 화등잔보다 더욱 커졌다.

그 커다란 눈에 극도의 반가움이 어렸다.

조미제에게 당한 수모로 잔뜩 일그러져 있던 귀신 낯바닥 같은 얼굴이 활짝 펴졌다.

전혀 어울리지 않게도 이길은 와락 달려나가 덥석 사내의 손을 움켜잡았다.

"아우!"

"형님!"

사내 또한 크게 반가워하며 이길의 손을 잡고 흔들었다. 둘은 서로의 손을 잡고 흔들며 놓아줄 줄을 몰랐다.

"아우가 여긴 어쩐 일인가?"

“형님과 같은 목적으로 온 것이 아니겠소. 이번 회합은 언젠가는 이루어져야 할 일이라고 생각했기에 나선 것이라오. 용골산채도 참여할 것이라는 말은 들었지만 형님을 이토록 빨리 만날 줄은 몰랐소이다.”

“음, 아무려면 어떤가! 자자, 그런 얘기는 나중에 하고 술이나 마시러 가세. 어서!”

이길은 사내를 잡아끌며 부지런히 걸었다.

“그럽시다. 실로 오랜만에 한바탕 크게 취해봅시다!”

사내 역시 호탕하게 웃으며 성큼성큼 걸었다.

第六章　龍雲
─마음에 드는 친구를 사귀다

龍雲

사내는 무한(武漢)에서 활동하는 독각대도(獨覺大盜) 용승(龍勝)이란 자였다.

무한의 외곽, 작은 산에 자리잡고 산채를 운영하고 있지만 그 별호에서 볼 수 있듯이 산적보다는 주로 부유한 자들의 재물을 훔쳐 내는 도둑이라 할 수 있었다.

작고 날렵하게 생긴 것과는 달리 대단히 호탕한 인물이었다.

술을 물처럼 들이부었으며 껄껄 웃는 소리는 십 리 밖에서도 들릴 정도로 크고 우렁찼다.

용승을 따라온 자는 꼭 계집애처럼 생긴 소년이었다.

소년은 바로 대도 용승의 아들 용운(龍雲)이었다. 박풍과 비슷한 나이로 보였다.

용운이란 녀석은 계집애처럼 어여쁘게 생겼지만 성격은 자기 아버지 독각대도 용승처럼 호탕했다.

간혹 교활하게 눈알을 뒤룩뒤룩 굴리는 것을 제외한다면 무척이나 쾌활했다. 자기 아버지처럼 술도 잘 마셨다.

박풍은 또래를 만나자 반가운 마음이 들었다.

그러나 용운이란 녀석은 다소 뻐기는 편인지라 시종 차림의 박풍과
는 말도 나누려 하지 않았다. 반짝반짝 빛나는 박풍의 눈빛을 흥미로
워하며 간혹 교활한 눈알을 굴려 살필 뿐이었다.

"너 이 녀석, 눈빛이 정말 날카롭구나!"

용운이란 녀석은 마치 하인 대하듯 놀려대며 걸걸 웃었다.

박풍은 기분이 나빴다. 하지만 자신은 역시 시종 차림인지라 더 이
상 녀석을 상관하지 않았다.

오랜만에 마음 맞는 친구를 만나서인지 이길은 수다쟁이처럼 떠들
어댔다.

며칠이고 술집에 머물며 술을 마셔댔다.

귀면잔심 이길과 대도 용승이 하룻밤 사이에 마시는 술은 열 말이
넘었다. 용운이란 녀석도 만만치 않았고 당이 등 졸개들까지 합세하자
하루에 열다섯 말의 술을 마셔댔다.

귀면잔심 이길과 독각대도 용승은 커다란 바가지로 술을 퍼마시며
지난날 경험했던 신기한 일들을 떠벌렸고, 처음 만났을 때를 회상하며
가가대소를 터뜨렸다. 방약무인하여 실로 거칠 것 없는 호걸의 모습
그대로였다.

박풍은 황홀한 듯 그들을 바라보았다.

자신도 당장 그들과 함께 앉아 호탕하게 웃어보고 싶었다. 비열한
소인배들의 머리를 잘라 버리고 악종들의 간을 꺼내어 술안주로 삼자
고 떠들어대는 그들의 모습이 너무도 부러웠다.

색승 엄불의 이야기가 나왔을 때는 용운이란 녀석까지 끼어들어 잘

한 일이라고 탁자를 꽝꽝 내려치며 크게 소리치기도 했다.

"아니, 그럼 저 조그만 녀석이 엄불의 염주탄(念珠彈)을 쳐냈다는 겁니까? 칼면이 아니라 칼날로요?"

"그렇다네. 제법 재빠른 칼질이었어."

이길까지 칭찬을 해대자 용운이란 녀석은 교활하게 빛나는 눈으로 박풍을 찬찬히 살폈다.

"너 이 녀석, 이리 와라. 너 같은 어린 녀석이 겁도 없이 엄불의 염주탄을 막았다니 용기가 가상하구나. 이리 와서 내가 주는 술을 한 잔 마셔봐라. 하지만 술을 마실 수는 있을까? 어서 이리 와!"

하인 다루듯 마구 불러대는 녀석의 꼬락서니가 아니꼽기 이를 데 없었다. 하지만 대왕님의 눈총 때문에 박풍은 주섬주섬 용운에게로 다가갔다.

용운이란 녀석은 커다란 대접에 가득 술을 부어 불쑥 내밀었다.

"자, 마셔라. 호걸의 술잔은 본래가 이토록 커야만 제격이다. 너의 용기가 가상하여 주는 술이니 사양치 말고 쭉 들이켜라."

박풍은 한 번도 술을 마셔본 적이 없었다.

산채에는 졸개들이 많았지만 저희들끼리만 마셔댈 뿐 나이가 어리다고 술자리에 끼워주지 않았다.

용운이란 녀석의 호탕한 모습과 지고 싶은 않은 오기 때문에 박풍은 덥석 술잔을 받아 벌컥벌컥 쉬지도 않고 단숨에 마셔 버렸다.

엄청나게 쓰고 목구멍에 불이 난 듯 뜨거웠지만 그는 인상조차 찡그리지 않았다.

술잔을 비우고 소매로 쓰윽 입가를 닦을 때 용운이란 녀석이 눈알을 똥그랗게 뜨고 크게 웃어댔다.

"어, 이 녀석 좀 보게? 제법 성깔이 있구나. 자, 한 잔 더 마셔라. 아니, 석 잔이다! 최소한 석 잔은 마셔야 호걸이라 할 수 있지."

박풍은 더욱 오기가 치밀어 내미는 대로 받아 마셨다.

용운이란 녀석은 탁자를 두드려 가며 재미있다고 웃어댔다. 어른들까지도 껄껄 대소를 터뜨렸다.

"이 녀석, 눈빛만 날카로운 게 아니라 배짱도 제법 두둑하구나. 너 이 녀석, 더 마실 수 있겠… 어?"

몇 잔 더 권해보려던 용운은 말을 끝내지 못하고 눈을 크게 떴다.

석 잔 술을 단숨에 들이키고 몸을 일으키려던 박풍이 눈을 부릅뜬 채로 옆으로 쓰러졌기 때문이다. 처음 마셔보는 석 잔 술에 취해 버린 박풍이 몸을 일으키지도 못하고 기절한 것이다.

"응? 핫핫, 으하하핫! 이 녀석, 이 녀석 정말 재미있군, 재미있어. 이거 완전히 뻗어버렸네? 푸핫핫, 핫핫핫!"

용운이란 녀석은 눈을 뜨고 기절한 박풍을 가리키며 박장대소를 터뜨렸다.

모두들 손뼉을 치며 크게 웃어댔다. 그들은 연신 술을 마시며 웃고 떠들었다.

밤이 깊은 줄 느끼지 못했다.

"아이고, 머리야!"

박풍은 머리가 빠개지는 듯한 통증을 느끼며 잠에서 깨어났다.

아직까지도 머리가 어지럽고 속이 울렁거렸다. 지난날 엄불의 독에 당한 것처럼 정신이 멍멍했다.

목이 타는 듯했다. 그는 물부터 찾아 벌컥벌컥 마셨다. 조금 살 것 같았다.

"술이라는 게 이토록 독하구나."

남들이 마실 땐 그토록 호탕하게 보이더니만 직접 마셔보니 결코 좋은 것만은 아니었다. 괜스레 오기를 부리다가 된통 당한 기분이었다.

그러나 기분이 나쁘지는 않았다. 자신도 왠지 녹림의 호걸로서 크게 기분을 내본 것처럼 느껴졌다.

시원하게 오줌을 갈기고 밖으로 나와 찬바람을 맞으니 정신이 한결 맑아졌다.

용운이란 녀석이 먼저 나와 팔다리를 휘두르고 있었다. 그 녀석은 박풍을 발견하고 눈을 똥그랗게 떴다.

"이 녀석, 벌써 일어났네? 나는 네가 오늘 밤쯤에야 일어날 줄 알았다. 제법인데, 자식. 더불어 술을 마실 수 있겠어."

용운이란 녀석은 호탕하게 웃으며 박풍의 어깨를 툭툭 쳐주었다.

박풍은 자신을 마치 어린애 다루듯 하는 용운이란 녀석의 꼬락서니가 영 마음에 들지 않았다. 하지만 그의 거침없는 행동과 호통한 웃음소리는 정말 좋았다.

"핫핫핫, 하하하!"

박풍은 용운의 호탕한 웃음소리를 흉내 내어 갑자기 커다랗게 웃었다.

몸을 돌려 안으로 들어가려던 용운이란 녀석이 무슨 일인가 하여 고개를 돌려보았다.

박풍은 녀석에게 신경 쓰지 않고 더욱 크게 웃어 보이며 먼저 안으로 들어가 버렸다.

용운이란 녀석은 영문을 몰라 어리둥절한 표정으로 멀뚱히 지켜보기만 했다.

　일곱 명으로 불어난 일행은 아침을 먹고는 즉시 객점을 나섰다. 걷는 방향은 여전히 북쪽이었다.

　일정에 여유가 있는지 이길은 전혀 서두르지 않았다. 날만 저물면 자리를 잡고 용승과 함께 술을 퍼마셨다.

　졸개들은 그래도 주위를 경계하는 것을 잊지 않았다.

　"이봐, 너 이 녀석."

　한참 길을 걷고 있을 때 용운이란 녀석이 박풍 옆으로 다가왔다. 녀석은 아래위로 박풍을 살피며 물었다.

　"아침에 왜 웃은 거지? 틀림없이 날 비웃은 거지? 그렇지? 왜 날 비웃었지? 너, 혼나보고 싶냐? 응? 그래?"

　박풍은 이 녀석의 성격을 제대로 파악할 수가 없었다.

　거침없이 행동하고 커다란 사발로 술을 마셔댈 때면 녹림호걸의 자식답게 호탕하더니만 아무것도 아닌 시시껄렁한 일을 가지고 꼬치꼬치 치근덕거리는 꼬락서니는 꼭 시샘 많은 계집애 같았다.

　"내가 왜 도련님을 비웃겠어요? 웃고 싶어서 웃은 것뿐이라고요."

　용운이란 녀석이 매섭게 눈을 흘겼다.

　"너 이 녀석, 감히 이 도련님 앞에서 거짓말을 할 테냐? 너는 분명 나를 비웃었어. 그렇지 않다면 그때 왜 그토록 크게 웃었느냐 말야? 웃은 이유를 말해 보시지!"

　박풍은 팍 짜증이 솟구쳤다.

　"내가 웃고 싶어서 웃었다는데 무슨 말이 그렇게 많아요? 우리 녹림의 호걸들은 서로 개새끼, 소새끼 욕은 하지만 도련님처럼 남을 하인 대하듯 하진 않는단 말요. 내가 도련님의 하인도 아닌 바에야 왜 그토록 함부로 대하느냐 말입니다!"

박풍은 한 번쯤 두들겨 맞는 것을 각오하고 눈꼬리를 치켜뜨며 불끈 호통을 쳤다.

당장 손찌검이라도 할 줄 알았던 용운이란 녀석은 진정 뜻밖으로 스스로 꼬랑지를 말았다.

"아니, 왜 소리를 치고 그래? 깜짝 놀랐잖아! 하지만, 하지만 그 웃음은 분명 나를 비웃은 거라고."

정말 이상한 녀석이었다.

호통 한 번에 기가 팍 꺾여 말꼬리를 흐리는 모습은 영락없는 계집애였다.

박풍은 어리둥절해져서 이 녀석이 정말 계집애는 아닐까 의심스러웠다.

곱상한 얼굴과 붉게 달아오는 양 볼, 기다란 목과 호리호리한 몸매는 틀림없이 계집애였다. 하지만 거침없는 행동과 호탕한 웃음소리, 술 마시는 모습은 결코 계집애가 아니었다.

박풍은 불쑥 이 녀석을 시험해 보고 싶어졌다.

박풍이 비록 마음을 독하게 먹고 이를 악물며 내려치기 수련에 매달렸지만 그는 아직 열여섯 꼬마에 지나지 않았다.

그 어느 때보다 호기심이 많은 나이이며 치기 어린 영웅심이 우러나는 시기이다. 박풍도 필경 이 범주에서 벗어나지는 못했다.

용운이 말했다.

"좋다. 왕년에 왕후장상(王侯將相)으로 부귀를 누렸든 노비나 거지로 비럭질을 했든 일단 녹림의 영웅호걸이 되고자 산으로 들어왔다면 구차하게 전적을 따질 건 없지. 녹림의 호걸들은 다만 그 호탕한 성격

과 칼 솜씨로 선후를 정한다는 것쯤은 나도 알아. 네 녀석, 네가 그 색
승 엄불의 염주탄을 칼날로 막아냈다니 그 실력만큼은 내가 높이 사겠
어. 그리고 미안해. 이제부터 나는 너를 하인 취급하지 않을 테야. 하
지만 왜 웃었는지는 정말로 말해 줘야 해."

용운이란 녀석은 또 호기롭게 말하면서도 이내 말끝을 흐렸다. 녀석
은 끝내 호기심을 누르지 못하는 모양이었다.

박풍은 우스웠지만 말해 주지 않을 수 없었다.

"나는 다만… 그대의 호탕한 웃음소리가 좋아서 한번 흉내 내본 것
에 지나지 않아요."

"잉? 나를 흉내 냈다고? 내 웃음소리가 마음에 꼭 들었단 말이지?
으핫핫! 그러면 그렇지, 네가 나를 비웃을 리가 없거든. 그런데 네 녀
석은 제법 솔직한데?"

"사내대장부가 뭘 숨기겠소? 마음에서 우러나오면 그대로 행하면
되는 거지!"

"어? 어허헛! 이 녀석 좀 보게? 점점 마음에 드는 소리를 하는걸? 좋
다, 이 녀석. 우리 통성명이나 하자. 나는 무한의 용운이다. 너는?"

박풍도 가슴을 쭉 펴고 당당하게 소리쳤다.

"나는 복우산 용골산채의 셋째 두령님 밑에 있는 박풍이오. 귀하의
명성은 익히 들었소이다. 앞으로 절차탁마(切磋琢磨)하여 좋은 친구가
됩시다."

박풍은 녹림의 호걸들이 평소 입버릇처럼 지껄이는 통성명법 그대
로를 주워섬겼다. 너무 거창한 면이 없지 않았으나 그런대로 호걸다운
모습을 유지했다.

"명성을 익히 들어? 네가 나의 명성을 익히 들어보았단 말이지? 핫

핫핫! 좋아, 좋아. 아무럼 어때. 절차탁마하여 좋은 친구가 되자.”

용운이란 녀석은 언제 기가 죽고 수줍어했느냐는 듯 호탕하게 웃으며 두 손을 내밀어 박풍의 두 팔을 와락 붙잡았다. 박풍도 녀석의 팔뚝을 잡고 마구 흔들었다.

“처음 만나 의기투합하여 친구를 삼는 데 술이 없을쏘냐. 내가 거창하게 한잔 살 테다.”

용운이란 녀석은 그때그때 내키는 대로 행동하는 기분파였다. 이랬다 저랬다 수시로 바뀌는 성격은 정말 종잡을 수 없었지만 호탕한 모습은 지극히 마음에 들었다.

두 소년의 치기 어린 행동을 바라보며 어른들은 크게 웃었다.

용운이란 녀석은 더욱 의기양양하여 힐끔힐끔 박풍을 바라보며 오늘 밤 기어이 크게 한잔하자는 눈짓을 보냈다. 박풍은 고개를 끄덕여 주었다.

작은 마을에 이르자 용운이란 녀석은 어른들은 상관하지 않고 기어이 박풍을 빼내어 주점을 찾아 걸판진 술판을 벌였다.

둘은 호호탕탕 큰소리를 쳐가며 술을 마셨고 둘 다 걷지도 못할 정도로 취하고 말았다.

술상에 고꾸라져 있는 둘을 허곤과 조관이 찾아와 떼메고 가야 했다.

용운이란 녀석은 다음날 아침 부친에게 꾸중을 들었다.

“대장부가 되려면 이 정도 기분은 내봐야죠!”

녀석은 오히려 호기롭게 외치고는 부친의 꾸중을 전혀 개의치 않았다. 용승도 더 이상 아들을 꾸짖지 않았다.

용운은 잠시도 가만있지 못하는 성격이었다. 술에 대취하여 아버지에게 꾸중을 듣고도 반나절을 버티지 못했다.

일행은 어느덧 인가가 없는 깊은 산중으로 들어서 본격적으로 산을 오르기 시작했다.

눈앞으로 드높은 봉우리가 웅장하게 떡 버티고 있었다.

태행산의 주봉(主峰)이었다.

회남자(淮南子)는 이곳 태행산을 일러 오행지산(五行之山)이라 불렀으며 열자(列子)는 대형(大形)이라 불러 감탄을 아끼지 않던 천하의 대산(大山)이다.

산서성 진성현 남방에 위치한 높다란 봉우리가 주봉되어 서쪽으로는 분수(汾水), 동쪽으로는 갈석(碣石)에 이르는 산맥을 거느린 태행산은 남북으로 내달려 산서성과 하남, 하북의 경계를 이루고 만리장성(萬里長城) 근방에서 대홍안령(大紅雁嶺)의 남단과 만난다.

전설에 의하면 태행산은 왕옥산(王屋山)과도 맞붙어 있었다고 한다.

통행이 불편함을 느낀 과아씨(戈娥氏)는 두 아들을 시켜 태행산은 삭동(朔東)으로, 왕옥산은 옹남(雍南)으로 갈라놓았다고 하며 이 같은 일은 우공이산(愚公離山)의 전설이 되어 아직까지도 전해 내려오고 있었다.

높고 가파른 산봉우리를 반쯤 오른 일행은 등성이를 비켜 돌아 반대쪽으로 향했다. 반대쪽에 이른 그들은 다시 아래로 향했다.

깊은 골짜기에 이르러 오 리 이상을 걷다 보니 양쪽으로 깎아지른 절벽이 떡 버티고 선 좁은 계곡에 이르게 되었다.

그 앞에는 작은 정자(亭子) 한 채가 지어져 있었으며 열두 명의 장한이 기다리고 있었다. 바로 이 산에 둥지를 틀고 있는 태행산채의 두령들이었다.

이길과 용승을 맞은 자는 삼십대 중반의 꼬장꼬장하게 생긴 작자였다. 태행산채의 일곱 소두령 중 다섯째였고 이름을 금은쌍추(金銀雙鎚) 장필(張畢)이라 했다. 별명 그대로 금색, 은색의 커다란 철추(鐵鎚)를 허리 양쪽에 달랑달랑 매달고 있었다.

"어서 오십시오, 이 두령과 용 두령. 그리고 여러 형제들. 본인은 태행산채의 다섯째 장필이라 하며 두 분 두령을 산채까지 모시겠습니다. 자, 가시지요."

좁은 계곡을 관문(關門) 삼아 안으로 들어서 보니 경관은 확 달라져 버렸다.

가파른 길과 좁은 계곡 길과는 달리 안쪽에는 드넓은 분지(盆地)가 그림처럼 펼쳐져 있었다.

복우산의 용골산채도 비교적 크고 안전한 곳이었지만 이곳은 더욱 드넓고 위치 또한 좋았다.

"태행산에 산채가 들어선 이래 기세가 일취월장하여 천하에 산재한 모든 산채의 윗자리에 올라설 수 있었던 이유가 바로 이런 것이었군."

태행산채는 철옹성(鐵甕城)과 같았다.

삼방이 드높은 산으로 막혀 있으며 전방마저 좁다란 계곡이 길을 차단하고 있었다. 한 사람이 관문을 지키면 능히 만 사람을 당해낼 수 있는 천험의 요지라 아니할 수 없는 곳이었다.

분지 안에는 백 채에 가까운 크고 작은 건물들이 들어서 있었고 천 명에 가까운 사람들이 상주하고 있었다.

일개 산도적들의 소굴이라기보다는 마을에 가까운 규모였다.

"과연 대단하군."

모두들 산채의 위세에 눌려 감탄을 연발했다.

"정말 넓은 풀밭이 있네? 뛰어놀기 좋겠는걸."

용운은 넓은 초지를 보고 애들처럼 좋아했다. 박풍 또한 어른들의 감탄과는 상관없이 드넓은 분지를 보며 감탄했다.

산속에 꽁꽁 숨어 있지만 않다면 정말 살기 좋은 마을이 될 것 같은 곳이었다.

"자, 이리로!"

감탄을 연발하는 일행을 보며 금은쌍추 장필은 흐뭇한 마음으로 태행산채의 빈관(賓館)으로 안내했다.

동쪽 끝머리에 위치한 빈관은 이번 모임을 위해 새로이 단장한 건물이었다. 삼층의 건물은 화려하게 단장되어 있었으며 각 객실들도 깨끗이 정돈되어 있었다.

한 산채마다 세 칸의 객실이 배당되었다.

박풍은 그곳에서 먼저 용골산채를 떠났던 대왕 최대산을 보았다. 그 역시 이곳에 오기 위해 산채를 떠났던 것이다. 이길은 곧 최대산과 합류하여 방을 배정받았다.

용골산채에서는 대왕이 한 곳, 이길이 한 곳, 졸개들이 한 곳을 차지하였다. 용승과 아들 용운도 방 하나씩을 썼다.

모임일보다 며칠 일찍 도착한 그들은 먼저 도착한 몇 명의 두령과 인사를 나누고 산채의 훌륭한 대접을 받으며 이곳저곳 돌아다니며 구경했다.

"이제부터 우리는 자유야. 노친네들은 저희들끼리 쑥덕거리느라 바쁠 테고 우린 끼워주지도 않아. 그러니 우리끼리 놀 궁리를 하자고. 볼 만한 경치도 꽤 많은 것 같은데, 어딜 먼저 가볼까?"

용운은 신이 나서 떠들어댔다.

박풍 또한 마찬가지였다. 그는 아직 어른들 일에 끼고 싶은 마음이 없었다. 더욱이 친구까지 있는지라 모자란 것이 없었다.

"저쪽으로 가자고. 끝쪽에 멋진 폭포가 있더라니까. 가만."

용운은 재빨리 빈관으로 달려갔다. 금방 돌아온 그의 손에는 두 개의 술 호로가 들려 있었다.

"영웅호걸이 좋은 경치를 바라보며 호연지기(浩然之氣)를 기르려는데 술이 없어서야 되겠어? 폭포를 안주 삼아 한바탕 마셔보자."

용운은 박풍만큼이나 영웅호걸에 대한 환상과 동경을 지니고 있었다. 말끝마다 영웅을 찾고 행동마다 호걸을 흉내 내었다.

그것이 어색하지 않고 잘 어울려 보이는 것은 그가 지닌 쾌활함 때문이었다.

"좋아, 한바탕 마셔보자!"

박풍도 박수를 치며 좋아했다.

그는 용운의 그 쾌활함에 매료되어 날이 갈수록 용운을 닮아가고 있었다. 박장대소를 하며 호탕하게 웃어 젖히고는 통쾌하게 술을 마셨다.

진성현에서 곤죽이 되도록 마신 이후 그들은 자연적으로 말을 놓고 지냈다. 용운의 말대로 녹림의 호걸은 과거의 신분을 따지지 않는다고 인정되었기 때문이다.

둘은 손을 잡고 산채의 북쪽 모서리 쪽으로 내달았다.

그곳에는 십오 장 높이의 높은 폭포가 있었다.

한겨울인지라 하얀 포말과 햇빛을 받아 반짝이는 물방울이 그려내는 무지개는 없었지만 꽁꽁 얼어붙은 폭포 줄기는 그야말로 거대한 백룡(白龍)이 꿈틀거리며 하늘을 향해 솟아오르는 것 같았다.

"야, 대단하다! 산채 안에 이런 장관이 있다니! 태행산 놈들, 복도 많은걸! 저리 올라가 보자!"

둘은 폭포 바깥으로 빙 돌아 위를 향해 올랐다.

워낙 가파르고 미끈거려 오르기 힘들었지만 둘은 낑낑, 끙끙 서로 이끌고 당기며 기어코 폭포 위로 오르고야 말았다.

위에서 바라보니 널따란 분지가 한눈에 확 들어왔다.

"멋지다, 정말! 이러고 있으니 내가 백룡을 타고 하늘로 날아오르는 것 같은걸? 옳지! 나는 생각났다! 핫핫, 하하핫!"

"갑자기 뭘 생각하고 웃는 거야? 깜짝 놀랐잖아!"

"내 별호 말이야, 별호. 나는 그동안 아버지와 여행하면서 쭉 내 별호는 뭘로 할까 생각해 왔단 말이야. 그런데 이제 생각난 거야. 나는 이제부터 백룡승천(白龍昇天)이라고 할 테다. 멋지지 않아? 백룡승천! 친구야, 이제부턴 나를 백룡승천이라고 불러다오!"

용운이 용이라면 필시 어여쁜 백룡일 것이다. 모습과 제법 어울리는 면이 있었다.

"좋다! 멋져 보인다, 백룡승천!"

"핫핫, 하하하! 그것 보라고! 나의 작명 솜씨가 꽤 괜찮지? 너는?"

용운은 불쑥 박풍을 바라보며 물었다.

"나? 나도 별호가 있어야 하나?"

"이런 바보. 녹림의 영웅호걸들은 모두 그럴듯한 별호가 있단 말야! 그렇지 않으면 내가 왜 별호를 지으려 하겠어? 그럴듯한 별호가 있어야만 강호에서 행세할 수 있는 거야. 너는 뭘로 할래?"

"난 모르겠는걸……."

"좋아, 갑자기 생각날 일이면 내가 그토록 애를 먹지는 않았을 거야. 좀 더 생각해 보자. 내가 근사한 것으로 지어줄게."

"좋아, 백룡승천. 그런 의미에서 내가 먼저 술을 따르지. 그런데 잔이 없는걸?"

"제기, 잔이 없으면 어때. 영웅호걸이 그런 작은 예의에 구애받을 건 없잖아? 자, 나발을 불어라. 마음껏 마셔라. 으핫핫핫!"

둘은 또 주거니 받거니 술 호로를 건네며 마음껏 마셔댔다. 박풍은 또 만취되어 걷지도 못했다.

용운이 껄껄 웃으며 박풍을 질질 끌면서 벼랑을 내려왔다. 내려오다가 몇 번이나 엎어지고 자빠지는 바람에 옷이 찢기고 얼굴에 생채기까지 생겼다. 그러나 그들은 상관하지 않았다.

용운은 정말 술에 있어 타고난 녀석이었다. 그토록 마셔대는데도 다음날 새벽이면 어김없이 일어나 한차례 몸을 단련하곤 했다.

박풍은 그런 용운에게 지고 싶지 않아 덩달아 새벽에 일어나 함께 손발을 휘두르곤 했다.

모임일 하루 전이라 초청된 사람들은 대부분 도착했다.

색승 엄불은 이길에게 두 쪽으로 갈렸는지라 물론 오지 못했다. 양산박(梁山泊)의 백리삼응(百里三鷹)도 아직 도착하지 않았다. 초청장은 강북에 위치한 열여덟 곳의 산채에 발송되었는데 도착한 두령은 열네 명이었다.

오후가 되자 태행산채에서는 커다란 잔치를 준비했다.

세 마리의 소를 잡고 이십 마리의 돼지와 백 마리의 닭을 잡았다. 분지 안에는 고기 굽는 냄새와 기름 타는 냄새가 진동하기 시작했다.

산채의 제일 큰 연무장(鍊武場)에는 열여덟 개의 큰 모닥불이 타오르기 시작했다.

각 산채의 두령들은 하나의 모닥불을 차지하였다. 태행산채의 졸개들이 음식을 나르고 고용된 기생들이 대왕들에게 술을 따랐다. 날이 어두워지면서 잔치는 더욱 홍겨워졌다.

둥글게 마련된 모닥불 중앙에서는 춤 잘 추는 기생과 노래 잘하는 기생들이 춤추며 노래하기 시작했다. 악공(樂工)들까지 고용되어 홍겨운 음악을 연주하였다.

태행산채의 두령들은 각지의 두령들을 이끌어 서로를 소개시켰으며 낯을 익히도록 함께 술을 권하였다.

기름진 음식과 향기로운 술이 배를 가득 채우자 분위기는 더욱 고조되었다.

홍에 겨워 탁자를 두드리며 고래고래 노래를 부르는 자가 있는가 하면 기생들을 끼고 별별 짓을 다하며 히히덕거리는 자들도 있었다. 어떤 자는 춤추는 기생과 어울려 덩실덩실 춤을 추었고 어떤 자는 병장기를 들고 나와 한바탕 칼춤을 추기도 했다.

박풍과 용운도 한자리 차지하고 호탕하게 술을 마시며 고래고래 노래를 불렀다. 홍에 겨우면 벌떡 일어나 얼싸안고 춤을 추기도 했고 남의 칼을 빌려 마구 휘둘러 보기도 했다.

걸판진 잔치는 밤이 새도록 끝날 줄을 몰랐다.

다음날 일어나 보니 양산박의 백리삼응이 도착해 있었다. 그들은 잔치가 한창 무르익은 깊은 밤에야 겨우 산채에 도착하였는데 세 명 중 막내가 부상을 입었는지라 잔치에는 참석하지 않았다.

삼응은 오후 늦게서야 일어난 두령들과 잠깐 인사를 나누었다. 두령들 중 그들을 반가워하는 자는 별로 없었다. 그들을 초청한 태행산채의 두령을 봐서 인사나 나눌 정도였다.

나머지 두 명의 두령들은 끝내 오지 못했지만 녹림맹에는 참가하겠다는 서신을 대신 보내왔다.

열다섯 곳의 두령들이 저녁을 먹은 후 회의 장소로 몰려갔다. 회의는 밤이 새도록 이어졌다.

"대체 무슨 말들을 하는데 이토록 오래 걸려?"

호기심이 인 용운은 생쥐처럼 들락거리며 조바심을 쳤다. 그 때문에 박풍은 한잠도 자지 못했다.

회의는 새벽에 끝났다.

회의장을 나오는 두령들의 표정은 저마다 달랐다. 어떤 자는 기뻐했고 어떤 자는 불만이 가득하였다. 어떤 자는 무덤덤했고 또 어떤 자는 화를 내기도 했다.

두령들의 기분과는 상관없이 그날 밤 산채 뒤쪽의 폭포 아래에서는 특별한 예식(禮式)이 벌어졌다.

녹림맹(綠林盟)의 결성을 하늘에 고하는 제사로 열일곱 명의 녹림의 두령들이 형제가 되었음을 알리는 결의(結義)였다.

예상대로 녹림맹의 맹주(盟主)는 태행산채의 두령 벽력화(霹靂火) 나굉(羅宏)이 추대되어 결의의 제주(祭主)가 되었다. 왕옥산의 흑면귀(黑面鬼) 맹도(孟刀)가 좌용두(左龍頭)가 되었고 양산박의 백리삼웅 중 첫째인 백리송(百里松)이 우용두(右龍頭)가 되었다.

몇 명의 성질 급한 두령들은 백리송 같은 자가 우용두에 올랐다고 대놓고 비방하기도 했다. 하지만 나굉이 중재에 나서자 할 수 없이 불만을 삭였다.

벽력화 나굉은 녹림계의 최강자로서 그에게 불만을 터뜨리는 자는 없었다.

자리가 잡히자 태행산채의 첫째 소두령 낭리객(囊裏客) 구표(丘豹)가 낭랑한 목소리로 제문(祭文)을 읽어 내려갔다.

"유세차… 모년 모일(某年某日) 산인(山人) 나굉과 열여섯 명의 호걸은 백마를 잡아 피를 나누며 형제가 되기로 맹세를 올리오니 하늘의 천신님과 땅의 지신님들, 허공 중의 온갖 신령하신 혼백님들은 우리의 맹세를 굽어보소서! 하루 한날에 태어나지는 않았지만 이 시간 이후 서로를 돌보고 보살핌은 형제와 같을 것이며 한날한시에 죽기를 바라옵니다……."

구표의 낭랑한 목소리를 들으며 금은쌍추 장필은 잡털 한 올 섞이지 않은 새하얀 백마의 목을 쳤다.

울컥울컥 쏟아지는 시뻘건 피를 술통에 받아 흔든 후 한 사발을 퍼서 각 산채의 두령들에게 나누어 주었다. 참석하지 못한 두 명의 술잔은 제대에 올려졌다.

벽력화 나굉이 피가 섞인 술잔을 높이 쳐들었다.

"자, 마십시다! 태행산의 벽력화 나굉은 피가 섞인 술을 마심으로써 그대들과 형제가 됨을 맹세합니다! 영화와 부귀, 간난과 고통을 함께 누리고 헤쳐 나갈 것이며 녹림의 호걸로서 본분을 지켜 악한 자를 쳐 없애고 약한 자를 돕는 진정한 호걸이 됩시다! 자, 드시오!"

"나 왕옥산의 맹도는 이 술을 마심으로써 그대들과 한 형제가 되었음을 맹세합니다! 위로는 맹주님을 보필하고 아래로는 졸개들까지 합심하여 어려움을 헤쳐 나가고 진정한 호걸로서 행동할 것임을 맹세합니다!"

"캇캇캇캇! 양산박의 백리송은 이 한 잔의 술을 마심으로써 그대들과 한 형제가 됨을 맹세합니다!"

까마귀 같은 소리로 맹세한 백리송을 이어 각 두령들이 줄줄이 피가 섞인 술잔을 들이키며 맹세를 했다.

그 모습을 바라보는 박풍과 용운의 엉덩이가 쉬지 않고 들썩거렸다. 용운이 참지 못하고 달려가 술병과 사발을 들고 왔다.

두 잔 가득 술을 따른 용운은 품속에서 작은 손칼을 꺼내어 자신의 새끼손가락 끝을 싹 갈랐다.

핏물이 방울방울 박풍의 술잔으로 떨어졌다.

"너도 해라! 우리는 서로의 피를 나눠 마심으로써 의형제(義兄弟)가 되자!"

박풍 또한 들끓는 가슴을 주체치 못하고 손칼을 받아 들어 썩 새끼손가락을 갈랐다.

떨어지는 피는 용운의 술과 섞였다.

"자, 마셔라! 나 백룡승천 용운은 너 박풍의 피가 섞인 술을 마심으로써 형제가 되었음을 맹세한다! 이후로 복은 함께 누리고 화는 더불어 헤쳐 나갈 것이다!"

"좋다, 마셔라! 나 박풍은 용운의 피를 마심으로써 한 형제가 됨을 맹세한다! 같은 해 같은 날에 태어나지는 않았지만 같은 해 같은 날에 죽기를 바란다!"

둘은 껄껄 호탕하게 웃으며 단숨에 한 사발의 술을 들이켰다. 그리고는 빈 술잔을 땅바닥에 던져 깨버렸다.

"핫핫, 으핫핫핫! 통쾌하다, 통쾌해!"

"푸하핫, 핫핫! 가자, 박풍! 또 한바탕 마셔보자!"

둘은 어깨동무를 하고 술을 찾아 달려갔다.

그들은 의형제가 된 기념으로 그날 하루 진탕 마시며 고래고래 악을 쓰며 노래를 불렀다.

"야, 백룡승천! 그런데 꼭 한 가지만 물어보자!"

"뭔데, 박 형제?"

"진작부터 궁금했던 것인데… 너는 대체 남자냐, 아니면 계집애냐? 나는 그것이 궁금해서 참을 수가 없었어! 고추를 내놓고 오줌 싸는 걸 한 번도 보지 못했단 말야!"

"너, 너… 이 녀석!"

"왜 그래? 얼굴이 갑자기 왜 빨개지는데?"

"너, 너, 이 나쁜 녀석!"

호탕하게 웃고 떠들며 술을 마시던 용운이 갑자기 팩 토라져서는 원망스런 눈초리로 박풍을 째려보더니 이내 빈관을 향해 뛰어갔다.

"야, 백룡승천! 백룡승천! 왜 그리는 거야? 왜 갑자기 화를 내? 어?"

용운을 따라 달리던 박풍은 갑자기 우뚝 멈추어 섰다.

용운이 저토록 얼굴을 붉히며 화를 내는 것은 그가 남자가 아니기 때문임이 분명하다.

"계집애로구나!"

어여쁜 모습과 변덕스런 성격을 보고 짐작은 했지만 그토록 호탕하게 떠들며 술을 잘 마시는 용운이 여자인 것은 정말 뜻밖이었다.

박풍은 어리둥절하여 멍청하니 용운이 뛰어든 방만을 바라보았다.

용운은 그날 내내 밖으로 나오지 않았다. 어리둥절해진 박풍도 어떤 말을 해야 할지 몰라 말을 건넬 수 없었다.

"백룡승천이 계집애인 것이 뭐 상관이야? 그는 별 볼일 없는 나를 하인 취급 하지도 않았고 이제 와선 의형제까지 되었는데……. 그토록 호탕한 계집애라면 역시 사내보다 낫잖아?"

마음을 정한 박풍은 용운의 방으로 달려갔다. 몇 번이고 방문을 두드렸지만 용운은 나오지 않았다.

박풍은 문밖에서 소리쳤다.

"백룡승천, 나는 네가 계집애인 것을 상관하지 않겠다! 너는 나의 친구이고 피를 마시고 맹세한 형제야! 나는 그 같은 맹세를 결코 깨뜨리지 않을 것이다! 나는 또 한 번 맹세하건대 결코 너와의 우정을 배신하지 않겠다!"

방 안에선 아무런 기척도 느껴지지 않았다.

"그럼 오늘은 자고 내일 보자!"

소리친 박풍은 몸을 돌려 자기 방으로 달려왔다. 왠지 가슴이 두근거리고 호흡이 거칠어졌다.

다음날 용운은 아무렇지도 않은 얼굴로 밖으로 나왔다. 박풍 또한 아무렇지도 않은 얼굴로 그와 함께 어깨를 나란히 하고 어른들이 무슨 일을 하는지 구경했다.

피를 나누어 마심으로써 형제가 된 산대왕들은 녹림맹의 세부 사항을 의논키 위해 며칠이고 회의실에 모여 의논하였다.

"제기랄, 뭐가 이토록 길어? 형제가 되어 녹림맹을 결성했으면 당장에 달려나가 정파라고 떠들고 다니는 그 조미제 같은 기생오라비를 처치할 것이지!"

용운은 당장에라도 한바탕할 것을 기대했지만 어른들의 생각은 그와 전혀 달랐다.

녹림맹의 출범은 이제 겨우 시작인 셈이고 해야 할 일들은 산더미처럼 쌓였다. 앞으로 하나하나 차근차근 해나가야 할 일들이었다.

녹림맹이 결성되었다고 당장에 무슨 일을 벌이는 것은 아니었다.

기다림을 견디지 못한 용운이 슬그머니 박풍에게 다가와 입을 열었다.

"야, 박풍, 그 조미제란 녀석이 그토록 건방졌단 말이지?"

명문대파의 제자랍시고 거들먹거리며 산대왕을 조롱한 일이 못내 약이 오른다는 표정이었다.

박풍은 그 일을 다시 생각하고 싶지 않았으므로 고개만 끄덕였다.

용운의 박풍의 옷깃을 잡아끌었다.

"가자."

박풍은 어리둥절한 눈으로 용운을 바라보았다. 용운의 표정은 진지하기만 했다.

"그런 녀석을 가만둔다면 호걸의 체면이 말이 아니다. 버릇을 단단히 고쳐 놔야만 다음부터라도 산중 호걸들이 무서운 줄 알 거야."

"그자는 태산파의 제자야. 무공도 대단하다고. 우리가 그자를……."

"이 녀석, 벌써부터 쫄은 거야? 그런 녀석쯤 골탕 먹이는 방법은 얼마든지 있어. 가자."

용운은 막무가내로 박풍을 잡아끌었다. 정말로 못 말릴 녀석이었다.

박풍은 더 이상 용운을 붙잡지 않았다. 그 역시 조미제의 거만함에 대해 대단히 못마땅하게 생각하고 있었는지라 어떤 방법으로라도 따끔하게 혼을 내주고 싶었다.

용운이 자신만만하게 나서는 것을 보면 뭔가 방법이 있을 것 같아 오히려 가벼운 흥분이 몰려왔다.

용운이 말했다.

"그 자식은 틀림없이 근처에 있을 거야. 그런 녀석은 자신이 노린 먹이를 좀체 놔주지 않거든."

용운은 자신의 말을 확신하며 빠르게 달렸다. 박풍은 아무래도 걱정을 떨쳐 버릴 수 없었다.

"야, 용운, 어른들 일이 아직 끝나지 않았잖아? 곧 끝날 것 같은데 우리를 찾지 않을까?"

용운이 인상을 팍 찡그렸다.

"이봐, 박풍, 넌 생긴 건 안 그런데 왜 그렇게 쪼잔하냐? 우리가 어린애도 아닌데 일일이 보고하고 다닐 건 없잖아? 가면서 표시를 해두면 아버지가 알아볼 거야. 어른들도 일 끝나면 어차피 산을 내려올 것 아냐? 우리가 한발 먼저 가는 것뿐이라고 생각하면 되지. 잔소리 말고 따라와."

박풍이 눈을 똥그랗게 떴다.

"와, 아버지랑 통하는 표지도 있냐? 용운 너, 여행 많이 해봤구나?"

"쳇, 그럼 누가 너처럼 강호 초출의 애송인 줄 알아? 이래 뵈도 나는 어릴 때부터 방방곡곡을 다녔단 말야."

"와, 신났겠다. 나는 지난번에 딱 한 번 강호에 나와봤어. 야, 용운, 강호엔 정말로 신기하고 재밌는 일들이 많아? 너도 봤어?"

박풍의 부러운 눈빛을 본 용운은 단번에 의기양양해져서 어깨를 으쓱거렸다.

"당연하지. 강호엔 그야말로 이상하고 야릇한 일 천지야. 그중에서도 무림인들의 얘기는 가장 신나고 통쾌하지. 너, 현재 강호에서 가장 센 사람들이 누구누군지 알아?"

"모르겠는데? 누가 젤 센데?"

"아효, 애송이 같으니. 좋다, 가면서 얘기해 주겠다. 어서 가자."

"좋아, 까짓것. 가자!"

두 소년, 소녀는 나란히 손을 잡고 산을 달려 내려갔다.

"현재 강호무림을 석권하고 있는 곳은 세 군데야. 바로 화산파를 비롯한 오파의 모임이 그 첫 번짼데 워낙 오래되고 유명한 곳이라 이들을 빼고는 무림을 애기할 수 없을 정도야. 그 다음으로는 천하삼대세가라는 곳이 있어. 장안(長安)의 무씨(武氏), 소주(蘇州)의 연씨(燕氏), 무한(武漢)의 강씨(姜氏). 세 가문 역시 오파와 견줄 만한 역사와 전통을 지녔는지라 독특한 무공을 지니고 있어. 하지만 오파에는 항상 미치지 못했지. 이들 무림세가는 그래서 늘 오파를 부러워했어. 다음은 현현교(玄玄敎)인데……."

용운은 잠시 말을 멈추고 고개를 갸웃거렸다.

"현현교는 강호무림에서 가장 신비로운 집단으로 알려져 있어. 사실은 현현교라는 집단이 세상이 있는지조차 정확히 모르는 상태라고 해야겠지."

박풍이 고개를 갸웃거렸다.

"있는지도 확실하지 않은데 제일 센 곳에 끼었단 말야?"

"그러니까 신비하다는 거지. 지난 백 년 동안 현현교 출신이라고 밝혀진 사람은 딱 두 명뿐이야. 묘현 도장(妙玄道長)이 처음으로 강호에 나타난 현현교의 도인인데 당시 천하를 피로 물들이고 말겠다며 미쳐 날뛰던 광마(狂魔) 최우(崔雨)를 쳐죽였대. 사십 년쯤 후에 뇌정대협(雷精大俠) 백군평(白君平)이 나타나서 기이한 술법과 치명적인 독으로 강호를 독패하려던 장생교(長生敎)를 뿌리 뽑았지. 은혜를 입은 강호인들은 백군평을 대협으로 받들며 칭송했지만 백군평 자신은 즉시 모습을 감추고 나타나지 않았어. 그와 묘현 도장이 현현교의 교도였다는 사실은 그때 장생교를 뿌리 뽑을 때 함께 행동했던 몇몇 무림인들 입에서 나온 말이야. 그래서 현현교의 교도들은 강호가 어지러울 때 번쩍 모습을 드러내 악을 징벌하고 곧장 사라진다는 전설이 생겨났어.”

“와, 어려울 때 나타나 사람들을 돕고 대가를 바라지도 않은 채 사라지다니 정말 대단하다. 그들은 정말 강호의 영웅호걸이구나!”

박풍은 영웅호걸의 신비한 자취에 연신 감탄을 터뜨렸다. 용운이 피식 실소를 흘렸다.

“야, 박풍, 애송이처럼 호들갑 좀 떨지 마라. 그게 뭐 대단하다고.”

박풍이 뒤통수를 긁적거리며 고개를 끄덕였다.

“응, 알았어. 하여간 너, 대단하다. 그런 건 다 어디서 들었냐?”

용운이 연신 어깨를 으쓱거리며 의기양양했다.

“아버지에게 좀 듣고 몇몇 아버지 친구들한테 들은 거지. 이 세 곳은 신비함과 높은 무공으로 강호무림을 좌지우지하는 세력이야. 세력으로는 그들이 제일 세지만 개인적으로는 누가 제일 센지 아냐?”

“몰라.”

“아효, 정말 애송이구나. 그럼 계속 잘 들어라. 내가 일일이 다 들려줄게.”

“응, 빨리 말해 봐.”

박풍의 재촉에 용운은 험험 헛기침을 해가며 말을 계속했다.

“이미 말한 여덟 군데의 문파나 세가의 우두머리들은 당연히 높은 무공을 지니고 있겠지? 그중 가장 강하다고 소문난 사람은 화산파의 장로 일진자와 장안 무씨세가의 가주야. 겨룬 적이 없으니 누가 더 센지는 확실치 않아. 그리고 현현교는 여전히 천하무적이야. 교도라고 알려진 사람은 없지만 누구든 나타나기만 하면 묘현 도장이나 백군평 같은 무공을 지니고 있을 것이라고 생각하는 거야."

"응, 그렇겠다."

"이들 아홉 명 외에 최고수라고 알려진 사람이 네 명 더 있어."

"또 네 명이나 있어?"

"응, 그 첫 번째는 바로 화산파의 제자인 한매 강도경이야. 이자는 비록 화산파 제자지만 이미 오래전에 자기만의 무공을 창안한 사람이래. 그래서 화산파와는 별도로 그를 현 무림 최고수로 불리는 거야."

"아, 나도 들어봤다. 그 사람은 오래전에 무림에서 활약하다가 어디론가 사라졌다던데?"

"응, 맞아. 그자는 무림에서 활동할 때부터 적수가 거의 없었어. 사람들은 그가 자기만의 무공을 대성시키기 위해 은거했다고 믿고 있나 봐. 벌써 십 년도 훨씬 전의 일이야."

"응."

"다음에는 철권(鐵拳) 동태극(童太極)이란 사람인데 어디 출신인지는 확실히 밝혀지지 않았대. 그의 강력한 주먹을 본 사람은 혹시 소림사(少林寺) 출신은 아닐까 의심하는 모양이더라? 얼마 전까지만 해도 이곳저곳 찾아다니며 비무(比武)를 벌였다는군. 제일 유명한 얘기로는 백제성의 박룡수 고능풍과 벌인 일전이었어. 거의 반나절을 겨루어 겨우 이겼대. 그 후 두 사람은 서로에게 탄복하여 친구가 되었다는데 근래에는 본 사람이 없다는군."

"와, 그 박룡수 고능풍이란 사람도 화산파 제자라며? 무척 유명한 사람이지?"

"응, 박룡수 고능풍은 확실히 유명하지. 하지만 그는 철권 동태극을 이기지 못했어. 그래서 한 수 아래가 된 거야."

"그렇군. 난 또 다른 화산파 제자라는 일검풍운 서림을 봤어. 정말 대단하더라."

"그래? 나는 강호에 떠도는 소문만 들었어. 정말 서림의 무공을 봤단 말이지? 그의 무공이 정말 대단했어?"

강남 무림을 진동시킨 일검풍운 서림의 무공을 직접 봤다는 말에 용운은 크게 흥분하여 박풍을 재촉했다.

박풍은 사실 그때의 기억을 떠올리고 싶지 않았다. 서림의 무공은 실로 굉장했지만 그 때문에 산채를 닫고 떠돌이가 되었기 때문이다.

용운이 보채는지라 들려주긴 했지만 얘기하는 내내 기분이 좋지 않았다.

박풍은 서림의 일을 대충 얘기한 후 재빨리 말을 돌렸다.

"세 번째는 누구야?"

"세 번째? 아, 흐음… 화산파는 정말 대단한 곳이야. 한매 강도경에서부터 일검풍운 서림까지 어떻게 그런 무공을 지니게 되었을까? 정말 대단한 자들이야!"

"……."

"음, 세 번째는 누구냐면 말이지… 강호에 떠도는 말 중에 '염라대왕은 만날지언정 달빛 아래 숫구치는 한줄기 빛은 보지 마라' 하는 말이 있어. 그게 뭔 말이냐면 바로 한 명의 자객(刺客)을 말하는 거야."

박풍이 인상을 찡그렸다.

"돈 받고 사람을 죽이는 자객이 그토록 유명하단 말야?"

"왜 인상을 찡그리냐? 돈 받고 사람 죽이는 걸 싫어하나?"

"돈 받고 사람을 죽이는 게 옳은 일은 아니잖아."

"에라, 이 애송아. 무림은 어차피 강자가 살아남는 적자생존의 싸움 터야. 다들 말이야 번지르르하지만 결국에는 잘 먹고 잘살아보자고 무 공을 익히는 거라고."

"다 그런 건 아니잖아? 우리 대왕님께서는 돈이 안 들어와도 억울한 일을 당한 사람들을 도와줘. 또 그 현현교의 제자들도 그렇다며?"

"아이고, 순진하기는. 하긴 뭐… 그런 인의지협(仁義之俠)이 없는 것 은 아니지. 화산파 제자들 중 한매 강도경과 박룡수 고능풍도 그런 위 인에 속하니까. 에이, 복잡하게 따지지 말고 그냥 그런 줄이나 알고 있 어라. 네 번째는 바로 얼마 전에 주화입마로 죽었다는 홍문의 기시진 이었어. 이 사람은 이십 년 만에 한 문파를 우뚝 세운 진정한 입지전적 인물인데 아깝게도 너무 무공에 집착한 나머지 주화입마에 빠져 일찍 죽은 거래. 대파산 만폭동의 천수노괴가 그를 살리기 위해 구구생환단 을 제조했지만 끝내 어떤 자들의 음모에 걸려 죽고 말았어. 그만 죽은 게 아니라 홍문까지 아예 끝장났지. 이 사건은 일대 의안(疑案)이 되어 서 아직까지도 강호를 시끄럽게 만들고 있어."

"응, 그 일은 나도 알아. 지금은 한 팔을 잃었지만 만안표국의 마휘 라는 표두와 그때 한바탕하기도 했지."

"나도 들었다. 야, 박풍, 그때 일 좀 자세히 말해 봐. 그 청두건들은 대체 어떤 자들일까?"

"몰라."

워낙 긴박하고 아슬아슬한 순간이었는지라 박풍 또한 그때를 생각 하면 강한 흥분이 몰려왔다. 이번에는 박풍이 신바람을 내며 그때의 일을 자세히 들려주었다.

흥미진진하게 듣고 난 용운이 고개를 끄덕였다.

"강호에는 확실히 이상하고 야릇한 일들이 많아. 그 청두건들은 대체 어떤 자들인지 궁금해 죽겠다. 분명 홍문과 깊은 원한이 있는 자들일 거야."

"그렇겠지, 뭐."

고개를 끄덕이던 박풍이 문득 용운을 바라보며 물었다.

"야, 용운, 근데 오파에서는 왜 녹림의 호걸들이 모이는 것을 막으려는 거지? 녹림의 호걸들이 오파에게 무슨 잘못을 한 거냐? 그 만안표국도 우리 용골산채가 별 잘못도 안 했는데 사람들을 마구 몰고 와서 큰 싸움을 벌였지. 그때 죽은 사람도 굉장히 많았어."

박풍의 갑작스런 말에 용운은 걸음을 멈추고 멀뚱멀뚱 바라보았다.

"야, 너, 몰라서 묻는 거냐, 아니면 순진한 척하는 게 몸에 밴 거냐?"

"……."

이번엔 박풍이 무슨 뜻인지 몰라 눈만 끔뻑거렸다.

용운이 한심하다는 표정으로 새삼스럽게 박풍을 살폈다.

"이 녀석 이거 정말 순진하네. 야, 박풍 너, 녹림의 호걸이 뭔지나 아냐?"

박풍이 팍 인상을 찡그렸다.

"무식하다고 욕하는 거냐? 내가 녹림의 호걸도 모를 것 같아?"

"자식, 예민하기는……. 너, 언제 산에 들어갔냐? 산에서 뭐 했어?"

용운의 질문에 박풍은 사실대로 말해 주었다.

"으하하하핫!"

박풍의 말을 듣고 난 용운은 마음껏 웃음을 터뜨렸다.

"용골산채 대왕께서 너희 마을의 못된 촌장을 때려죽이는 것을 보고 감동받아서 기어코 산적이 되었단 말이냐? 아이고, 이 녀석! 정말 순진하구나! 정말 순딩이야!"

용운은 무슨 귀한 보물을 보듯 이리저리 박풍을 살폈다.

"야, 박풍."

"응? 왜 갑자기 목소리는 깔고 그러냐?"

"나는 네 녀석이 독사 같은 눈빛을 하고 겁도 없이 그 색승 엄불 같은 자에게 달려드는 패기가 마음에 들어서 친구 하기로 했지만 어쩐지 지금의 니가 더 좋아 보인다."

"잉? 지금의 내가 어떤데?"

"자식, 그냥 그런 게 있어. 야, 잔소리 집어치우고 빨리 가자. 이러다 날 저물기 전에 산을 못 내려가겠다."

용운이란 녀석이 대체 무슨 소리를 하는지 몰라 어리벙벙해진 박풍은 연신 고개를 갸웃거리면서도 부지런히 걸었다.

그러나 용운이 진짜로 자기를 좋아한다는 것을 느끼고는 너무도 흐뭇해서 절로 입을 벙긋거렸다.

웃고 떠드는 사이에 소년, 소녀는 어느덧 산 밑 작은 마을에 도달했다. 벌써 어둠이 깔리기 시작했는지라 둘은 잠잘 곳부터 찾았다.

第七章 俠行

一친구와 함께 강호를 활보하다

俠行

이틀 동안 이곳저곳 마음껏 돌아다니며 신나는 구경과 함께 태산파의 조미제를 찾던 박풍과 용운은 근처에 무림인으로 보이는 자들이 의외로 많음을 보고 적이 놀랐다.

"야, 박풍, 아무래도 오파에서 준비를 단단히 한 모양이다. 눈에 띄는 자들이 상당히 많은걸?"

"응, 녹림의 호걸들이 뭉치는 것을 크게 못마땅하게 여기나 봐."

걱정스런 박풍의 표정과는 달리 용운은 점점 흥분하기 시작했다.

"호걸들이 내려오면 크게 한바탕 벌어지겠는걸. 가자, 어떤 자들이 와 있는지 살펴둬야지."

조미제에 대해서는 이미 까맣게 잊은 듯했다. 박풍은 쓴웃음을 지으며 용운을 좇았다.

사람들은 본래 끼리끼리 모이는 법이다.

글 공부 하는 문사들이 책방에서 벗을 만나듯 무인들은 술과 차가 있는 객잔에서 친구를 만난다.

진성현 앞 대로상에 위치한 객잔에는 제법 많은 사람들이 탁자에 옹기종기 모여 앉아 있었다.

벌써 한나절을 이리저리 뛰어다닌 박풍과 용운은 목이라도 축이기 위해 객잔의 사람들 틈에 끼었다.

힐끔 사방을 돌아본 용운이 고개를 끄덕이며 소곤거렸다.

"역시 거의 다 무림인들이야."

"응."

주문한 차를 받아 들고 한 모금 홀짝거리던 용운이 슬쩍 턱짓으로 한곳을 가리켰다.

고개를 돌려 바라보던 박풍의 눈이 휘둥그레졌다.

두 탁자 건너편에 일남일녀가 앉아 있었다.

기분 상한 일이라도 있었는지 잔뜩 인상을 찡그린 모습이었지만 참으로 잘생긴 남녀였다. 시원한 이마와 오뚝한 콧날이 닮아 있는 것을 보면 그들이 남매라는 것을 쉽게 알아볼 수 있었다.

"멋지지? 저렇게 잘생긴 남매는 강호에 많지 않을 거야. 그러니까 저들은 당연히 개봉(開封) 호가장(胡家莊)의 남매들이야. 삼 남매가 모두 보기 드문 미남미녀라는 소문을 들었는데 오늘은 둘뿐이군. 어? 그리고 보니 이길 대왕에게 죽은 만안표국의 풍영이란 자가 호가장의 여자와 약혼한 사이라던데 혹시 저 여자가 아닐까?"

용운의 말에 박풍은 다시 한 번 여인을 살폈다. 스물한두 살 먹어 보이는 여인은 참으로 어여뻤지만 어딘지 모르게 슬프고 한 맺힌 표정이었다.

박풍은 갑자기 뒷골이 서늘해짐을 느꼈다.

'저 여인이 혹시 약혼자의 복수를 하기 위해 셋째 두령님을 찾아온 것은 아닐까?

박풍의 생각을 읽기라도 했는지 용운이 귀를 잡아당기며 작은 소리로 말했다.

"죽은 약혼자의 복수를 하러 나온 게 확실해."

"어쩌지? 저 사람들 무공이 세냐?"

"센 편이지. 호가장의 추풍검법(秋風劍法)은 나름대로 일가를 이룬만큼 용골산채를 두려워하지는 않을걸?"

"그럼 큰일이잖아. 어서 가서 알려야겠다."

박풍이 안절부절못하자 용운이 픽 실소를 흘렸다.

"야, 박풍 너, 정말 호들갑이 심하다. 산에 모인 두령들이 대체 몇 명이고 실력이 어느 정돈 줄이나 아냐? 그들이 바보가 아닌 다음에야 무턱대고 산을 내려올 리 없고 그들의 전력이라면 설사 오파의 인물들이 떼거지로 몰려온다 해도 쉽사리 당하지는 않는단 말야. 괜히 애간장 태우지 말고 안목이나 넓혀둬."

"……."

박풍이 걱정을 떨쳐 버리지 못하고 있을 때 갑작스런 웅성거림이 일었다.

"태산파의 조 공자가 오셨군."

태산파의 조 공자라는 말에 박풍과 용운이 재빨리 고개를 돌렸다.

막 객잔 문이 열리며 네 명의 청년이 다가오고 있었다. 바로 태산파의 조미제와 그의 수하들이었다.

그들이 들어서자 차와 술로 목을 축이던 무림인들이 우르르 일어섰다.

"어서 오시오, 조 공자."

"기다리고 있었소이다."

몇 명이 나서며 조미제를 향해 포권하며 저마다 한마디씩 했다.

조미제는 우쭐한 표정으로 만면에 웃음을 머금었다.

"핫핫, 이거 제가 여러 동도님들을 기다리게 했군요. 죄송합니다. 현성 밖에서 화산파의 천평(千平) 사형과 장안 무씨세가의 무대본(武大本) 아우를 만나 이번 일에 대해 상의하느라 조금 늦고 말았소이다."

"오, 화산파와 무씨세가가 출동했구려."

"직접 태행산을 치겠답니까? 어떤 상의가 있었는지……?"

"자자, 일단 앉으시지요. 차근차근 설명해 드리겠소이다."

조미제가 자리를 잡으려 하자 사람들은 분분히 비켜주며 자리를 내주었다. 자리를 잡은 조미제가 주위를 쓰윽 돌아보았다.

자리를 양보했던 삼십대 초반의 사내가 재빨리 입을 열었다.

"여기 모인 사람들은 모두 안양부의 호걸들이외다. 익히 아는 얼굴들인지라 녹림의 쥐새끼가 끼어들 여지가 없습니다. 낯선 사람이라고는 개봉 호가장의 남매 분과 두 명의 어린애들 뿐입니다."

낯선 자를 경계하는 말이 나오자 박풍은 찔끔하지 않을 수 없었다.

조미제와 처음 부딪쳤을 때 그 자리에 있었던 박풍은 혹시나 조미제가 얼굴을 알아볼까 봐 잔뜩 긴장하고 있었다. 조미제를 등지고 있는 것이 천만다행이었다.

앞에 앉은 용운은 전혀 긴장한 표정이 아니었다. 용운은 오히려 호기심 가득한 표정으로 조미제를 뻔히 바라보고 있었다.

반응을 보인 사람은 호가장의 남매였다. 사내의 말이 나오기 전에 몸을 일으키고 있었던 것이다.

풍영의 원수를 갚기 위해 용골산채의 두목들을 찾고 있었지만 호가장은 오파의 연맹에 속해 있지 않은 곳이다. 오파의 행사에 나설 명분이 없는지라 자리를 비켜주려는 행동이었다.

자리에서 일어선 호가 남매를 본 조미제의 눈이 동그랗게 커졌다.

호가 자매의 미모는 강호에 소문난 것이지만 보기는 처음이었던 것이다. 여인의 미모는 조미제가 홀딱 반할 정도로 대단한 바가 있었다.

조미제가 얼이 빠져 있는 사이 호가 남매는 사람들을 향해 가볍게 목례를 하고는 이내 그곳을 떠났다.

떠나가는 남매를 보며 아쉬움을 감추지 못하던 조미제는 수하 청년의 눈짓에 화들짝 정신을 차리며 사람들을 바라보았다.

그 바람에 박풍과 용운에게는 미처 신경을 쓰지 못했다.

"험험……."

공연히 헛기침을 내뱉은 조미제는 사람들을 돌아보며 일장 연설을 시작했다.

"먼 길을 마다하지 않고 달려와 주신 여러 동도들께 먼저 오파의 맹주인 화산파와 불초의 사문인 태산파의 여러 어르신들을 대신하여 감사드립니다. 저들 녹림의 무리와 사마외도의 악도들이 그동안 숱한 악행을 일삼으며 강호를 어지럽혀 온 것도 모자라 이제는 더 큰 무리를 지어 강호를 온통 집어삼키려는 야심을 드러내고 있으니 무림의 기상을 지키려는 우리 정파의 군웅들은 더는 두고 볼 수 없게 되었습니다. 오파연맹과 천하삼대세가에서는 이 기회를 빌어 저들 악도들을 척결함으로써 무림의 기상을 지키려는 의지를 보여주신 것이지요. 더욱이 각지의 여러 동도들께서 적극적으로 도와주고 계시니 당연히 큰일을 해낼 수 있으리라 믿습니다."

앞에 앉은 삼십대 초반의 사내가 헤헤 웃으며 맞장구를 치며 아부를 일삼았다.

"당연한 말씀! 화산파의 일진(一眞) 노신선과 장안 무씨세가의 가주 서방진천하 무자광 대협, 태산파의 장문께서 무림이 혼탁해지는 것을 근심하시어 동도들에게 당부하셨는데 우리가 어찌 그것을 마다하겠소. 조 소협은 안심하시구려. 오파연맹이 나선 이상 안양부의 호걸들도 그분들의 당부를 잊지 않을 것이오."

사내가 아부를 떠는 동안 조미제는 힐끔 수하 청년을 바라보며 턱짓으로 신호를 보냈다.

수하 청년은 즉시 조미제의 뜻을 알아채고는 슬그머니 일어서서 그곳을 떠났다.

남모르게 회심의 미소를 지은 조미제는 아부하는 사내를 향해 고개를 끄덕이며 말을 이었다.

"여러분들이 적극 나서준다면 무림을 어지럽히고 세상을 시끄럽게 만드는 사마외도들을 일제히 척결할 수 있으리라 봅니다. 여러분들만 믿습니다."

"천만에요. 노신선의 높은 뜻에 한 팔 거들 수 있다는 것만으로도 기쁠 따름이외다."

조미제는 더욱 겸손한 표정이 되어 말을 이었다.

"화산파의 천평 사형은 서편을 맡기로 했고 무씨세가의 무대본 아우는 남쪽을 맡아주기로 했으니 저와 여러 동도들께서는 동쪽을 맡아 산을 내려오는 악도들을 처리하면 될 줄로 압니다. 악도들의 세력이 만만치 않고 개개인마다 지닌 능력도 얕잡아볼 수 없는지라 그에 따른 대응 방법이 필요할 것입니다. 아직 도착하지 못한 동도들도 계시니 세부적인 사안은 오늘 밤 다시 모여 의논토록 합시다. 여러분들께서는

인근에 출동해 있는 다른 동도들에게도 이 같은 뜻을 전해주시기 바랍
니다."

"당연하지요. 그럼 오늘 밤 다시 보도록 합시다."

조미제는 두 손을 맞잡고 여러 사람들을 향해 연신 흔들어 보였다.
그리고는 이미 식어버린 차를 홀짝 마시고는 일어섰다.

이어 두 명의 수하 청년이 뒤를 따랐다.

사람들도 저희들끼리 숙덕거리며 하나둘 자리에서 일어섰다.

박풍과 용운은 사람들이 모두 흩어질 때까지 움직이지 않았다. 용운
이 눈살을 찌푸린 채 입을 열었다.

"화산파의 본산 제자와 무가의 셋째 아들이 출동한 걸 보면 정말 큰
일이 벌어지겠는걸? 이거 어쩐지 으스스한데?"

"그처럼 대단한 사람들이야?"

"일검풍운 서림보다는 못하겠지만 저 조미제보다는 훨씬 윗길에 있
는 자들이야. 호걸들이 골치 좀 아프겠다."

"명문대파에는 확실히 무공의 고수가 많구나……."

"왜, 부럽냐?"

"……."

"흠, 부럽기는 하지. 하지만 그들은 저희들끼리만 똘똘 뭉쳐 지내는
지라 그 틈에 끼는 것이 쉽지 않대. 그래서 명문대파의 제자 되기가 하
늘에 별 따기만큼 어려운 거야. 그들을 따라가고 싶다면 뼈를 깎는 노
력을 해야겠지. 그것도 쉽지는 않지만 말야. 야, 그런 소린 집어치우고
가자. 저 조가의 행동이 어째 수상쩍다."

"수상하다니? 뭐가?"

"눈치라고는 병아리 눈곱만치도 없는 녀석 같으니. 그냥 따라오기나

해라."

"응."

찻값을 치른 둘은 서둘러 밖으로 나왔다.

조미제는 보이지 않았다. 그런데도 용운은 그의 행선지를 알고 있다는 듯 망설이지 않고 현성 밖을 향해 걸었다.

현성을 빠져나온 용운은 곧장 태행산 쪽으로 길을 잡았다. 멀지 않은 곳에서 과연 조미제와 두 명의 수하 청년을 볼 수 있었다.

"야, 용운 너, 정말 대단하다! 저자가 이리로 가고 있을지 어떻게 안 거야?"

박풍의 감탄에 용운이 피식 웃었다.

"상대가 뭘 바라는지 안다면 그자의 다음 행동을 예측하기란 식은 죽 먹기처럼 쉬운 거야."

"저자가 바라는 것이 뭔데?"

"바보. 아까 객잔에서 그 호가장의 여자에게 홀딱 넘어간 거 못 봤어? 녀석은 그 여자를 꼬드겨 보고 싶은 거야."

"잉? 우리 녹림의 호걸들을 물리치겠다고 큰소리치던 인간이 여자 꽁무니를 따라가는 거라고?"

"아, 그 녀석 정말 순진하네? 저들은 어차피 녹림호걸들을 찾고 있는 거야. 같은 일을 하면서 은근슬쩍 접근해 보겠다는 거겠지. 여자가 무지하게 예쁘잖아?"

"……."

"강호를 떠돌며 경험을 쌓다 보면 충분히 짐작할 수 있는 일이야. 지금은 그저 재밌게 구경이나 하라고."

"응."

용운은 마치 유람 나온 소년처럼 휘파람까지 불어가며 부지런히 조미제를 뒤쫓았다. 박풍은 다소 멍한 표정이 되어 뒤를 따랐다.

또다시 한참을 걸어 태행산 초입으로 접어들고 있을 때 맞은편에서 한 명의 청년이 헐레벌떡 달려와 조미제에게 뭐라고 떠들었다.

조미제는 금방 흥분한 표정이 되어 뛰기 시작했다. 경공술을 펼치기 시작하자 달리는 속도가 대단히 빨랐다.

"야, 뛰어!"

용운이 앞서고 박풍까지 뛰기 시작했다.

조미제는 곧 숲으로 들어섰다. 두 소년은 헉헉 숨을 몰아쉬며 숲으로 뛰어들었다.

"안 보이잖아. 어디로 간 거야?"

두 소년은 서둘러 사방을 돌아보았지만 조미제는 이미 보이지 않았다. 경공술을 펼치는 조미제를 따라잡기 힘들었던 것이다.

"가만."

박풍이 손을 흔들며 귀를 기울였다. 용운도 부채 모양으로 만든 손바닥을 귀에 가져다 붙였다. 박풍이 먼저 입을 열었다.

"쇳소리가 난다. 저쪽이지?"

"응, 가자. 들키지 않게 조심해야 해. 나만 따라와."

"알았어. 그런데 누가 싸우는 걸까? 조미제는 아니겠지?"

"이제 막 숲으로 뛰어든 자가 벌써 싸우겠어? 다른 놈들이 싸우는 걸 보고 조미제의 졸개들이 말해 주러 왔던 거야. 어쩌면 그 호가 남매가 누군가와 싸우는지도 모르고."

"태행산에 모인 호걸들이 일을 마치고 내려오는 모양이지?"

"응, 그런가 봐. 이제부터 큰 싸움이 벌어질지도 몰라. 함부로 나서지 말고 조심해야 해."

조심해야 한다고 말하면서도 용운은 흥분을 감추지 못한 채 숲을 헤치고 나아갔다.

가끔씩 들려오는 쇳소리를 따라 한참 걷다 보니 숲 중간에 작은 공지가 보였다.

그곳에 여러 명의 사람들이 몰려 있었다. 박풍과 용운은 살금살금 접근하여 커다란 나무 뒤에 바짝 엎드렸다.

공지 중간에서 일곱 명의 인물이 험악한 기세로 싸움을 벌이고 있었다.

다섯 명은 보라색의 장포를 걸친 장한들이었는데 커다란 칼을 맹렬하게 휘둘러 대고 있었다.

청색의 무복을 차려입은 일남일녀는 바로 호가장의 남매였다. 청년이 세 명의 장한을 상대로 열심히 검을 휘둘렀고, 참으로 어여쁘게 생긴 호가장의 여인은 두 명의 장한을 맞아 다소 힘겹게 대치하고 있었다.

좀 전에 도착한 조미제는 세 명의 청년과 함께 공지 가장자리에 서서 호가 남매를 응원했다.

박풍이 용운의 귀에 입을 바짝 들이대며 물었다.

"저 사람들이 누군지 알아?"

용운은 고개를 끄덕이며 박풍의 귀를 당겼다.

"처음 보는 자들이야. 하지만 보라색 옷을 입고 가슴에 검은색의 독수리가 새겨져 있는 것을 보면 분명 양산박 흑응채(黑鷹寨)의 졸개들이야."

"양산박 흑응채라면 바로 우용두가 된 백리삼웅의 산채 아냐?"

“맞아. 여자와 재물을 유달리 좋아하는지라 평판이 안 좋은 자들이
야. 호가장의 여인이 어여쁜 것을 보고 나쁜 마음을 품은 게 분명해.”

백리삼웅의 평소 행동이 어떠했는지 보지는 못했지만 어여쁜 여인
을 보고 나쁜 마음을 품는 자들이라면 두고 볼 것도 없다.

더욱이 용골산채의 대왕들이 가장 싫어하는 일이 바로 힘을 믿고 여
인을 억압하는 것이 아니던가.

박풍의 인상이 대번에 일그러졌다. 당장에 달려나가 흑웅채 졸개들
을 갈라주고 싶었다.

“야, 흥분하지 말고 가만있어. 용골산채 사람 아니랄까 봐 저런 놈들
만 보면 흥분부터 하는구나?”

킥킥 웃으며 박풍을 내리누른 용운이 말을 이었다.

“평판이 안 좋긴 하지만 흑웅채는 과연 보통이 아니야. 저런 졸개들
까지 정통 무공을 익힌 호가 남매를 상대하는 것만 봐도 실력을 알아
줄 만하지.”

둘이서 한참 쏙닥거리고 있을 때였다.

쨍!

갑자기 요란한 쇳소리가 울렸다. 쌍방의 병기가 정통으로 부딪친 것
이다.

여인이 힘을 감당하지 못하고 주르륵 뒤로 미끄러졌다. 상당한 충격
을 받았는지 검을 움켜쥔 손이 부르르 떨렸다.

“호 소저……!”

지켜보고 있던 조미제가 깜짝 놀라며 급히 몸을 날렸다. 땅을 박차
고 달려나가는 모습이 제비처럼 날렵했다.

하마터면 그대로 엉덩방아를 찧을 뻔한 여인은 조미제의 도움으로

거우 위기를 모면했다.

충격과 부끄러움으로 얼굴이 빨개진 여인은 급히 조미제의 손을 뿌리치고 똑바로 섰다.

"감사합니다, 조 소협."

"험험, 감사는 무슨. 강호를 어지럽히는 악도들을 처치하는 데 있어 한 팔 거드는 것은 동도로서 당연한 일입니다. 진작 나서고 싶었지만 조 소저께 미리 양해를 구하지 못해 지켜볼 수밖에 없었습니다. 어서 호흡을 조절하여 내식을 다스리도록 하십시오."

정중한 몸가짐과 조리있는 언행은 조미제를 한층 돋보이게 만들었다.

여인은 얼굴을 붉힌 채 거칠어진 숨을 안정시켰다.

성큼 한 발 나선 조미제는 매서운 눈으로 흑웅채 졸개들을 노려보았다.

"녹림의 악도들이 과연 분수도 모른 채 멋대로 날뛰는구나! 다시 내 눈에 띈다면 기필코 용서치 않는다는 말을 잊지 않았으렷다?"

조미제의 호통에 흑웅채 졸개들은 찔끔하고 말았다.

양산박 흑웅채의 백리삼웅이 녹림 회합에 늦은 것은 바로 태산파 제자들 때문이었다.

제시간에 맞춰 산에 오르려 할 때 재수없게도 태산파 제자들과 딱 마주치는 바람에 그만 한바탕 싸움을 벌여야 했고 그 와중에 셋째인 백리우(百里雨)가 부상을 당했던 것이다.

이자들은 바로 백리우의 직속 수하들이었고 바로 조미제 등에게 당한 그들인지라 조미제를 보자 마음이 편할 리 없었다. 서둘러 싸움을 끝내고 줄행랑을 치려던 생각도 물 건너간 셈이었다.

졸개들은 잔뜩 긴장한 표정으로 주위를 돌아보았다. 셋째 두령 백리우가 분명 근처에 있을 텐데 와서 도와주지 않는 것이 답답했던 것이다.

흑웅채 졸개 둘이 겁을 집어먹고 뒤로 물러서자 호가 청년과 겨루던 세 명도 재빨리 몸을 빼내어 물러섰다.

한데 모인 졸개들은 어떻게 대처할지 몰라 서로를 바라보았다.

사태가 불리하니 도망쳐야만 하겠지만 그렇게 되면 명령도 없이 도망쳤다고 두령에게 맞아 죽을 것이 뻔했다.

그때였다.

"으힐힐, 계집만 남기고 모조리 죽여 버려라!"

마치 까마귀 울부짖는 목소리와 함께 서너 명의 보라색 인영들이 우르르 몰려나왔다. 그자들은 대뜸 조미제의 수하 청년들을 향해 악독한 칼질을 퍼부었다.

"어? 윽!"

청년 한 명이 미처 대비하지 못하고 칼을 맞고 비명을 질렀다. 나타난 인영들은 더욱 흉포하게 칼질을 해댔다.

도망칠까 말까 궁리하던 흑웅채 졸개들은 쇠된 목소리를 듣고 크게 기뻐하며 재차 호가 남매를 향해 달려들었다.

"셋째 두령께서 네놈은 죽이라신다!"

이번에는 네 명이 한데 뭉쳐 호가 청년을 공격했다. 나머지 한 명은 호가 여인을 맡아 공격하는 척했다.

멋진 모습으로 악도들을 물리쳐 여인의 호감을 사려했던 조미제의 계획은 수포로 돌아가고 말았다. 귀에 거슬리는 목소리는 그의 표정을 잔뜩 일그러지게 만들었다.

"혈웅(血鷹) 백리우!"

목소리의 주인은 바로 흑웅채의 셋째 두령 백리우였다.

삼 형제 중 가장 악독하며 가장 욕심이 많고 색을 유달리 탐하는 아주 질 나쁜 도적이었다. 얼마 전에 사형 종리후(鍾離侯)에게 큰 낭패를 보고 도망쳤던 위인이지만 그 손속이 결코 만만치 않았다. 등을 노리고 덮쳐드는 응조수(鷹爪手)의 기세가 맹렬하기 짝이 없었다.

급히 검을 뽑아 든 조미제는 한 발짝 앞으로 내디디며 몸을 돌렸다. 그와 함께 한줄기 검풍이 솟구쳐 올랐다.

백리우의 응조수가 검과의 부딪침을 피해 재빨리 회수되었다가 이내 아랫배를 움켜쥐려고 들이닥쳤다.

조미제는 더욱 인상을 찡그리며 재차 응조수를 막기 위해 검을 떨쳐 냈다. 그때 백리우의 왼쪽 응조수가 덥석 조미제의 검을 덮쳤다.

조미제도 이때만은 깜짝 놀라지 않을 수 없었다. 검이 일단 응조수에 잡히면 빼도 박도 못한다. 조미제는 급히 검을 회수했다.

"요놈, 걸렸다!"

백리우가 회심의 미소를 지으며 오른손을 위로 쳐올렸다. 날카롭게 날이 선 응조수의 칼날이 단숨에 조미제의 목을 움켜 뜯으려 했다.

조미제는 기겁을 하며 발끝으로 땅을 밀쳐 내며 뒤로 튕겨 나갔다. 놀랍도록 빠른 대응이었지만 백리우의 응조수는 결국 조미제의 앞가슴의 옷자락을 북 뜯어냈다.

조미제는 식은땀을 흘리며 한 발짝 더 뒤로 물러섰다.

"요 싸까지없는 새끼, 그 따위 실력으로 세상 무서운지 모르고 함부로 지껄였단 말이지? 주둥이를 찢어놓고 말겠다!"

회심의 일격을 성공시키지 못한 것이 못내 아쉬웠지만 백리우는 더욱 기세를 올리며 밀고 들어갔다. 양손에 착용된 독수리 발톱 같은 무기가 숨 쉴 틈 없이 허공을 찢어발기기 시작했다.

살기등등한 백리우의 기세에 눌린 조미제는 제대로 된 수비도 취하지 못한 채 전전긍긍 피하기에 바빴다. 궁지에 몰릴수록 조미제는 자신의 가벼운 행동을 후회하기 시작했다.

산도적들의 무공이라야 사실 별것 아니다.

어디서 한두 수 얻어 배운 칼 솜씨로 그보다 못한 자들을 억압하여 무리를 이룬 채 일반의 어수룩한 일반 서민들을 등쳐먹고 살 뿐이다.

진정한 무공을 배운 무림인을 만난다면 일패도지할 수밖에 없는 실력인 것이다. 하지만 개중에는 분명 무공의 고수도 끼어 있기 마련이다.

어떤 경로를 통해 유출되었는지 알 수 없는 정통 무공의 비결들이 간혹 도적들의 손에 들어가는 경우가 있고 정통 문파의 제자가 사악한 유혹에 빠져 결국에는 무림을 해치는 악도가 되는 경우도 있을 것이다.

또한 더욱 드문 경우가 되겠지만 천부적인 자질을 지닌 어떤 자가 악마 같은 심성까지 타고나서 애초부터 악독하고 무시무시한 무공을 창안하여 강호를 쑥대밭으로 만드는 경우도 있다.

흑응채의 백리삼웅은 첫 번째 경우에 속하는 자들이었다.

이자들은 분명 정통 문파에서 유출된 응조수의 비결을 익혔다. 내공에 관해서는 밑바닥 수준이지만 그 험악하고 용맹스런 초식만으로도 정통 문파의 제자들을 핍박하기에 충분했다.

이런 자들이 있다는 사실을 잘 알면서도 여인의 미모에 혹하여 대책 없이 달려왔던 것이 실수였다.

여인 앞에서 한바탕 뽐내보기는커녕 스스로도 지키기 힘들어졌다.

"요놈, 뒈져랏!"

날카로운 호통과 함께 한 쌍의 용조수가 백리우의 손을 떠나 조미제의 가슴과 목을 노리고 날아들었다.

"헉!"

너무 놀란 조미제가 헛바람을 삼켰다.

응조수의 비결 중에 비조탈명(飛爪奪命)이란 초식이 있는 줄은 알았지만 이처럼 핍박받고 있는 상황에서 막아내기란 결코 쉽지 않았다.

너무도 다급해진 조미제는 그만 창피함을 무릅쓰고 옆으로 몸을 날려 떼굴떼굴 바닥을 굴렀다.

옆구리를 스친 응조수에 또 한 번 옷깃을 뜯기고 바닥을 구르다 나무 밑동에 머리를 부딪치는 참담한 꼴을 당했지만 다행히 목숨은 건질 수 있었다.

"크힐힐, 요놈의 새끼, 겨우 그 정도 실력을 가지고 호걸들을 어찌해 보겠다고 나선 것이냐? 가서 니들 사부라는 황경이 똥구멍이나 좀 더 닦아주고 오너라!"

모욕적인 말을 씹어뱉은 백리우가 머리를 부딪쳐 어리벙벙해진 조미제의 옆구리를 모질게 걷어찼다.

"크윽."

조미제는 새우처럼 몸을 구부리며 참담한 비명을 내질렀다. 백리우가 조미제를 향해 침을 탁 뱉었다.

"목숨은 살려줄 테니 가서 전해! 누구든 함부로 나선다면 열두 조각으로 찢어놓는다고 말이다!"

다시 한 번 모질게 발길질을 한 백리우는 휙 몸을 돌렸다.

생각 같아서는 명문정파라고 떠벌리고 다니는 저런 놈을 당장에 찢어 죽이고 싶지만 일단 목숨을 끊어놓으면 뒷감당을 하기가 어렵다. 태산파의 전력을 직접 상대해야 하기 때문이다.

이 정도 혼내주는 것으로 종리후에게 당한 보복을 갚는 것으로 마무리를 지어야만 태산파의 불벼락을 피해갈 수 있는 것이다.

백리우는 조미제 대신 호가의 여인을 노렸다.

개봉 호가장 역시 만만히 볼 수 없는 상대지만 태산파에 비하면 별것 아니다. 흑웅채의 세력만으로도 감당할 수 있는 정도이다.

더욱이 여인의 미모는 백리우의 이성을 흐려놓기에 충분할 만큼 뛰어났다. 백리우는 음흉한 미소를 흘리며 호가 여인을 향해 달려갔다.

한 명의 흑웅채 졸개를 몰아붙이며 남동생을 돕고자 했던 여인은 갑자기 덮쳐 온 백리우를 보고 깜짝 놀라 몸을 피했다.

정신을 바짝 차리고 가전의 추풍검법을 펼치려는 찰나 불쑥 용조수가 튀어나오며 덥석 검을 움켜잡았다.

조미제보다 무공이 약한 그녀는 작정을 하고 달려든 백리우의 일격을 막을 수가 없었다.

"으히히히."

백리우는 괴이한 미소를 흘리며 응조수를 비틀었다.

여인은 검을 놓지 않고 뒤로 물러서며 오른발을 들어 백리우의 정강이를 노리고 걷어찼다. 백리우는 여인의 오른쪽으로 돌며 손을 강하게 비틀었다.

"악!"

여인은 손목이 꺾여 나가는 고통을 느끼며 할 수 없이 검을 놓았다.

백리우는 기회를 놓치지 않고 왼손을 휘둘렀다. 응조수가 또 한 번 발출되며 여인의 몸을 휘감았다.

여인은 기겁을 하고 뒤로 물러섰지만 응조수와 연결된 가는 쇠사슬이 어느 틈에 허리와 왼손을 휘감아 버렸다.

"누나!"

호가 청년이 누나의 위험을 보고 자신의 안위를 도외시한 채 몸을 날렸다.

"이놈아, 어딜 가겠다는 것이냐? 네 누나는 이제 우리 셋째 두령님께서 잘 모셔줄 터이니 걱정할 것 없다! 곧 한집안 식구가 될 것인데 몸에 상처를 낼 수야 없겠지? 그러니 좀 얌전해지란 말이다!"

졸개들이 낄낄 웃으며 사방에서 청년을 덮쳤다.

하나의 칼이 청년의 검을 튕겨낼 때 다른 세 명의 졸개가 한꺼번에 달려들어 손을 휘두르고 발을 내질렀다.

"억! 큭!"

누나가 걱정되어 도우려 했던 청년은 스스로를 지키지도 못하고 온몸을 얻어맞았다.

졸개들이 청년을 구타하는 것을 보며 백리우는 벌써 여인을 제압하여 달랑 옆구리에 끼었다.

"그만하면 되었다! 먼저 갈 테니 뒤처리하고 와! 저기 저 세 놈은 살려둘 필요 없다! 모가지를 끊어 본보기를 보이도록!"

명령이 떨어지자 청년을 구타하던 졸개들은 마지막으로 모질게 걷어차 청년을 기절시켰다. 그리고는 일제히 조미제의 수하 청년들을 향해 달려갔다.

"음화화홧!"

백리우는 통쾌한 웃음을 날리며 몸을 날렸다.

조미제의 수하 청년들은 백리우의 악독한 말을 듣고 새파랗게 질렸다. 조미제와 호가 남매는 살려주면서 왜 자신들만 죽이려는 것인지 못내 억울했다.

일순간 서로를 바라보던 청년 셋은 누가 먼저랄 것도 없이 몸을 돌려 달아나기 시작했다.

"이놈 새끼들, 어딜 달아나려는 것이냐? 두령님께서 니들 모가지를 원하신다!"

여덟 명의 졸개는 호통을 내지르며 청년들을 향해 칼을 날렸다.

나무 뒤에 바짝 웅크린 채 싸움을 구경하던 박풍이 잔뜩 인상을 찡그린 채 용운을 잡아끌었다.

"빨리 가자!"

용운이 피식 웃었다.

"누가 용골산채 사람 아니랄까 봐……."

슬금슬금 무릎걸음으로 뒷걸음치며 뒤로 빠지던 박풍이 흠칫하며 멈춰 섰다.

깜짝 놀라 뒤를 돌아보던 박풍은 하마터면 비명을 지를 뻔했다.

한 명의 장년인이 나무에 기대어 물끄러미 내려다보고 있었다.

빛나는 고동색 비단 장포를 걸쳤으며 기다란 회색 빛 수염과 머리카락은 단정히 빗어 넘겼다.

참으로 멋지고 강인해 보이는 인물이었지만 이상하게도 눈빛이 흐릿했다. 상대를 제대로 바라보고 있는지조차 알 수 없도록 초점이 흐려져 있었다.

박풍의 놀람에 용운도 힐끔 뒤를 돌아보았다.

용운이 돌아봤을 때 그 사람은 이미 나무 뒤로 몸을 감춘 후였다.

“뭐야? 누가 훔쳐보고 있었어?”

박풍은 부르르 몸을 떨었다.

“어느······.”

목이 탁 막혀서 말도 제대로 나오지 않았다.

“이상한 사람이야. 나무에 기대 있었는데 처음엔 사람인 줄 몰랐어. 눈빛이 아주 무섭고 이상했어.”

“그래?”

흐릿한 그림자만 본 용운은 박풍의 말을 이해하지 못하고 고개를 갸웃거렸다.

“가자.”

용운이 잡아끌어도 박풍은 잠깐 동안 움직이지 못했다. 몸이 얼어붙은 듯 움직일 수가 없었다. 아무런 감정도 떠올라 있지 않던 그 사람의 눈빛이 그토록 두려웠다.

부르르 다시 한 번 몸을 떤 박풍은 절레절레 고개를 흔들었다.

“정말 이상한 사람이야······.”

겨우 마음을 안정시킨 박풍은 무릎걸음으로 뒷걸음질쳐서 그곳을 벗어났다.

몸을 일으켜 주위를 돌아보았지만 노인은 보이지 않았다. 박풍은 자신이 혹시 헛것을 본 것은 아닐까 의심하며 고개를 저었다.

용운이 인상을 찡그리며 주위를 살폈다.

“그토록 가까이 누군가 있었는데도 알아채지 못하다니, 정신 똑바로 차려야겠다.”

“응.”

박풍은 그저 고개를 내두르며 용운을 좇아 달릴 수밖에 없었다.

당장 어여쁜 미녀를 어찌해 보고 싶었던 백리우는 멀리 가지 않았다.

으슥한 숲을 찾아들어 여인을 내려놓고 다짜고짜 덮치려 했다. 응조수의 쇠사슬에 꽁꽁 묶인 여인은 두렵고 다급하여 마구 몸부림쳤다.

아직 여인에 대해서는 아무것도 모르는 박풍이지만 백리우의 행동이 결코 좋은 것이 아니라는 정도는 충분히 느낄 수 있었다.

다급해진 박풍은 바닥에 구르는 돌멩이 하나를 주워 무턱대고 백리우를 향해 집어 던졌다.

백리우의 무공을 똑똑히 보았고 들키면 뼈도 못 추린다는 사실을 분명히 알면서도 하지 않을 수 없는 심정이었다.

용운이 말리려 했을 때는 이미 늦고 말았다. 용운은 박풍을 찍어 누르며 납작 엎드렸다.

"웬 놈이냐?"

돌멩이는 턱없이 빗나갔지만 중대한 찰나에 방해를 받은 백리우는 신경질적으로 고개를 쳐들며 호통을 내질렀다. 그와 함께 응조수가 번개처럼 날아왔다.

용운과 박풍은 더욱 납작 몸을 엎드렸다.

응조수가 아슬아슬하게 등 뒤의 나뭇가지를 할퀴며 지나갔다.

응조수를 회수한 백리우가 고개를 갸웃거렸다.

누군가 중대한 일을 방해하려고 돌을 던진 모양인데 모습을 보이지 않고 숨은 것이 이상했던 것이다. 더욱이 주위에는 온통 녹림 회합을 깨뜨리려는 정파의 인물들이 가득하다. 확인하지 않고는 아무 일도 할 수 없었다.

그는 여인의 옷을 북 찢어내어 그것으로 손발을 묶고 입에 재갈까지 물린 후에야 일어섰다.

백리우가 다가오자 용운은 기겁했다. 들키기라도 한다면 무슨 봉변을 당할지 알 수 없다.

빠져나갈 구멍을 찾고 있을 때 박풍이 갑자기 몸을 일으키더니 한쪽을 바라보고 뛰었다. 말릴 사이도 없었다.

'저런 바보!'

용운이 놀라 속으로 부르짖었다.

조심스레 다가오던 백리우는 갑자기 뛰쳐나온 그림자를 보고 깜짝 놀랐다. 혹여 기습이 있을까 두려워 응조수부터 날렸다.

그림자가 몸을 날려 바닥을 뒹굴었다.

응조수는 허공을 쳤지만 백리우는 고개를 갸웃거리지 않을 수 없었다. 상대의 반응이 어째 턱없이 미숙하게 여겨졌던 것이다.

백리우는 상대를 확인하기 위해 다시 한 번 응조수를 날리려 했다. 그때 좌측에서 뭔가 날아들었다. 기세가 약하긴 했지만 분명 암기였다.

백리우는 인상을 팍 찡그리며 응조수를 휘둘렀다.

딩.

약한 금속음과 함께 작은 바늘 모양의 암기가 튕겨 나갔다. 흔히 볼 수 있는 강침(剛針)이었다.

"누구냐? 썩 모습을 보이지 못할까!"

암기가 날아든 기세로 보아 상대의 공력이 형편없다는 것을 느낀 백리우는 긴장감을 풀며 호통을 내질렀다. 양손의 응조수를 서로 부딪치며 용운이 숨어 있는 풀숲을 향해 몸을 날렸다.

놀란 용운이 수풀을 헤치며 도망쳤다.

박풍은 다급했다.

백리우가 당장에 용운을 해칠 것만 같았다. 환도라도 있었으면 한칼 휘둘러 용운을 도울 수 있겠지만 불행히도 환도는 가져오지 않았다.

박풍은 이것저것 생각할 겨를도 없이 주먹만한 돌을 몇 개 주워 마구 백리우를 향해 던졌다.

"이런 개 같은 경우가……!"

백리우가 불끈 노화를 터뜨렸다.

상대는 둘이다.

직접 나서지도 못하고 허접스런 강침이나 돌멩이를 던지는 것을 보면 무공도 형편없는 것들이다. 그런 자들이 감히 천하의 흑웅채 삼두령을 가지고 놀려 하자 울화통이 치밀어 견딜 수가 없었다.

"어떤 놈인지 잡히면 죽는다!"

호통을 내지른 백리우는 숲을 마구 헤치며 용운을 쫓았다.

더욱 다급해진 박풍은 백리우를 쫓아 달리며 마구 돌멩이를 던졌다.

딱.

그중 하나가 우연찮게 백리우의 등을 때렸다.

큰 충격은 주지 못했지만 척추 부위를 얻어맞았는지라 뼈가 다 아팠다. 백리우는 코로 연기가 나올 지경으로 울화가 치밀어 홱 몸을 돌렸다.

계속 돌멩이를 던지며 쫓던 박풍은 백리우가 갑자기 멈춰 서며 몸을 돌리자 그만 정면으로 마주치게 되었다.

백리우의 눈이 화등잔만하게 커졌다.

"어라? 요런 쥐새끼 보게? 대가리에 피도 안 마른 새끼가 감히 어른 일을 방해해? 죽고 싶어 환장했구나!"

　상대가 소년이라 해서 그냥 넘어갈 백리우가 아니다. 자기 일을 방해하고 나서는 자는 갓난 어린아이라도 기필코 쳐죽이고 마는 무시무시한 마두였다.

　백리우는 더운 콧김을 마구 뿜어대며 박풍을 향해 벼락같이 응조수를 날렸다.

　다섯 개의 칼날이 달린 무시무시한 응조수가 당장에 목덜미를 물어뜯을 듯 날아오자 박풍은 그만 오금이 저려서 어찌할 바를 몰랐다.

　“악!”

　허둥지둥 몸을 날려 나무 뒤로 숨다가 자기도 모르게 비명을 내질렀다.

　왼쪽 어깨가 불에 데인 듯 화끈하고 짜릿짜릿 저려왔다. 박풍은 충격을 이기지 못하고 떼굴떼굴 굴렀다.

　“요 새끼 봐라? 감히 어르신의 일격을 피해? 에익, 뒈져랏!”

　백리우가 재차 응조수를 날려 건방진 꼬마 놈을 끝내주려 할 때 무엇인가 취리릭 하고 날아들어 응조수의 사슬을 얽어맸다.

　고개를 돌려보니 예쁘장하게 생긴 소년이었다.

　“어라? 요놈 보게?”

　방심하고 있었다고는 해도 상대 꼬마가 채찍을 날려 자신의 응조소를 얽어맨 것이 놀라웠다.

　박풍은 그제야 정신을 차리고 몸을 일으켜 용운 쪽으로 달려갔다. 왼쪽 어깨에서 피가 줄줄 흘러내렸다.

　용운이 인상을 마구 찡그리며 품속을 뒤졌다. 두 자루의 짧은 검을 꺼내 든 용운은 그중 하나를 박풍에게 던져 주었다.

　“야, 칼!”

박풍은 얼떨결에 단검을 받아 들어 쓱 잡아 뽑았다.

악어 가죽 집에 싸여 있던 단검이 뽑혀 나오자 파릇한 예기가 눈을 자극했다. 대단히 공들여 만든 명품임이 분명했다. 박풍은 용운의 몸에 이러한 단검과 채찍까지 숨겨져 있다는 사실이 다만 놀라울 뿐이었다.

단검의 예기를 접한 백리우도 눈이 휘둥그레졌다. 그가 보기에도 두 자루의 단검이 예사롭지 않았던 것이다. 절로 군침이 도는 물건이었다.

"요놈의 새끼들이 어른 무서운 줄 모르고 함부로 까부는구나. 너, 이리 와랏!"

백리우는 와락 사슬을 잡아당겼다. 용운이 강력한 힘을 이기지 못하고 주르륵 딸려갔다.

"얍!"

박풍이 야멸찬 기합을 내지르며 달려나갔다.

비록 손에 익은 환도가 아니고 길이도 턱없이 짧았지만 일단 무기를 들자 기운이 나는 것 같았다. 더욱이 용운의 위험은 결코 두고 볼 수 없는 일이었다.

매서운 일격이 그대로 백리우의 우측 어깨를 노렸다.

"억?"

백리우는 그만 깜짝 놀라고 말았다.

애송이 꼬마의 일검에 이런 기세가 담길 줄은 생각지도 못했다. 마치 독 오른 살모사가 독니를 드러내고 덤벼드는 것 같았다. 새파란 예기가 담긴 단검의 위력이 기세를 더욱 높여주고 있었다. 자칫했다가는 오른쪽 어깨가 그대로 잘려 나갈 판이었다.

백리우는 저도 모르게 그만 한 발 옆으로 물러섰다.

"이런, 씨팔……!"

거친 욕지거리가 절로 튀어나왔다.

새파란 꼬마의 일검이 두려워 피했다는 사실이 창피해서 죽을 맛이었다. 백리우는 신경질적으로 오른손을 홱 뿌렸다.

일검을 날리기는 했지만 박풍은 제 힘을 이기지 못하고 검을 제대로 회수하지 못했다. 이어 들이닥친 응조수와 정면으로 충돌할 수밖에 없었다.

쨍!

"윽!"

요란한 쇳소리와 함께 박풍의 신음이 터졌다.

엄청난 충격이 단검을 타고 손아귀와 손목에 이어 가슴으로 파고들었다.

박풍의 몸은 실 끊어진 연처럼 뒤로 날아가 처박혔다. 손아귀가 찢겨 피가 흐르고 가슴이 진탕되어 숨 쉬기도 힘들었다.

꼬마를 날려 버린 백리우가 문득 자신의 애병 응조수를 내려다보다가 눈을 부릅떴다. 응조수의 날이 한 개 잘려 나가고 없었다.

"요 쌍놈의 새끼, 모가지를 밟아 죽이겠다!"

울화통이 터진 백리우는 용운은 신경 쓰지 않고 박풍에게 달려들었다. 아직도 채찍을 풀지 않은 용운이 질질 끌려갔다.

"박풍, 빨리 피해!"

용운이 안타깝게 부르짖으며 단검을 뽑아 들고 몸을 날렸다.

백리우가 코웃음을 치며 왼손을 홱 잡아당겼다. 용운의 몸이 허공으로 붕 떠올랐다가 이내 땅으로 곤두박질쳤다.

백리우는 멈추지 않고 오른손의 응조수를 박풍에게 날렸다.

박풍은 떼굴떼굴 몸을 굴렸다. 요행히 백리우의 응조수가 나뭇가지에 걸려 박풍을 맞히지 못했다.

"망할, 썅……!"

몇 번이고 공격에 실패한 백리우는 제 성질을 참지 못하고 욕지거리를 마구 씹어뱉었다. 그리고는 더욱 매섭고 잔인하게 응조수를 날렸다.

용운은 채찍을 놓아버리고 바닥을 굴렀다. 백리우 앞까지 굴러간 용운은 백리우의 발등을 노리고 단검을 찔렀다.

"으아악, 요 쥐방울 같은 새끼들이 끝끝내!"

용운은 눈을 부릅뜬 채 이를 드러낸 백리우의 모습이 두려워서 그만 응조수가 날아오기도 전에 뒤로 굴러 몸을 피했다.

박풍은 헉헉 숨을 몰아쉬며 겨우 몸을 일으켰다.

당장에라도 주저앉을 듯 다리가 후들거렸지만 쉴 수 없었다. 악귀처럼 변한 백리우가 용운을 찢어발길 것만 같았다. 박풍은 단검을 높이 쳐들고 무작정 백리우를 향해 달려들었다.

"내 친구를 해치지 마라!"

악착같이 덤벼드는 박풍을 본 백리우는 용운을 쫓을 수 없었다.

"으이그, 이 벼룩 같은 새끼들이……!"

백리우는 박풍을 향해 왼손을 뿌렸다.

응조수의 사슬 끝에 채찍이 매달려 있는지라 움직임이 민활하지 못했지만 그것만으로도 박풍은 혼비백산하여 단검을 내려쳤다.

"요놈의 새끼, 드디어 걸렸구나!"

백리우가 회심의 미소를 지으며 오른손을 떨쳐 냈다. 응조수가 맹렬한 기세로 박풍의 가슴을 노리고 날아들었다.

박풍은 깜짝 놀라며 급히 단검을 회수하여 응조수를 막으려 했다. 하지만 힘들었다. 아직은 공격과 수비를 마음먹은 대로 할 수 없었다. 발출된 검을 제대로 회수하는 법도 깨우치지 못했다.

박풍은 할 수 없이 또 한 번 바닥을 굴렀다.

백리우가 코웃음을 치며 오른손을 흔들었다. 응조수가 허공에서 방향을 바꾸어 그대로 박풍의 등을 노렸다.

"악!"

용운이 먼저 놀라 비명부터 질렀다.

퍽!

백리우의 응조수가 아슬아슬하게 박풍의 등을 스쳐 가며 바닥을 후려쳤다.

"어?"

백리우가 인상을 팍 찡그렸다.

이번 공격은 어린 녀석이 피할 방향까지 계산한 채 펼친 것이다. 성공을 믿어 의심치 않았건만 괴이하게도 마지막 순간에 응조수가 빗나갔다.

"……!"

응조수를 회수하던 백리우가 갑자기 동공을 수축시키며 재빨리 주위를 살폈다.

두 어린 꼬마들의 거친 숨소리 외에는 아무 소리도 들리지 않았다. 잔뜩 귀를 기울여 봐도 인기척은 느껴지지 않았다.

백리우는 고개를 갸웃거렸다.

'나뭇가지에 걸려 응조수가 빗나갔을 때는 우연이다 싶었지만 지금의 이 한 수는 분명 실패할 리 없었다. 분명 뭔가의 방해로 인해 겨냥이 빗나간 거야. 대체 뭐지?

갑자기 뒤통수가 서늘해졌다.

인기척을 드러내지 않고 응조수의 방향을 틀어버리는 인물이라면 고수가 분명했다. 누군가 근처에 숨어 있는 것이다. 으스스한 한기를 느낀 백리우가 벼락같이 양손을 떨쳐 냈다.

죽다 살아난 듯 겨우 몸을 일으키던 박풍은 또다시 들이닥치는 응조수를 보고 그만 기가 질리고 가슴이 떨려 제대로 피할 수가 없었다.

다리가 풀려 절로 주저앉지 않았다면 기어코 목덜미를 물어뜯겼을 것이다.

재수가 좋아서인지 백리우의 응조수는 머리와 옆 가슴을 스치고 지나갔다.

백리우가 두려움에 물든 눈빛으로 사방을 두리번거렸다. 그러다 별안간 몸을 돌려 달리기 시작했다.

어리벙벙한 사람은 오히려 박풍과 용운이었다.

다시 한 번 응조수를 날리면 대항할 힘이 없어 결국 죽고 말았을 것인데 백리우가 갑자기 도망치듯 달려가자 어안이 벙벙할 수밖에 없었다.

용운이 달려왔다.

"괜찮냐, 박풍?"

박풍은 몸을 일으키지도 못하고 헉헉 거친 숨을 몰아쉬었다. 전신이 땀과 피로 얼룩져 있었다. 찢긴 어깨와 등, 옆구리가 쓰리고 아팠다.

용운이 그중 상처가 심한 어깨를 먼저 살펴주었다. 옷을 찢고 피를 닦아낸 후 잘게 찢어낸 옷깃으로 친친 감아주었다. 다른 두 곳은 다만 살짝 할퀸 정도라 굳이 잡아맬 필요는 없었다.

박풍이 깜짝 놀라 벌떡 몸을 일으켰다.

"그 여자는? 그 나쁜 놈이 여자를 훔쳐 달아나려는 것 같다!"

박풍은 서둘러 여자가 있는 곳을 향해 달려갔다. 용운이 팍 인상을 찡그렸다.

"대책없는 녀석 같으니, 그렇게 당하고도 또 저러네?"

발을 동동 구르면서도 용운은 박풍을 좇아 달렸다.

백리우는 과연 여인을 포기하지 않았다. 꽁꽁 묶인 여인을 들쳐 업고 막 자리를 뜨려던 찰나였다.

여인이 막무가내로 발버둥 치지 않았다면 벌써 사라졌을 것이다.

두 소년이 달려오는 것을 본 백리우는 마치 귀신을 본 사람처럼 깜짝 놀라며 달리기 시작했다.

여인이 마구 몸부림치는지라 발걸음이 빠르지 못했다.

와락 달려든 박풍이 용운의 채찍을 움켜잡고 늘어졌다. 정신이 없던 백리우는 아직도 용운의 채찍을 떼어내지 않고 있었다.

"이런 염병할 놈의 새끼가……."

도저히 울화통을 참을 수가 없는지 백리우는 재빨리 채찍을 털어내고 재차 오른손을 떨치려 했다.

응조수가 막 손을 떠나려 할 때 앞쪽에서 쐐아 하는 소리가 들렸다. 바람도 없는데 앞쪽의 나뭇가지들이 마구 흔들리고 있었다.

"으……!"

그것이 장풍에 의해 발생한 현상임을 깨달은 백리우는 기겁했다. 이제는 여인이고 뭐고 돌아볼 겨를이 없었다.

근처에 있는 누군가가 확실한 경고를 보내고 있는 것이다.

장풍을 쏘아내어 나무를 흔들 정도라면 그로서는 도무지 상대할 수 없는 고수가 분명했다. 그는 매에 놀란 병아리처럼 여인을 팽개친 채 달아나기 시작했다. 두려움에 겨운 나머지 뒤조차 돌아보지 못했다.

박풍과 용운은 도대체 무슨 영문인 줄을 몰라 서로를 바라보며 눈만 끔뻑거렸다.

"저놈, 대체 왜 저래? 대낮에 귀신을 봤나?"

귀신을 보았다면 차라리 저토록 두려워하지는 않았을 것이다.

상대할 수 없는 고수를 만나 목숨을 잃을까 봐 도망친 것임을 모르는 박풍과 용운은 다만 어리벙벙할 뿐이었다.

박풍이 쪼르르 여인에게 달려가 재갈과 손발을 풀어주었다. 수치심과 공포에 질려 있던 여인이 겨우 안도의 눈빛을 보였다.

"고마워… 고마워요, 두 분 소협."

소협이라는 말에 박풍은 뒤통수를 긁적거렸다.

"저는… 소협은 아니고요, 그냥 지나가다가 나쁜 사람이 아가씨를 훔쳐 가는 것을 보고……. 무림의 호걸이라면 당연히 어려움에 처한 사람을 위해 나서야지요!"

갑자기 가슴을 쭉 펴고 당당하게 말하는 모습이 제법 의젓해 보였다.

채찍을 찾아 장포 속 허리에 감으며 용운이 킥킥 웃었다.

"소협이란 말은 사양하면서 협객임을 자처하겠단 말이냐? 웃긴다, 너!"

"그런가? 헤헤."

몇 군데 상처를 입긴 했지만 강호에 나온 후 처음으로 스스로의 힘으로 행한 의로운 일이라 생각하니 가슴이 뿌듯하고 기분이 좋았다.

여인은 치기 어린 소년들의 모습을 보며 저도 모르게 피식 웃었다.

"저는 개봉에 사는 호민(胡珉)이라고 해요. 다시 한 번 두 분 소협께 감사드립니다."

박풍이 고개를 끄덕였다.

"호민 아가씨였군요. 저는… 박풍이라고 합니다!"

복우산 용골산채의 녹림호걸이라고 소개하려던 박풍은 용운이 갑자기 옆구리를 꼬집는 바람에 깜짝 놀라 중간 말을 빼버렸다.

약혼자의 원수를 갚기 위해 나선 여인에게 용골산채를 들먹인다면 필시 사단이 생길 것이다.

"저는 용운이라 합니다. 다치신 곳은 없나요?"

호민이 얼굴을 붉히며 고개를 끄덕였다.

"두 분 소협 덕분에 커다란 위기를 넘겼어요. 이 은혜는 필시 잊지 않을게요."

"천만의 말씀. 옳은 일을 하고 대가를 바란다면 어찌 호걸이라 하겠습니까? 아가씨께서 다치지 않았으니 천만다행입니다."

호민은 박풍이 어지간히 호걸을 좋아한다고 느끼며 방긋 미소 지었다. 그러다 갑자기 화들짝 놀라며 소리쳤다.

"내 동생은……? 나는 어서 동생에게 가봐야겠어요!"

용운이 대답했다.

"네, 어서 가보세요. 그 악당이 죽이지는 말라고 했으니 다른 큰일은 없을 것 같군요."

호민은 연신 고개를 끄덕이며 당장 달려나가려 했다.

"누나! 누나! 어디 있어, 누나?"

그때 울먹이는 목소리와 함께 숲을 헤치는 소리가 들려왔다. 호민이 크게 반가워하며 마주 소리쳤다.

"명(明)아, 누나 여기 있다! 누나, 여기 있어!"

호민이 동생 이름을 부르며 달려나갔다. 곧 수풀 헤치는 소리와 함께 여기저기 깨지고 찢긴 모습의 호명이 나타났다.

"누나!"

"명아!"

남매는 서로 얼싸안고 무사함을 기뻐했다.

그런 모습을 보니 박풍은 저도 모르게 감동을 받아 코끝이 찡해졌다. 용운이 소매를 잡아끌었다.

"우린 그만 가자."

"응."

박풍은 고개를 끄덕이며 발걸음을 옮겼다.

그때 또 한 번 수풀 헤치는 소리가 들리며 몇 명의 인영이 달려왔다. 바로 조미제와 수하 청년들이었다.

수하 청년들은 여기저기 다친 모습이었지만 다행히 목숨을 잃지는 않은 모양이었다.

조미제가 얼싸안고 눈물을 흘리는 호가 남매를 발견하고는 크게 기뻐했다.

"호 소저, 무사하셨구려. 천만다행입니다. 소생이 부족하여 이런 고생을 시킨 것 같아 죄스럽고 부끄럽소이다."

"별말씀을……. 위험한 처지에 나서서 도와주신 조 공자의 호의에는 정말 고마울 뿐입니다."

그들이 서로 겸양을 주고받는 것을 보며 박풍과 용운은 그곳을 떠났다. 그런데,

“잠깐!”

조미제의 수하 청년 중 한 명이 갑자기 박풍과 용운을 불러 세웠다.

용운이 힐끔 박풍을 바라보며 인상을 찡그렸다.

“좋지 않다.”

第八章 危機

─신비한 사람을 만나다

第八章 危機

─신비한 사람을 만나다

危機

용운의 근심은 딱 들어맞았다.

"이봐, 어린 친구! 우리 전에 한 번 본 적 있지?"

용운이 먼저 나섰다.

"진성현 객잔에서 본 적이 있죠. 그때 저기 있는 사람들하고 같이 있었죠?"

청년이 고개를 갸웃거리며 박풍을 노려보았다.

"너에게 묻는 거야. 우리가 어디서 봤지?"

이번에도 용운이 나섰다.

"거참, 이상하시네. 그때 나랑 함께 있었잖아요? 왜 자꾸 그런 건 물어요? 우리가 뭘 잘못했나요?"

청년이 재차 다그치려 할 때 호민이 나서주었다.

"조 공자, 저들은 나를 구해주기 위해 스스로 위험에 뛰어든 소협들이에요. 그들이 무슨 일을 잘못했나요?"

조미제가 고개를 가로저었다.

"그럴 리가 있겠습니까? 오(吳) 형제가 잠시 착각했을 수도 있지요. 그나저나 저처럼 어린 친구들이 백리우 같은 색마를 물리쳤다니 믿을 수가 없군요. 대체 어찌 된… 어?"

조미제가 갑자기 눈을 크게 뜨고 박풍을 살폈다.

"잠깐!"

이번에는 조미제가 불러 세웠다.

자기 입에서 색마라는 말이 나왔을 때 문득 색승 엄불을 떠올리게 되었고 그로 인해 용골산채의 귀면잔심에까지 생각이 이르렀다. 그때 귀면잔심을 만났을 때 꼭 저만한 꼬마가 옆에 딱 붙어 있었던 기억이 떠올랐다.

용운이 와락 박풍을 잡아끌었다.

"야, 뛰어!"

둘은 손을 맞잡고 재빨리 줄행랑을 놓았다.

조미제가 호통을 내질렀다.

"꼬마들, 서랏! 네놈은 필시 귀면잔심 이길의 졸개렷다? 저놈들 잡아!"

부상당한 청년은 빼고 나머지 두 명의 청년이 달려나갔다.

호민이 어리둥절한 표정으로 조미제를 바라보았다.

"그들, 그 소년들이 정말 용골산채의 도적들이란 말인가요?"

조미제가 잔뜩 인상을 찡그렸다.

"꼬마에 대해서는 신경 쓰지 않았습니다만 저 꼬마가 이길과 함께 있었던 것은 분명합니다. 독사처럼 매서운 눈매가 기억나는구려."

"그럴 리가! 용골산채의 졸개들이 왜 같은 편인 백리우 같은 자를 괴롭히면서 저를 구해주었죠? 더욱이 저 소년은 몇 군데 상처까지 입었는 걸요. 정말 이상하군요.”

조미제의 인상이 더욱 일그러졌다.

“악도들이 저희들끼리 왜 치고 받는지 알 수 있겠소이까? 저런 놈들이 하는 짓은 모두 희한하고 야릇해서 사리에 벗어난 일들 뿐입니다. 생각해 보면 뻔하지 않소. 저런 꼬마들이 무슨 재주로 백리우 같은 자를 물리칠 수 있었겠소? 뭔가 좋지 못한 꿍꿍이가 있는 게 분명합니다.”

자기가 당했던 백리우를 저처럼 어린 꼬마들이 물리쳤다고는 절대 믿지 못하는 조미제였다. 그렇기에 그 저간에 어떤 음모가 도사리고 있다고 믿어 의심치 않았다.

“정말 그럴까요?”

호민은 여전히 이해할 수 없다는 표정으로 고개를 내둘렀다. 조미제가 말했다.

“함께 가보시겠소? 가서 보면 알겠지요.”

호민은 인상을 찡그리면서도 고개를 끄덕였다.

그토록 순진하고 용감하던 소년이 용골산채의 도적이라고는 믿기 힘들었지만, 만약 사실이라면 절대 그냥 지나칠 수 없는 일이었다.

약혼자 풍영의 원수를 갚기 위해서라도 소년에게 용골산채의 악도들이 어디 있는지 알아내야 했다.

조미제는 일단 호민이 동행한다는 사실에 안심했다.

백리우를 다시 만날지 모른다는 불안이 있었지만 누구든 잡아서 분풀이라도 하지 않고는 마음이 풀리지 않을 것 같았다. 그는 백리우에게 얻어맞은 곳을 연신 주무르며 바삐 걸었다.

한동안 걷고 있을 때 청년들이 돌아왔다.

한 명의 어깨에는 박풍이 양손을 뒤로 묶인 채 대롱대롱 매달려 있었다. 한 대 얻어맞았는지 눈두덩이 시퍼렇게 멍이 들어 있었다.

조미제 앞에 이른 청년이 신경질적으로 박풍을 던져 버렸다.

"독종입니다. 하마터면 가슴을 찔릴 뻔했어요."

함께 온 청년도 참을 수 없다는 듯 씩씩거리며 매섭게 박풍을 걷어 찼다.

"쥐방울 같은 놈!"

아래턱을 쓰다듬는 걸 보면 그 역시 한 대 얻어맞은 것 같았다.

조미제가 물었다.

"다른 꼬마는?"

박풍을 집어 던진 청년이 말했다.

"여우 새끼처럼 꾀가 가득해서 놓쳤습니다. 어찌나 거칠게 달려드는 지 이놈이 상처를 입은 상태가 아니었다면 잡지도 못했을 것입니다."

아직도 화가 풀리지 않는 듯 청년은 매서운 눈초리를 거두지 못했다.

조미제가 박풍을 바라보았다.

"네놈은 분명 귀면잔심 이길의 수하렷다?"

박풍은 이를 악물고 몸을 일으켰다.

전신이 찢겨 나가는 듯 쑤시고 아팠다. 하지만 그는 당당하게 어깨를 쭉 펴고 조미제를 노려보았다.

"그렇소. 나는 용골산채의 셋째 두령님 밑에 있는 박풍입니다! 그대는 무슨 이유로 나를 잡아온 것이오?"

박풍의 모습을 본 사람들이 그만 실소를 흘렸다. 잡힌 몸이 되어서도 호걸 흉내를 내려는 꼴이 우스웠던 것이다.

청년 하나가 발을 들어 걷어챘다.

"요놈의 새끼가 무슨 헛소리야! 여기가 애들 놀이턴 줄 아느냐?"

박풍은 아픔을 참으며 매섭게 눈을 흘겨주었다.

호민이 눈살을 찌푸리며 나섰다.

"소협… 그대는 정말 귀면잔심 이길의 수한가요? 이길은 지금 어디 있죠?"

이길에 대한 원한 때문인지 호민은 소협이라는 말도 바꿔 버렸다. 박풍은 똑바로 호민을 바라보았다.

"두령님께서 지금 어디 계신지는 모릅니다. 우리는 산속에 있는 것이 지루해서 구경 나온 것에 지나지 않아요. 그리고 풍영… 그 사람은 두령님과의 한판 싸움에서 진 것뿐입니다. 아가씨가 두령님을 원수로 여기신다면 할 수 없는……."

"이놈이 무슨 헛소리야? 풍 표두는 이길의 암수에 걸려 억울하게 죽은 것이란 말이다!"

박풍은 청년이 걷어찬 발길질을 견디지 못하고 풀썩 쓰러졌다. 하지만 이내 벌떡 일어서서 청년을 매섭게 노려보았다.

"암기를 쓰는 것이 비겁한 짓이라면 조금 전에 그대는 어째서 암기를 쓴 거요? 내 친구가 그대에게 무슨 잘못을 했다고 암기를 날려 상처를 입혔느냔 말이오?"

박풍은 매섭게 쏘아붙였다. 청년의 암기에 용운이 다친 것을 생각하면 억울하고 분해서 견딜 수가 없었다.

"이놈의 자식, 뭐가 잘났다고 이토록 뻣뻣한 거야? 내가 말하는 것은 사람을 죽이는 독 암기란 말이다!"

청년은 또 한 번 발길질을 했지만 누구도 말리지 않았다.

박풍은 이를 갈며 고통을 참았다.

조미제가 힐끔 서쪽 하늘을 바라보았다. 해가 벌써 서산을 향해 내려앉기 시작했다.

조미제가 다시 호민을 바라보았다.

"호 소저, 그에게 물어볼 말이 더 있소?"

호민은 잠시 망설였다.

약혼자를 죽인 용골산채의 악도들에 대해서는 기필코 그에 대응하는 보복을 가해져야 했지만 실컷 두들겨 맞은 박풍에게 물어보기는 어쩐지 내키지가 않았다.

조미제가 말했다.

"우린 이제 현성으로 돌아가야 하오. 호 소저는 어디로……?"

야숙을 하지 않는다면 호민과 동생 역시 현성으로 가야 했다. 호민이 고개를 끄덕이자 조미제가 반색을 하며 말을 이었다.

"그렇다면 갑시다. 혹시 물어볼 말이 있거든 가면서 듣도록 하시구려. 가자."

조미제의 수하 청년들이 박풍을 밀며 걷기 시작했다.

조미제는 백리우에게 실컷 얼어맞아 퉁퉁 부은 얼굴을 하고도 의기양양하여 걷기 시작했다.

호가 남매는 뒤에 처져 저희들끼리 소곤거리며 천천히 따랐다.

한참을 걷던 호민이 슬그머니 박풍에게 다가갔다.

"이봐요, 잠깐 얘기 좀 해요."

박풍을 감시하며 걷던 수하 청년들이 조미제의 눈치를 보며 비켜주었다. 호민은 박풍을 끌고 뒤로 처졌다.

호민이 입을 열었다.

"어찌 되었든 나는 그대에게 큰 은혜를 입은 몸인지라 더 이상 그대
를 괴롭히지는 않을 거예요. 하지만 나는 그때 벌어졌던 일들의 자초
지종을 들어야겠어요. 말해 줄 수 있겠어요?"

박풍은 전신이 쑤시고 아파서 말할 기운도 없었다. 하지만 꾹 참으
며 입을 열었다.

"좋습니다. 원한다면 들려주겠어요. 이 일은 본래 오래전에 시작된
것입니다. 그때 우리 산채에서는 천수노괴라는 사람이 만든 구구생환
단에 대해 알아내고 출동했는데……."

박풍은 무산의 한 계곡에서 벌어졌던 만안표국과의 첫 충돌부터 시
작해서 산채로 쳐들어온 만안표국과의 일전, 그리고 풍영의 죽음에 이
르기까지의 과정을 보고 들은 대로 말해 주었다.

"풍 표두는 무공은 강했을지 모르지만 당시 크게 자만했던 것도 사
실입니다. 마 표두가 이미 독 암기에 팔을 잃은 것을 보았을 텐데 두령
님의 암기에 대해서는 거의 염두에 두지 않았던 것 같아요. 억!"

박풍은 말을 끝내기 무섭게 허리를 꺾으며 비명을 내뱉었다. 어느새
수하 청년 하나가 다가와 모질게 옆구리를 후려친 것이다.

"조그만 놈이 입만 살아가지고. 풍 표두가 대체 어떤 사람인데 검
한번 떨쳐 보지 못하고 이길 같은 도적에게 패했단 말이냐? 지나가는
개도 안 웃을 거짓말을 지껄이고 있어!"

청년의 말대로 대부분의 사람들은 풍영의 패배를 똑바로 알고 있지
못했다. 아니, 풍영이 이길에게 패했다는 사실을 인정하려 들지 않았
다.

그렇기 때문에 이길이 처음부터 악독한 암수를 썼다고 생각하는 것
이다.

당시의 일전을 보았던 사람들도 그때의 상황을 올바로 얘기하지 못했다. 풍영 같은 명문의 제자가 근본도 없는 산도적에게 졌다는 사실을 창피하게 여겼기 때문이다.

호민이 전해 들은 얘기도 수하 청년이 생각하는 것과 별반 다르지 않았다.

괴이하고 악독한 수법이 아니면 풍영이 결코 질 수 없다고 생각하고 있었다.

박풍은 눈을 부릅뜨고 청년을 노려보았다.

"이 박풍은 결코 거짓말을 지어내지 않는다! 믿지 못하겠다면 내게 칼을 다오! 그러면 네놈도 풍영과 똑같이 죽게 될 것이다! 흥, 너 같은 자를 상대하는 데 있어서는 암기조차 필요치 않다!"

"이런 쳐죽일 놈이 어디서 독사 눈을 뜨고 대드는 것이냐? 죽고 싶어 환장했어?"

화가 치민 청년은 주먹으로 치고 발로 걷어찼다.

박풍은 그러나 독사 같은 눈빛을 거두지 않고 청년을 노려보았다. 후려치는 청년이 먼저 기가 죽을 판이었다.

조미제가 나섰다.

"그만! 어린애에게 무슨 짓인가?"

호민에게 호감을 사고 싶었던 조미제는 점잖은 모습으로 수하 청년을 나무랐다.

"종리 사형이 벌써 와서 기다리고 있을지 모르니 어서 가자."

"네, 공자님."

수하 청년은 박풍을 향해 매섭게 눈을 흘겨준 후 바삐 걸었다.

박풍은 고통에 겨워 땀을 줄줄 흘렸다. 약하게 보이고 싶지 않은 마음이 없었다면 벌써 쓰러지고도 남았을 것이다.

호민은 더 이상 아무것도 묻지 않았다. 깊은 생각에 잠겨 걷기에 열중했다.

현성에 가까워질 무렵 해가 서산으로 꼴딱 넘어가 어둠이 깔리기 시작했다. 현성 안에서는 벌써 하나둘씩 밤을 밝힐 불빛들이 늘어갔다.

"어……?"

앞서 걷던 청년 하나가 문득 발을 헛디디며 헛바람을 들이켰다.

앞으로 고꾸라질 뻔한 청년은 바로 뒤를 따라오는 다른 청년의 옷깃을 잡고 늘어졌다.

"어, 어어……."

갑작스레 당한 일이라 두 번째 청년도 힘을 쓰지 못하고 주르륵 딸려갔다.

푹.

앞선 청년이 결국 균형을 잡지 못하고 휘청거렸다.

다른 쪽 발을 내디뎠을 때 땅이 푹 꺼졌다. 완전히 균형을 잃은 청년은 결국 허벅지 깊이의 함정에 빠져 버리고 말았다.

괜스레 끌려든 두 번째 청년의 발 한쪽도 함께 함정에 빠졌다.

"으억, 냄새! 아이고, 구려라!"

황당하기 짝이 없었지만 두 청년이 고스란히 길 복판에 파놓은 똥통에 빠져 버린 것이었다.

현성이 바로 코앞이고 통행이 많은 관도에 이런 똥 구덩이가 있을 줄은 꿈에서조차 생각지 못했으니 고스란히 당할 수밖에 없었다.

코를 자극하는 진한 똥 냄새가 사방으로 퍼져 나갔다.

"푸하핫!"

뒤따라오던 호명이 먼저 참지 못하고 웃음을 터뜨렸다.

다 큰 어른이 똥통에 빠진 것도 희한한 일이지만 그 안에서 허우적거리는 모습은 정말로 참을 수 없을 정도로 우스웠다.

너무 아파서 끙끙 신음을 토하던 박풍도 결국 참지 못하고 웃음을 터뜨렸다.

"망할, 빌어먹을! 어떤 놈의 새끼가 여기다 똥 구덩이를……!"

허우적거리느라 허리까지 똥물에 젖은 청년이 이를 박박 갈며 겨우 함정을 벗어났다.

발 한짝만 빠진 청년은 허리까지 똥물에 젖은 청년이 다가올까 봐 재빨리 뒤로 물러섰다. 다른 사람들은 두 사람이 행여 가까이 올세라 더욱 멀찍이 물러섰다.

그렇게 되자 모두 사방으로 흩어진 꼴이 되었다.

"박풍, 이쪽이다!"

너무도 반가운 용운의 목소리였다.

박풍은 아픈 것도 잊고 냅다 소리가 들린 쪽을 향해 뛰기 시작했다.

"저놈, 그 쥐새끼처럼 약삭빠른 그 꼬마 놈이로구나!"

용운에게 한 대 얻어맞은 적이 있는 수하 청년이 인상을 팍 찡그리며 몸을 날렸다.

"어맛!"

옆으로 비켜서려던 호민이 청년과 부딪칠 뻔하며 놀라 소리쳤다.

청년이 급히 옆으로 빠지며 도망치는 박풍을 잡으려 했다. 공교롭게도 호민이 또 옆으로 비켜서려다 청년과 마주쳤다.

"이런……."

호민이 더욱 놀라며 황급히 옆으로 비켜섰다. 청년은 그제야 앞으로 달려나갔다.

"창피한지도 모르고 떼로 덤비던 놈이 혼자 나서보겠다는 거냐? 이 거나 먹어라!"

용운의 빈정거림과 함께 두 가닥의 암기가 날아왔다.

청년은 훌쩍 몸을 날려 암기를 피했지만 박풍은 벌써 저만치 달려나가고 있었다.

"용운! 용운! 암기에 맞은 곳은 안 아프냐?"

"이 녀석아, 지금 그 따위 걸 물어볼 때냐? 어서 손을 내놔!"

용운이 핀잔을 주며 뒤로 묶인 손을 풀어주었다. 용운은 박풍을 부축하며 달리면서도 뒤를 향해 소리쳤다.

"조미제 네 이놈, 이 빚은 반드시 갚아주고 말 테다! 개망신당하지 않으려면 정신 똑바로 차리고 있어야 할 거다!"

수하들이 똥통에 빠진 꼴이니 개망신은 이미 당하고도 남았다.

조미제는 너무도 황당하고 울화가 치밀어서 웃어야 할지 울어야 할지도 모른 채 발만 동동 굴렀다.

기어코 다시 잡아서 혼쭐을 내주고 싶었지만 어둠 속을 헤매다 사형과의 약속을 지키지 못할까 봐 쫓아갈 수도 없었다.

박풍과 용운이 어둠 속으로 사라지는 것을 보며 호민은 동생을 잡아당기며 조미제를 바라보았다.

"저희는 이만 먼저 갈게요."

"어… 예."

조미제는 달리 할 말이 없었다. 어영부영하다가 두 마리 토끼를 모두 놓친 꼴이 되었으니 무슨 할 말이 있겠는가?

그는 다만 도망쳐 버린 두 꼬마와 가버리는 호가 남매의 뒷모습만 번갈아 바라보았다.

닭 쫓던 개가 지붕 쳐다보는 꼴이다.

"많이 아프냐?"

"응."

마음이 놓인 박풍은 이제야 끙끙 앓는 소리를 냈다.

용운이 인상을 찡그리며 상처를 살펴주었다. 어깨의 상처가 심해져 있었고 팔다리에는 멍 자국이 가득했다.

용운이 어둠 속에서도 물을 찾아와 상처를 씻어주고 아픈 곳을 주물러 주었다.

"용운, 그 암기에 맞은 상처는? 안 아프냐?"

"괜찮아. 급소를 맞지 않았으니 그저 바늘에 찔린 정도에 지나지 않아. 혈도를 찔렸다면 큰일날 뻔했어. 그놈 자식, 반드시 앙갚음을 해주고 말 거야!"

혈도를 찔리면 반신이 마비되고 도와주는 사람이 없으면 영영 잘못될 수도 있는 치명적인 수법이 바로 혈 찌르기다.

혈을 짚고 푸는 것에 대해 아는 바가 거의 없는 녹림의 일반 졸개들이 가장 무서워하는 수법인 것이다.

"다행이다. 그런데 너는 언제 또 그와 같은 괴상한 함정을 만들었냐? 너는 분명 뒤에 있었잖아?"

"으헤헤헤, 그게 다 이 몸의 능력 아니겠냐? 나는 그놈들이 현성으로 돌아갈 것을 알고 재빨리 달려가서 먼저 기다리고 있었어. 마침 밭에 거름을 주러 가는 노인을 만나 거금 동전 이백 문을 주고 두 통의 똥을 샀지. 그리고 몇 명의 아이들에게 용돈을 주고 구덩이를 팠어. 본

래는 세 놈쯤 빠지도록 만든 건데 두 놈밖에 못 잡았다. 그놈들, 똥통에 빠져 허우적거리는 꼴이라니. 우하하핫!"

"으흐흐, 정말 통쾌하더라. 아무튼 너는 참 머리가 좋은 녀석이다. 그사이에 어떻게 그런 생각을 해낼 수 있냐?"

"잔머리 굴리는 것쯤이야 뭐……. 근데 너, 또 한바탕해 볼 수 있겠냐? 너무 아파서 못하겠냐?"

"또 뭘 하자고? 똥통에 빠뜨린 걸로 충분하잖아?"

용운이 발을 동동 구르며 화를 냈다.

"충분하지 않아. 그 조미제란 놈이 멀쩡한데 어떻게 충분하겠어? 기필코 그놈 코를 납작 눌러줘야 분한 마음이 풀리겠다. 나는 이미 그놈들을 납작 눌러줄 방법을 찾아두었단 말야."

이럴 때 보면 용운은 확실히 여자였다. 큰일에는 대범한 척하면서도 작은 일은 절대 그냥 넘어가지 못했다.

박풍은 사실 너무 아프고 힘들어서 쉬고 싶었다. 하지만 용운을 실망시키고 싶지도 않았다. 용운의 마음이 풀어질 수 있다면 무슨 일이든 할 수 있을 것 같았다.

"또 무슨 일을 벌이려고? 뭘 준비했는데?"

용운이 신을 내며 말했다.

"오면서 우연히 흑응채의 둘째 두령 백리현(百里賢) 늙은이를 만났어. 그에게 은근슬쩍 현성에서 모이는 정파 놈들 얘기를 해줬지. 그렇지 않아도 우용두에 임명되었다고 우쭐해 있는 흑응채 놈들은 당장 달려가서 박살을 내자고 난리더군. 아무튼 오늘 밤 분명 한바탕 크게 벌어질 거야. 우린 그 틈에 조미제를 찾아 골탕을 먹이면 돼."

박풍이 놀란 눈으로 용운을 바라보았다.

"너, 어쩌자고 그런 자를 만난 거냐? 그자 동생이 바로 낮에 만났던 백리우 아니냐? 그자를 만났으면 어쩌려고!"

"자식, 내가 바보냐? 백리우 그 늙은이가 없는 것을 보고 접근한 거지."

"좋다. 네 말대로 하자. 하지만 이번에는 정말 조심해야 돼. 조미제가 우릴 보면 분명 크게 화를 내며 기어코 잡아먹으려 들 거야."

"응, 좀 쉬었다가 바로 가자."

신바람이 난 용운은 박풍의 상처를 다시 한 번 살핀 후 잘 싸매주었다.

두 사람은 날이 완전히 어두워졌을 때에야 움직이기 시작했다.

아직 별조차 뜨지 않은 하늘은 먹장처럼 검고 어두웠다. 저 앞에 보이는 현성의 불빛들을 보고 더듬더듬 길을 걸었다.

현성으로 들어선 둘은 먼저 음식점부터 찾았다. 낮부터 아무것도 먹지 못했는지라 배가 너무 고팠다.

둘은 거리의 간이 음식점에서 각기 두 그릇의 국수와 세 개의 왕만두를 먹고서야 배를 두드렸다. 박풍은 돈이 없는지라 계산은 언제나 용운 몫이었다.

"이거 받어."

일어서기 전에 용운은 한 자루의 단검을 박풍에게 건네주었다.

"그놈들에게 뺏길까 봐 던져 준 것은 알지만 다시 줄 필요는 없어. 너에게 주는 선물로 생각해."

박풍은 눈을 크게 뜨고 용운을 바라보았다.

"야, 이거 무척 좋은 거잖아. 귀중한 것 같은데 함부로 줘도 되는 거냐?”

“바보야, 너니까 주는 거지 누가 귀중한 걸 모르냐? 니 말대로 귀중한 거니까 절대 잃어버리지 말란 말이야.”

“용운, 고맙다. 나는 두령님한테 칼 한 자루를 받아보았을 뿐 친구에게 선물을 받아보기는 처음이야. 하지만 나는, 난 줄 것이 없는데…….”

“자식, 그러다 울겠다? 지금 없으면 나중에 주면 되잖아. 하지만 그때는 더 귀중한 걸 줘야 한다?”

“응, 무엇인가 귀중한 것을 얻게 되면 모두 너에게 줄게. 고맙다, 친구야.”

“야, 작작해라. 어서 가자.”

“응.”

박풍은 연신 단검을 매만지며 부지런히 용운을 좇았다. 너무 기분이 좋아서 덥석 용운을 끌어안고만 싶었다.

정파의 군웅들은 과연 숨어서 일하는 법이 없었다. 그들은 낮에 모인 그 객잔에 모여 있었다.

무슨 말들이 오고 가는지 궁금했지만 어떤 일이 벌어질지 몰라 박풍과 용운은 안으로 들어가지 못하고 멀찍이 떨어진 남의 집 담장 위에 앉아 객잔을 살폈다.

사람들이 제법 많이 모인 것 같은데도 간혹 한두 명씩 짝을 지어 객잔으로 들어가는 모습이 보였다.

“제법 많이 모인 것 같다. 흑응채 놈들도 이제 나타날 때가 된 것 같은데……?”

용운은 열심히 객잔과 주변의 변화를 살폈다.

박풍은 지금도 여전히 온몸이 쑤시고 아팠지만 꾹 눌러 참으며 용운이 준 단검만 만지작거렸다.

한참을 두리번거리던 용운이 문득 한곳을 향해 손가락질했다.

"야, 저기 봐라. 드디어 몰려온다."

박풍이 바라보니 정말 한 무리의 사람들이 무언가 커다란 짐을 짊어지고 은밀하게 객잔을 향해 접근하고 있었다.

그곳뿐만이 아니었다. 사방의 골목에서 삼삼오오 짝을 지은 자들이 역시 객잔을 향해 다가가고 있었다.

용운이 고개를 갸웃거렸다.

"뭘 하려는 수작이지? 준비를 단단히 한 모양이다. 저거 무슨 통 같지?"

"응."

"술통은 아닐 테고……. 익, 저놈들, 객잔에 불을 질러 버릴 모양이다. 저건 기름통이 분명해!"

박풍이 깜짝 놀랐다.

"기름통이라고? 그럼 저 안에 있는 사람들을 태워 죽이려고……?"

"못하는 짓이 없는 흑응채 놈들이니 사람을 태워 죽이는 짓은 못하겠냐? 아이고, 정파 놈들이 아무래도 된통 당하겠는걸."

박풍은 부르르 몸을 떨었다.

칼에 맞아 죽고 암기에 당해 죽은 사람을 보는 것도 끔찍했는데 불에 타 죽는 사람을 상상하자 절로 두려움이 앞섰다.

"그냥 이대로 있을 거냐?"

"그럼 어떡하라고? 말려도 들을 놈들이 아냐. 젠장, 정말 보이는 게 없는 놈들이다. 단단히 벼르고 온 모양이야."

용운 역시 일이 너무 커지는 것 같은지 은근히 걱정하는 모습이었다. 박풍은 설레설레 고개를 내둘렀다.

박풍과 용운의 걱정과는 상관없이 일은 빠르게 진행되었다.

사방에서 몰려든 검은 그림자들은 객잔을 포위한 즉시 통을 열어 기름을 쏟아내기 시작했다. 그리고 망설임없이 불을 붙였다.

불길은 순식간에 객잔의 벽을 타고 올라 지붕으로 이어졌다.

"불이야!"

객잔은 삽시간에 아수라장으로 변해 버렸다. 놀라 부르짖는 소리와 함께 밖으로 튀어나오는 사람들이 보이기 시작했다.

"모조리 다 죽여!"

한마디 호통과 함께 기다리고 있던 흑웅채 졸개들이 암기를 날리기 시작했다.

불난 것에 놀라 무작정 뛰쳐나오던 사람들은 난데없이 날아든 암기를 피하지 못하고 마당에 거꾸러졌다.

"이런 망할! 암기다! 피해!"

"뭐냐? 뭐야? 적이 쳐들어온 것이냐?"

이리 뛰고 저리 뛰며 몸을 피해보지만 곳곳의 중요한 자리를 점하고 있는 흑웅채 졸개들의 암기는 쉽게 피할 수 없었다.

정파의 군웅들은 이러지도 못하고 저러지도 못하는 진퇴양난에 빠져 한참 동안이나 허둥거렸다.

불은 점점 거세지고 있었다.

위낙 많은 양의 기름을 쏟아 부었는지라 삽시간에 객잔 전체로 퍼졌으며 날름거리는 불길은 옆집으로까지 번지기 시작했다. 사방이 온통 난리가 난 듯 시끌벅적해졌다.

와장창! 꽈당!

의자와 탁자가 창문을 부수었다. 객잔의 이불과 융단 등을 뒤집어쓴 사람들이 부서진 창문을 통해 튀어나왔다.

"모두 한곳으로 모여 뚫고 나가도록 하시오!"

갑자기 들려온 목소리는 굵고 묵직하여 소란스러움을 뚫고 퍼져 나갔다.

그 목소리를 듣는 순간 사람들은 안도의 한숨을 내쉬며 재빨리 움직이기 시작했다.

용운이 감탄을 터뜨렸다.

"목소리 하나로 사람들을 통제하여 혼란을 수습하다니, 대단한 사람이다!"

용운의 말대로였다.

사람들은 목소리가 들려온 쪽을 향해 모여들기 시작했으며 차츰 안정을 찾아가며 날아드는 암기에 대항해 나갔다.

"조미제가 말한 태산파의 인물이 분명 할 거야. 누군지 궁금하군."

"성씨가 종리라고 하던데?"

"어, 종리라고? 그럼 유룡검(遊龍劍) 종리후가 분명하겠구나. 그자는 태산오수 중 유성검 황경의 대제자야. 사부의 유성검을 유룡검으로 변화시켜 나름대로 일가를 이룰 수 있다고 알려진 인물인데 그런 자가 여기 있었군. 백리우 그 늙은이가 누구한테 얻어터졌나 했더니만 바로 유룡검에게 깨졌던 거로군."

"응, 그런 것 같더라. 그런데 태산오수는 또 뭐냐?"

"태산파에서 가장 강한 다섯 사람을 말하는 거야. 지금의 태산오수는 이미 육십에 가까운 나이인지라 거의 강호에 나오지 않아. 저 유룡검 종리후는 다음 대 태산오수에 낄 만한 인재라고 하더라."

"와, 무공이 강한 사람들이 정말 많구나. 한 문파에 대체 몇 명의 고수들이 있는 거냐?"

박룡의 감탄에 용운은 그만 피식 웃었다.

"넌 무공의 고수가 그렇게 좋으냐?"

"당연하지. 무공이 강해야만 남에게 지지 않을 수 있고 하고 싶은 일을 마음껏 할 수도 있잖아. 아름다운 협행도 힘이 없으면 못한다는 것을 나는 벌써 알았어."

"넌 협행을 하기 위해 고수가 되고 싶은 거냐?"

박풍이 멀뚱멀뚱 용운을 바라보았다.

"다른 일 하는 데 무공이 필요하냐? 난 모르겠는걸."

용운이 킥킥 웃으며 손가락으로 박풍의 이마를 콕콕 찔렀다.

"박풍아, 박풍아, 너는 부디 그 마음 변치 않도록 잘 간직하거라. 나는 네가 분명 이름 높은 의협지사가 될 것을 믿는다."

박풍이 겸연쩍은 표정으로 뒤통수를 긁었다.

"응, 고맙다. 근데 왜 킥킥거려?"

"아냐, 아냐. 그냥 좋다는 표시야. 우헤헤."

"자식, 별 이상한 취미를 가졌네."

둘이 이야기하는 동안에도 상황은 긴박하게 흐르고 있었다.

이미 한곳으로 뭉친 정파의 군웅들은 인솔자를 따라 한쪽을 돌파하기 시작했다.

처음에 무턱대고 뛰쳐나온 사람들은 화상을 입거나 암기에 부상을 당했지만 일단 인솔자가 생기고 한데 뭉치자 흑웅채 졸개들의 암기는 더 이상 정파의 군웅들을 해치지 못했다.

장포를 벗어 앞과 옆을 가린 채 날아드는 암기를 막거나 쳐냈다. 군웅들은 곧장 한쪽 골목을 택해 달리기 시작했다.

"저놈들, 죽여! 모두 없애 버려!"

흑응채 졸개들은 지붕을 건너뛰고 담장을 타고 달리며 연신 호통을 내지르고 암기를 날렸다. 그중 몇 명은 골목으로 뛰어내려 뒤처지는 자들을 향해 칼을 날렸다.

군웅들은 동료들과 떨어지지 않기 위해 전력을 다해 암기와 칼을 막으며 달렸다.

골목 하나를 돌아설 때였다.

"요놈들, 기다리고 있었다!"

호통 소리와 함께 한 떼의 흑응채 졸개들이 몰려나오며 군웅들의 대열을 파고들었다.

마치 뱀의 허리를 끊어버리듯 일시에 후미를 끊어버린 흑응채 졸개들은 뒤쪽 군웅들을 향해 맹렬한 칼질을 시작했다.

군웅들은 순간적으로 벌어진 상황에 미처 대치하지 못하고 우왕좌왕했다. 그 와중에 벌써 대여섯 명이 칼에 맞아 쓰러졌다.

"으힐힐힐, 다 죽여라, 다 죽여!"

후미를 끊어버린 자는 바로 백리삼웅 중 셋째 백리우였다. 그는 연신 응조수를 휘둘러 사람들을 마구 할퀴었다.

"크아악!"

골목 안에서 비명과 호통이 어우러져 일대 혼란이 일었다. 앞서 달리던 인솔자 종리후는 후미의 급박함을 보고 몸을 돌렸다. 그러나 그를 기다리고 있는 자가 있었다.

“이놈, 종리후야! 너 마침 잘 만났다! 오늘은 반드시 끝장을 보고 말리라!”

마치 쇠 종이 울리는 듯한 우렁찬 목소리와 함께 철탑처럼 우람찬 노인이 기다란 낭아봉(狼牙棒)을 휘두르며 달려나왔다. 그 뒤를 이십여 명의 졸개들이 벌 떼처럼 좇아 나왔다.

종리후의 인상이 잔뜩 일그러졌다.

“철응(鐵鷹) 백리송!”

상대는 바로 양산박 흑응채의 대두령 철응 백리송이었다. 태행산으로 오르는 그를 만나 일전을 벌여 백리우에게 일검을 성공시킨 보복을 가해오는 것이다.

인상은 찡그렸지만 종리후는 두려워하지 않았다.

삼웅이 합세하지 않는다면 승기는 자신에게 있다고 자신했다. 상황이 급박해도 백리우가 떨어져 있다면 해볼 만했다.

시간이 지날수록 동료들의 희생만 늘어난다. 속전속결로 끝을 봐야 했다.

마음을 정한 종리후는 검을 움켜쥐며 곧바로 백리송을 향해 몸을 날렸다.

허공을 가르는 그의 검이 충천하는 화광을 받아 춤추듯 흔들리며 쏟아져 나갔다. 장기인 유룡검법이 시전된 것이다.

너울너울 흔들리는 종리후의 검법은 마치 산들바람처럼 부드러웠지만 그 속에 감추어진 위력은 결코 만만치 않다. 옥을 가르는 예리함과 뇌전처럼 강인한 힘이 숨어 있는 것이다.

유룡검법에 의해 한번 혼이 난 적이 있는 백리송은 온 힘을 끌어내어 낭아봉에 실었다. 백리송은 맹호돌격(猛虎突擊)의 맹렬한 초식을 구사하여 종리후의 유룡검을 마주쳐 나갔다.

맹호처럼 달려나오는 백리송을 보며 종리후는 인상을 찡그렸다.

체계적인 무공을 배우지 못한 녹림의 무리들은 대개가 우직한 힘과 패기를 믿고 병장기를 부딪치는 직접적인 접전을 선호했다.

물론 이런 수작에 넘어갈 종리후가 아니다. 육중한 낭아봉과 가벼운 검이 부딪친다면 필히 손해 보는 쪽은 검이다.

태산파의 깊고 웅혼한 내공의 힘이 뒷받침되면 우직한 힘 정도는 충분히 버틸 수 있겠지만 종리후가 그런 소모적 방법을 택할 리 없다.

종리후는 슬쩍 초식을 변화시켜 낭아봉의 허점을 찾아 파고들었다.

"홍! 어디를 감히!"

백리송은 부리부리한 호목을 치켜뜨며 낭아봉을 와락 잡아당겼다. 허점을 찾아 파고들던 종리후의 검이 낭아봉의 철가시에 걸려들었다.

"걸렸다, 이놈!"

백리송은 크게 부르짖으며 낭아봉을 휙 돌려 쳤다.

기다란 낭아봉이 한 바퀴 원을 그리자 철가시에 걸린 종리후의 검이 힘을 이기지 못하고 딸려가는 듯했다. 백리송은 회심의 미소를 지으며 반대편의 봉 끝으로 종리후의 턱을 노렸다.

차룽!

경쾌한 쇳소리가 울렸다.

낭아봉을 회전시키던 백리송은 눈을 더욱 크게 뜨고 낭아봉이 자신의 의지와는 반대로 돌아가는 것을 보았다. '어어' 할 사이도 없이 종리후의 모습이 눈앞에 확대되면서 불쑥 하얀 손 그림자가 들이닥쳤다.

백리송은 본능적으로 허리를 뒤틀었다.

쩍!

종리후의 왼손 손바닥이 살짝 백리송의 허리를 가격했다.

"어윽!"

백리송은 손바닥을 타고 몸 안으로 흘러드는 강렬한 힘을 느끼며 참지 못하고 비명을 토했다.

내가중수법(內家重手法)!

오로지 깊고 두터운 내공의 힘만으로 상대의 몸 깊은 곳까지 타격을 가하는 정통의 내가공력이다. 진산의 비결을 얻지 못하고는 흉내조차 낼 수 없는 무공인 것이다.

한번 당해본 이후 초식을 엄밀히 연구한 후 다시 왔지만 결국 종리후는 넘보기 힘든 상대임을 확인했을 뿐이다. 백리송은 창자가 뜯겨 나가는 고통을 느끼며 비칠비칠 뒷걸음질쳤다.

종리후의 검은 멈추지 않았다. 갑작스런 방화와 잠복으로 인해 많은 정파의 군웅들이 다치거나 목숨을 잃었다.

희생자를 줄이기 위해서는 적의 우두머리를 확실하게 제압해야 했다. 유룡검은 한 올의 망설임도 없이 백리송의 가슴을 노리고 무찔러 들어갔다.

"이놈, 여기도 있다!"

날카로운 호통과 함께 또 다른 검은 그림자가 담장 위에서 떨어져 내렸다. 그보다 빨리 한줄기 빠르고 음흉한 기운이 등을 향해 쏘아져 왔다.

"백리현(百里賢)!"

흑웅채의 두 번째 두령. 음흉한 심보와 약삭빠른 행동으로 소리장도(笑裏藏刀)라 불리는 흑웅채의 모사(謀士) 역할을 맡는 자다.

무공은 비록 두 형제에 미치지 못하지만 음흉한 심보와 악독한 암기는 치명적인 위험을 품고 있다. 더욱이 암기에는 언제나 무시무시한 독이 발라져 있었다.

종리후는 태산파의 보법인 태을미리보(太乙迷離步)를 펼쳐 순간적으로 옆으로 이동하며 몸을 돌렸다. 음흉한 기운이 옆구리를 스쳐 지나 갔다.

암기는 하나가 아니었다.

두 번째, 세 번째 암기가 연이어 날아들었다.

종리후는 무겁게 가라앉은 표정으로 유룡검을 휘둘렀다. 두 줄기 푸른 광망(光芒)이 뚝 떨어져 내렸다.

디딩!

어둠 속에서 빠르게 날아든 암기가 종리후의 유룡검에 걸려 잘려 나 갔다.

"으이익, 이놈! 죽어랏!"

창자가 뜯겨 나가는 고통을 맛본 백리송이 비명 같은 호통을 내지르며 달려들었다. 무서운 힘이 담긴 낭아봉이 곧바로 종리후의 등을 노렸다.

종리후가 몸을 돌려 낭아봉을 상대하려 할 때 백리현의 손에서 또 다른 암기가 쏘아졌다.

종리후는 난감했다.

두 형제의 합공이 무서운 것은 아니다. 조금 무리를 한다면 충분히 상대할 수 있는 자들이다.

문제는 군웅들이었다. 자신이 이들에게 막혀 있는 동안 군웅들은 큰 피해를 당할 것이 분명했다.

녹림의 무리를 깔보고 경계하지 못한 것이 치명적인 실수가 되었다.

이자들이 감히 이토록 대담하게 일을 벌일 줄 예상하지 못한 것이 한스러웠다.

태을미리보로 암기를 피하고 낭아봉을 가볍게 받아 옆으로 튕겨낸 종리후가 사람들을 향해 소리쳤다.

"각기 살길을 찾도록 하시오!"

분하고 억울했지만 이번 싸움은 일패도지(一敗塗地)다. 더 버틴다면 몰살을 당할지도 모른다. 몇 명이라도 살기 위해서는 흩어지는 것이 좋았다.

군웅들이 우왕좌왕하며 혼란에 빠졌다.

서로를 돌볼 겨를이 없었다. 기회를 보아 담장을 넘고 지붕을 타올라 도주하기 시작했다.

흑웅채 졸개들이 더욱 광분하여 군웅들을 쫓으며 칼질을 일삼았다.

조미제 또한 달리 방법이 없었다.

대열 중간에 끼어 있던 관계로 사형 종리후를 돕기도 어려웠다. 이리저리 밀리다가 결국 담장을 넘어 도주하기 시작했다.

쫓아오는 흑웅채 놈들의 기세가 워낙 악착같아서 군웅들이나 수하 청년들을 돌볼 겨를도 없었다.

주변에서 가장 높은 담장에 앉아 사태를 관찰하던 용운은 도망치는 조미제를 금방 발견해 냈다.

용운은 때를 놓치지 않기 위해 박풍을 잡아끌었다.

"박풍, 가자!"

훌쩍 담장을 뛰어내린 둘은 어두운 골목을 빠르게 달려나갔다.

한참을 달리던 조미제는 갑자기 쏟아진 암기에 놀라 펄쩍 뛰었다.

다행히 암기는 발 밑을 스쳐 지나갔지만 뒷골이 서늘했다.

'이놈들이 여기까지 잠복하고 있었구나.'

자라 보고 놀란 가슴은 솥뚜껑만 보고도 놀란다는 말처럼 조미제는 날아든 암기에 별반 위력이 담기지 못했다는 사실도 느끼지 못했다.

땅에 내려선 즉시 돌아보지도 않고 줄행랑을 쳤다.

뒤에서 암기가 쫓아왔다. 조미제는 악착같이 따라붙는 놈들을 상대하지 않으려는 듯 발끝에 더욱 힘을 가했다. 그때였다.

눈앞에서 또 다른 암기가 쏘아졌다. 뒤쪽만 경계하던 조미제는 기겁을 하고 말았다. 갑자기 멈춰 서며 허리를 급격하게 숙여 암기를 피했다.

불쑥.

살아 있는 뱀처럼 흐느적거리는 채찍이 솟구쳤다.

앞뒤의 암기를 피하던 조미제는 그만 채직을 피하지 못했다. 채찍 끝이 오른쪽 발목을 휘감았다. 조미제가 깜짝 놀라며 급히 발을 털어 채찍을 떼어내려 했다.

와락!

채찍이 당겨지자 조미제는 몸의 균형을 잡지 못하고 꽈당 넘어졌다.

때를 놓치지 않고 시퍼런 검 빛이 몰아쳐 왔다. 조미제는 이를 악물고 바닥을 구르며 검을 올려 쳤다.

지잉!

쌍방의 검이 부딪치며 약한 쇳소리가 울렸다. 상대가 힘을 이기지 못하고 뒤로 밀렸다. 조미제는 재빨리 검을 회수하여 다음 공격을 대비하려 했다. 그런데 검이 뭔가에 잡혀 있는 듯 당겨지지 않았다.

깜짝 놀라 살펴보니 상대의 검이 자신의 검날에 박혀 있었다. 백 번

담금질하여 만든 검날을 파고들 정도라면 상대의 검은 대단한 명품이
리라.

몇 번 더 잡아당기자 검날이 빠지는 대신 상대가 끌려왔다.

"어? 너, 그 꼬마 놈 아니냐?"

그제야 상대를 알아본 조미제는 어이가 없고 울화가 치밀어 벌컥 호
통부터 내질렀다. 상대는 바로 낮에 혼내준 적이 있는 그 녹림의 꼬마
였다.

"바보."

용운이 히죽 웃으며 단검과 채찍을 한꺼번에 잡아당겼다. 용운을 확
인하고 화를 터뜨리던 조미제는 또다시 바닥을 뒹굴었다.

"요놈 새끼들이 끝끝내……!"

손에 불끈 힘을 가하여 용운을 끌어당기며 벌떡 몸을 일으키려던 조
미제는 뒤통수에서 번쩍 불똥이 튀는 것을 느끼며 앞으로 자빠졌다.

용운을 보고 화를 내는 통에 뒤에 있는 박풍을 깜빡 잊었던 것이다.

"우헤헤, 네놈이 끝내 이 꼴이 될 줄은 미처 몰랐겠지? 이놈아, 그까
짓 실력으로 이 용 어르신을 어쩔 수 있을 줄 알았냐? 턱도 없는 생각
마라!"

빠각!

용운이 훌쩍 달려들어 조미제의 턱을 올려 차버렸다.

박풍이 달려들어 조미제의 손목을 질끈 밟아버리고는 검을 빼앗아
단검을 뽑아내고 멀리 던져 버렸다.

빡! 빠바박!

용운의 발길질이 모질게 작렬했다.

태산파의 제자라고 거들먹거리던 조미제는 그만 두 명의 악동들에

게 걸려 새우처럼 몸을 구부린 채 두들겨 맞아야만 했다.

사정없이 들이닥치는 무지막지한 발길질에 정신은 이미 반쯤 몸을 떠난 상태였다.

"성질 같아서는 팔다리 하나쯤 썩둑 잘라 버려야 속이 풀리겠지만 내가 오늘 많이 참는 줄 알아라. 하지만 이대로는 끝낼 수 없지. 너무 맹숭맹숭하잖아?"

용운은 킬킬 웃으며 단검을 마구 휘둘렀다.

조미제의 머리털과 옷자락이 갈기갈기 잘리고 뜯겨 이리저리 흩어졌다. 속고쟁이 하나만 달랑 남겨놓았다.

용운은 조미제의 주머니에서 떨어진 비단 주머니를 주워 들고 흔들어보았다. 제법 묵직한 것이 은자가 꽤 되는 것 같았다.

"마침 돈도 다 떨어졌는데 잘됐다. 잘 쓰겠다, 이놈아."

돈주머니까지 챙긴 용운은 그래도 모자란 감을 느꼈는지 찢어진 옷으로 줄을 만들었다.

기절 직전의 조미제를 잡아 일으켜 담장 밑에 서 있는 나무에다 꽁꽁 묶어버렸다.

"이놈아, 이제부터라도 그 잘난 자만심을 버리고 정신 차려라. 오늘은 이만 하겠다. 흥!"

꽁꽁 묶였는지 다시 한 번 확인한 용운은 박풍의 손을 잡고 어둠 속으로 달려나갔다.

"너무 심한 건 아닐까?"

박풍의 걱정에 용운은 눈을 흘기며 핀잔을 주었다.

"저런 자식은 창피를 당해봐야 해. 지금도 보라고. 저희 사형은 백리 늙은이들과 맞서 죽을 둥 살 둥 싸우고 있는데 저 혼자 살겠다고 도망친 위인이잖아. 아주 치사한 인간이야. 저런 놈은 그저 매가 약이야."

"또 어딜 가려고?"

"가서 구경해야지. 종리후와 백리 늙은이들의 싸움은 아직 끝나지 않았을 거야."

용운은 희희낙락 골목길을 달음질쳤다. 박풍은 용운의 왕성한 호기심에 그저 감탄하면서 고개를 내둘렀다.

용운의 생각과는 달리 종리후와 백리 형제의 싸움은 더 이상 볼 수 없었다.

다만 몇 명의 흑응채 졸개들이 날뛰며 근처에 남아 있는 정파의 인물들을 쫓아다닐 뿐이었다.

"이토록 빨리 끝나다니, 젠장! 종리후가 도망친 모양이다."

"종리후가 도망친 건지 어떻게 알아?"

"아효, 생각 좀 하고 살아라, 생각 좀. 백리 늙은이들이 도망친 종리후를 쫓아가지 않았다면 졸개들이 저토록 휩쓸고 다닐 수 있겠냐? 아무튼 이번 한판은 정파의 패배야. 흑응채 늙은이들은 더욱 기고만장하겠군."

"그렇구나. 이젠 우리도 가자."

"에이, 아직 밤도 깊지 않았는데 그냥 한 바퀴 돌아보자. 어쩌면 다른 곳으로 옮겨 가서 싸우는지 모르잖아."

"아유, 네 녀석은 지치지도 않는구나. 좋다, 이왕 나선 거 더 가보자."

"헤헤, 너도 재밌잖아, 임마."

박풍은 사실 지치고 피곤했지만 용운의 기분을 맞춰주기 위해 꾹 참고 달렸다.

아쉬웠지만 종리후와 백리 형제는 볼 수 없었다. 간혹 이리저리 뛰어다니는 흑응채 졸개들과 그들에게 쫓기는 정파의 사람들을 보았을 뿐이다.

용운은 크게 실망한 표정으로 사방을 두리번거렸다.

"어라? 저자는……?"

용운은 또 누군가를 발견하고 번쩍 눈빛을 발했다. 힐끔 돌아보던 박풍도 눈을 크게 떴다.

"백리우잖아!"

용운이 고개를 갸웃거렸다.

"저자가 왜 홀로 떨어져 살금살금 쥐새끼처럼 움직이지?"

"글쎄?"

"따라가 보자."

"들키면 큰일날걸! 그 조미제와는 다르잖아."

"으이그! 너, 벌써 쫄아버린 거냐? 그냥 무슨 짓을 하는지 구경만 하자."

백리우의 응조수를 생각하면 오금이 저리고 가슴이 떨렸다. 그토록 골탕을 먹였으니 잡히기만 하면 그 길로 끝장이 나고 말 것이다.

용운은 양보하려 하지 않았다. 기어코 염탐을 해봐야겠다며 무작정 잡아끌었다.

박풍은 고개를 내둘 수밖에 없었다.

"저것 봐라!"

한참을 미행하던 용운이 무릎을 쳤다. 백리우 앞에 두 명의 인물이 나타났다.

박풍도 깜짝 놀랐다.

"호가 남매야."

"저 늙은이가 슬금슬금 남의 눈치를 볼 때부터 알아봤다. 호민에 대한 욕심을 버리지 못하고 끝내 일을 저지르려는 거야."

"큰일났다. 저들은 분명 백리우를 당해내지 못할 거야. 어쩌지?"

용운은 재빨리 주변을 살폈다.

"도움을 청할 사람도 없고, 이거 난감한걸. 저 바보 같은 남매는 그렇게 당해놓고도 왜 아직도 주위에서 얼쩡거리는 거지? 저것 좀 보라고. 노리는 사람이 바로 옆에 있는데도 태평하게 쑥덕거리잖아."

용운의 말대로 호가 남매는 병아리를 노리는 매처럼 기회를 엿보고 있는 백리우를 전혀 눈치 채지 못하고 있었다. 아마 흑웅채가 부린 소란을 보고 돌아오는 모양이었다.

박풍이 서둘렀다.

"암기 하나만 줘봐."

"암기를 날려 저 남매의 경계심을 부추기자고? 좋아, 내가 할게. 백리우에게 잡히지 않도록 조심해. 위험하면 바로 도망쳐. 헤어지면 남문 밖에서 만나기로 하자."

"응, 알았어. 빨리. 저자가 나서려고 한다."

"알았어, 보채지 마."

용운은 살금살금 벽을 따라 움직이다가 호가 남매를 향해 휙 암기를 내던졌다. 그리고는 재빨리 담장 밑 나무 옆에 엎드렸다.

"누구냐?"

갑자기 날아든 암기에 놀란 호가 남매가 검부터 빼 들고 주변을 살폈다. 흑웅채 졸개들이 워낙 날뛰는 판이라 그들 역시 긴장감을 풀지 않고 있었던 것이다.

암기는 발 밑에 떨어졌다.

어리둥절해진 남매가 서로를 돌아볼 때 담장의 어둠 속에 묻혀 있던 백리우가 벌컥 뛰어나갔다.

힐끔 박풍과 용운이 숨어 있는 곳을 돌아보는 것을 보니 벌써 방해꾼이 있음을 눈치 챈 모양이었다.

"앗! 그 늙은 색마예요, 누나! 조심해요!"

갑자기 나타난 자를 알아본 호명이 누나를 덮치는 백리우를 향해 일검을 날렸다. 허리를 숙여 호명의 일검을 피한 백리우가 호민의 가슴을 덥석 움켜잡으려 했다.

"악!"

호민은 여인의 가장 민감한 부분을 노리고 덮치는 백리우를 보고 수치심이 먼저 떠올라 검을 떨쳐 낼 생각도 하지 못했다.

후닥닥 뒤로 물러설 때 호명의 두 번째 검이 백리우의 옆구리를 노리고 쳐들어갔다.

"귀찮은 녀석, 꺼져 버려라!"

백리우는 호명의 검을 보지도 않고 왼손의 응조수를 떨쳐 냈다. 그러면서도 여전히 오른손으로는 호민의 앞가슴을 움켜쥐려 했다.

겁에 질린 호민은 여전히 반격할 생각을 못하고 뒤로 물러서며 몸을 사렸다. 응조수를 피한 호명이 이를 악물고 덤벼들었다.

보다 못한 용운이 달려나가며 소리쳤다.

"호민 소저, 반격을 해요, 반격을! 두 사람의 무공이면 늙은이한테 지지는 않을 거란 말이에요!"

호통을 내지르면서도 몇 개 남지 않은 강침을 쏘아냈다. 용운을 알아본 백리우가 눈썹을 곤두세웠다.

"또 네놈들이로구나!"

다된 밥에 재를 부린 놈들을 만나니 울화통이 터져 콧구멍으로 연기가 날 지경이었다. 와락 몸을 돌려 용운을 향해 비조탈명을 시전했다.

"앗!"

이번에는 박풍이 놀라 부르짖었다. 말리고 자시고 할 것도 없이 단검을 뽑아 들고 힘껏 내려쳤다.

쩡!

귀청을 파고드는 요란한 쇳소리가 울렸다.

응조수의 칼날이 또 하나 잘려 나갔다.

박풍은 힘을 이기지 못하고 뒤로 날아가 처박혔다. 옷깃을 찢어 싸매둔 손아귀가 다시 터져 피가 흘러나왔다.

"우엑!"

가슴이 진탕되면서 기어코 주먹만한 핏덩이까지 토했다.

"박풍!"

용운이 기겁을 하고 박풍에게 달려갔다. 백리우가 곧장 쳐들어왔다.

"요 싸가지없는 새끼들! 기필코 어른 무서운 줄 가르쳐 주마!"

어린것들 뒤에 누군가 있음은 알았지만 너무 화가 치민 백리우는 기어코 박풍과 용운을 죽여놓고 보기로 했다. 양손의 응조수가 맹렬하게 날아들었다.

"멈춰랏!"

호가 남매가 달려와 응조수를 향해 검을 휘둘렀다.

쩡쩡!

요란한 쇳소리와 함께 호가 남매는 뒤로 주르륵 밀렸다. 용운이 재빨리 박풍을 끌고 한쪽으로 피했다.

호가 남매는 서둘러 호흡을 조절하며 검을 움켜잡았다. 앞가슴에 똑바로 검을 세우고 시선을 상대의 눈에 고정시켰다.

추풍검법의 기수식이며 상대의 움직임에 따라 수비와 공격을 함께 행할 수 있는 수법이었다.

호가 남매가 정신을 가다듬자 난감해진 사람은 백리우였다.

상대가 비록 어린 청년들이지만 개봉 호가장의 추풍검법은 결코 만만히 볼 수 없는 정통 검법이다. 지지는 않는다 해도 제압하려면 전력을 다해야만 한다.

주변이 어수선하니 언제 또 다른 자가 나타날지도 알 수 없었다. 그토록 은밀하게 움직였건만 이번에도 실패하고 말았다.

백리우는 뿌드득 이를 갈며 두 꼬마를 노려보았다. 모두 저 어린것들 때문이라고 생각하니 더욱 울화가 치밀었다.

'저 어여쁜 것은 언제라도 다시 손에 넣을 수 있다. 하지만 저 어린 것들은 기필코 죽여야만 이 분이 풀리겠어.'

생각을 정한 백리우는 호가 남매를 향해 전력을 기울인 비조탈명을 시전했다.

호가 남매가 깜짝 놀라며 보법을 전개하여 비조탈명을 피했다.

백리우는 중도에서 왈칵 응조수의 방향을 틀었다. 두 자루 응조수는 곧장 용운을 향해 쏘아져 나갔다.

"위험해!"

박풍이 깜짝 놀라며 용운을 벌컥 밀어버렸다. 용운이 떼굴떼굴 굴렀다.

다행히 응조수는 빗나갔지만 곧바로 뛰어나온 백리우의 발길질이 박풍의 허리를 모질게 걷어찼다.

"끙."

박풍이 억눌린 비명을 토하며 저만치 날아갔다.

호가 남매가 놀라 부르짖으며 달려왔다. 용운도 바닥을 구르며 채찍을 휘둘렀다.

백리우는 그들을 상대하지 않고 앞으로 달려나갔다. 앞에 쓰러져 있는 박풍을 움켜잡은 백리우는 뒤도 돌아보지 않고 달렸다.

"박풍을 내놓아라!"

용운이 고래고래 악을 쓰며 쫓아갔다. 호가 남매 역시 신법을 전개하여 백리우를 쫓았다.

몇 개의 골목을 도는 동안 결국 용운이 먼저 지쳐 쓰러졌다.

호가 남매는 강호 경험이 별로 없는지라 백리우의 약삭빠름을 당해낼 수 없었다. 그들 역시 결국에는 백리우의 종적을 놓치고 말았다.

부지런히 달려 골목을 벗어난 백리우는 박풍을 모질게 던져 버렸다.

"끄흑."

박풍은 너무 고통스러워 비명조차 제대로 지르지 못했다. 백리우가 다가와 박풍의 양쪽 팔꿈치를 잡고 비틀었다.

"으억!"

관절이 빠지며 뒤통수를 후려치는 고통이 몰려왔다. 백리우가 뽑힌 팔을 흔들며 물었다.

"너는 누구냐? 네놈 뒤에 있는 자는 누구야? 뭘 믿고 그토록 방자한 것이냐? 빨리 말 못해? 손톱을 하나씩 뽑고 힘줄을 잘라내는 고통을 맛보고 싶은 게냐?"

박풍은 거의 기절 직전이었다. 하지만 너무 고통스러워서 기절도 할 수 없었다.

"나는, 나는 박풍이오. 용골산채 셋째 두령님 밑에 있는 박풍……."

"용골산채라고? 이런 개 같은 새끼가 어디서 나를 후리려 들어? 최대산 같은 새끼가 무슨 배짱으로 내게 덤빈단 말이냐? 개소리 지껄이지 말고 낮에 네놈을 도와준 자가 누군지 말해 봐! 한마디 거짓을 말할 때마다 손톱 하나씩 뽑겠다! 어서 말하지 못해!"

"난 거짓말을 하지 않소. 나는 용골산채 셋째 두령님 밑에 있는 박풍이오."

"이런 개놈의 새끼가! 기어이 맛을 봐야 정신을 차릴 놈이군!"

철컥!

응조수의 날이 손톱 끝을 움켜쥐더니 그대로 당겨졌다.

"으악!"

박풍은 그만 한마디 비명을 지르며 까무러쳤다. 백리우가 팍 인상을 찡그렸다.

"뭐 이런 약골이 다 있어? 이 새끼, 정말로 별 볼일 없는 놈인가?"

백리우는 고개를 갸웃거렸다.

생각보다 너무 약골이다. 낮에 자신을 겁준 인물과 비교하면 하늘과 땅 차이가 나는 것이다.

"지나가다 그냥 한번 도와준 것에 지나지 않을까? 이놈 새끼가 정말 용골산채 새끼라면 내 이놈 최대산을 그냥 두지 않겠다!"

진상을 확인하기 위해 백리우는 모질게 박풍을 걷어찼다.

"으으으……."

"너 이 새끼, 정말 낮에 널 도와준 자를 몰라? 진짜 용골산채 졸개냐?"

“나는, 나는 셋째 두령님 밑에 있는 박풍이오…….”

박풍은 고통에 덜덜 떨며 같은 말만 되풀이했다. 백리우는 여전히 고개를 갸웃거렸다.

“내가 이거 괜히 쫄았던 것이군. 흥! 최대산 이 새끼, 넌 이제 죽었다. 이런 잡놈을 키워 나를 놀려먹으러 들어?”

울화가 치민 백리우는 연신 박풍을 걷어찼다. 박풍은 모진 발길질을 견디지 못하고 다시 기절해 버렸다.

백리우가 침을 탁 뱉었다.

“그럼 너 먼저 뒈져라. 이 몸은 가서 그 계집을 잡아야겠다.”

백리우는 볼장 다 봤다는 듯 박풍의 머리통을 걷어찼다.

복우산 용골산채 정도는 혼자서도 박살 낼 수 있는 곳이다. 뒷탈 걱정할 것 없으니 박풍을 살려둘 이유도 없었다.

“어……?”

마지막 발길질을 하던 백리우가 눈을 동그랗게 떴다.

어찌 된 일인지 박풍의 머리통을 걷어차던 발끝이 옆으로 비켜나 허공을 내질렀다. 그냥 아무렇게나 내질러도 빗나갈 리 없는 발길질이다.

백리우는 허탈한 웃음을 날리며 다시 발길질을 가하려 했다. 그러다 문득 발 밑에 떨어져 있는 한 장의 기다란 풀잎을 보고 말았다.

“헉!”

저도 모르게 헛바람을 들이킨 백리우는 번개처럼 사방을 돌아보았다.

아무도 보이지 않았다.

마을 밖의 작은 공터에 지나지 않는 곳에 누가 있을 이유가 없다.

“백리우 너는 이곳에서 죽기를 바라는가?”

갑자기 공터 바깥의 어둠 속에서 낮고 음산한 목소리가 들려왔다.

“으으… 으아악!”

백리우는 그만 미친 듯 비명을 내지르며 줄행랑을 놓았다.

모습조차 보지 못한 상대에 대한 두려움이 그를 온통 공포로 몰아넣은 것이다.

스윽.

어둠 속에서 하나의 인영이 모습을 드러냈다.

장대한 체격에 강인한 인상을 지닌 바로 그 사람이었다.

『창궁벽파』 2권에 계속…

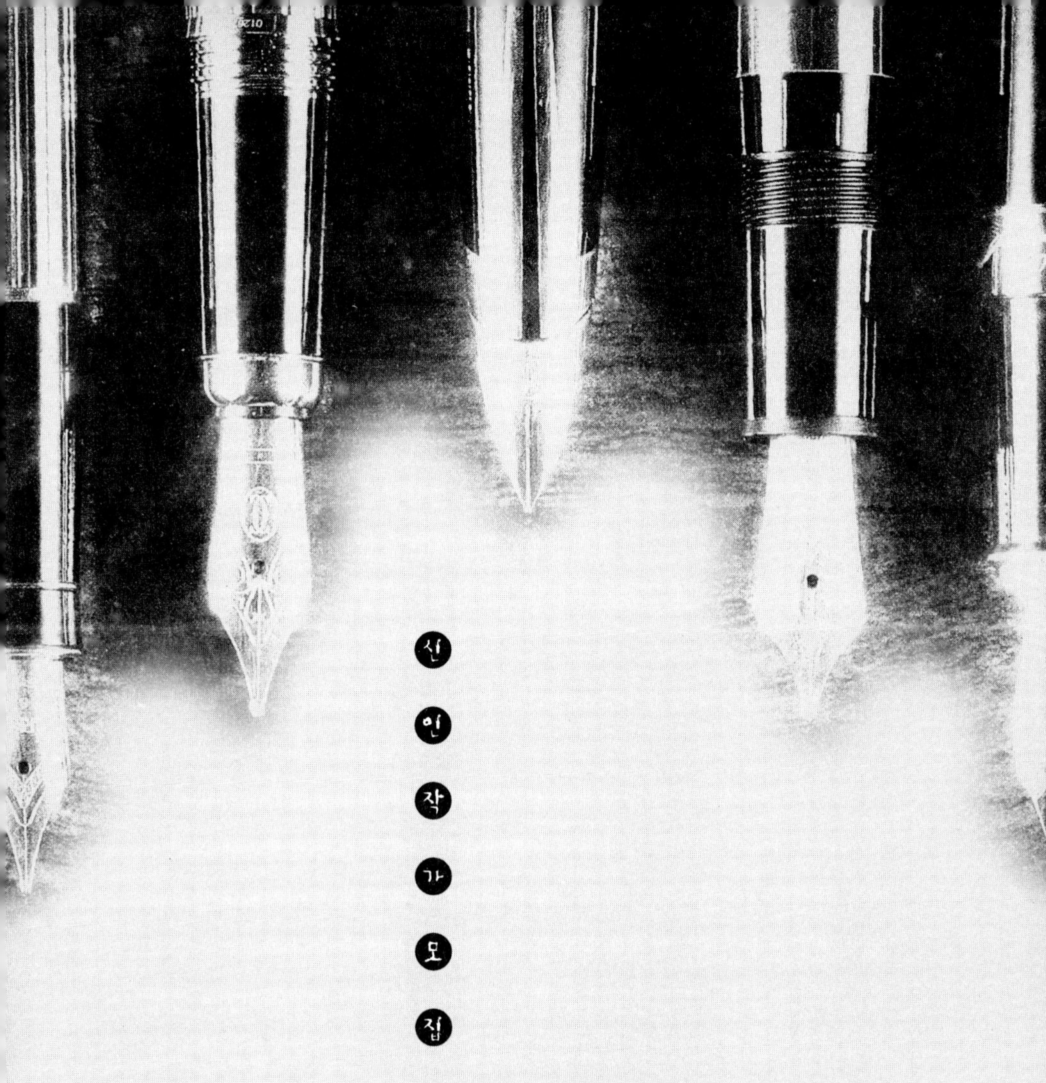
신
인
작
가
모
집

시작이 반이라고 했습니다.
작가의 길에 대한 보이지 않는 벽을 과감히 깨뜨리십시오!
청어람은 작가 지망생 여러분들의
멋진 방향타가 되어드리겠습니다.

저희 도서출판 청어람에서는
소설 신인 작가분들을 모집합니다.
판타지와 무협을 사랑하시는 분들의 많은 참여를 바랍니다.
소정의 원고(A4용지 150매)를 메일이나 우편으로 보내주시면
검토 후 출판 여부를 알려드리겠습니다.

주소:경기도 부천시 원미구 심곡1동 350-1 남성B/D 3F 우편번호420-011
TEL:032-656-4452 · FAX:032-656-4453
http://www.chungeoram.com
e-mail:chungeoram@chungeoram.com